Heinz Rudolf Kunze
Schwebebalken

atb aufbau taschenbuch

Heinz Rudolf Kunze, am 30. November 1956 geboren, ist einer der erfolgreichsten Rockmusiker unserer Zeit. Seit den frühen achtziger Jahren verbindet er auf höchstem Niveau Rockmusik mit Sprachkunst. Über dreißig Alben und fast zwanzig Bücher hat er bisher veröffentlicht. Kunzes Familie stammt ursprünglich aus Guben. Er ist in Osnabrück aufgewachsen und lebt mit seiner Frau in der Nähe von Hannover.

Bei Aufbau veröffentlichte er bisher: »Vor Gebrauch schütteln – Kein Roman« und »Manteuffels Murmeln«.

»In diesem Text ist nicht von Pappbechern die Rede. Nicht von Filterzigaretten, nicht von Vorverträgen, sogenannten Letters of Intent. Darüber hinaus, wer auf Beschreibungen von Klettverschlüssen aus ist, wird sie hier in diesem Text nicht finden. Ganz genauso unbefriedigt bleibt, wer etwas über Senf erwartet, Bundesligafußball oder Leseschwäche. Leider muß ich der Vollständigkeit halber auch allen, die sich Aufklärung erhoffen etwa über Für und Wider weitverzweigter Facebookfreundschaften, eine Absage erteilen und verkünden: Fehlananzeige.«

HEINZ RUDOLF
KUNZE

SCHWEBEBALKEN

Tagebuchtage

Mit einem Nachwort
von Arne Willander

aufbau taschenbuch

Auf Wunsch des Autors
wurden die Regeln der Rechtschreibreform von 1996
nicht angewendet.

MIX
Papier aus verantwortungsvollen Quellen
FSC® C083411

ISBN 978-3-7466-3286-5

Aufbau Taschenbuch ist eine Marke der Aufbau Verlag GmbH & Co. KG

1. Auflage 2016

Umschlaggestaltung www.buerosued.de, München
unter Verwendung eines Fotos von © Martin Huch/
mit freundlicher Genehmigung von Sony Music
Entertainment Germany GmbH
Satz LVD GmbH, Berlin
Druck und Binden CPI books GmbH, Leck, Germany
Printed in Germany

www.aufbau-verlag.de

Gewürzmaschine (Vorworte)

Es ist zu schwer, edel zu denken, wenn man nur denkt, um davon zu leben. (Rousseau, Bekenntnisse)

Die erste Band, die ich als Schüler hatte, hieß Krokodüül, das war 1971. Das sollte eine Mixtur aus Krokodil und Amon Düül 2, der Münchner Krautrockband, sein. (Leider ist das nicht wahr. Die Band hieß Tim Sah, und ich »hatte« sie auch nicht, ich durfte nur mitspielen. Und Tim Sah hieß angeblich Krokodil. Auf sudanesisch oder so.)

»Hilfe, ich bin in einem Buch!« Er lebt mit einer Frau. Sie bekommt ein Kind. Es ist von ihm. Aber sie haben nie miteinander.

Falbs Freund: »Haartheil«

Esoterik, der Mundgeruch des Geistes. Wenn der Geist sich nicht die Zähne putzt.

Man kann nie ehrlich gegen sich selber toben.
(Sartre, Zeit der Reife)

Ein Mann kauft an einer Autobahntankstelle »Zeit«. Für viel Geld. Jetzt hat er »viel Zeit«. Steigt wieder in sein Auto ein. Die Tankstelle wird überfallen. Er beobachtet das wie versteinert. Außer ihm und dem Tankwart ist, abgesehen von den Räubern natürlich, niemand da. Er wird als Geisel genommen.

Herr Falb. Morgens um vier Uhr einunddreißig kam er mit einer Geliebten aus dem Hotel und lief einem Bekannten über den Weg. Das war ihm furchtbar peinlich … (hallo Robert, hihi!)

AC/DC haben einfach Recht.

(Peter Pichl, Räuberzivil-Bassist)

»Strickleiter zum Himmel« – Geschichten von mir und den Beatles, Klaus Voormann, George Martin, den Stones, den Kinks, den Who, Neil Young, Randy Newman, Led Zeppelin, Yes, King Crimson, Jethro Tull, Henry Cow, Genesis, Black Sabbath, Deep Purple (Admiral Jon Lord), Can (Holger Czukay, Irmin Schmidt), Conny Plank, Wire, Dylan, Doors, Kraftwerk, Roy Harper, Bowie, Peter Hammill, Lou Reed, John Cale, Pink Floyd, Talking Heads, Pere Ubu, Tom Waits, Cat Stevens, Leonard Cohen, John Fogerty … ungeschrieben.

Mann Eins tritt auf.

Mann Eins: Ich bin Mann Eins. Ich habe keinen Namen bekommen. Eigentlich schade.

Eigentlich sollte man … eigentlich sollte man …

(Mann Eins geht ab.)

Mann Zwei sitzt auf dem Rand einer Badewanne.
Der Hahn tropft.
Man hört es laut.
Mann Zwei hört dem Tropfen zu.

Er schrieb an einer Doktorarbeit über die Gemeinsamkeiten von Neu und John Lee Hooker. Einakkordmusik. Aber er wurde nie damit fertig.

Süchtig sein kann man nur auf deutsch.

Das Gesicht von Stalin und Molotow, als sie den Sarg von Clara Zetkin trugen.

Ich bin alles. Das Volk ist nichts.

Ich will ein Schriftsteller werden. Aber wie ist das möglich, ohne Lust auf Menschen?

(Handke/Wenders, Falsche Bewegung)

Herkules (»Kule«) Heerkunft. Severin Schnellhart.

Ein Hotel, in dem Ehepaare nur Einzelzimmer bekommen: Schweinkram werde hier nicht geduldet. Warum ist das, irgendwie, eine reizvolle Vorstellung?

Mein Hund wächst zweisprachig auf. Bei den morgendlichen und abendlichen Runden rede ich mit mir und ihm nur englisch.

Präambel für »Butterfliegs Besonderheit«:

Denn wo die Spur jetzt lief, da gab es weder Weg noch Steg, und wer dort gehen wollte, mußte alleine gehen und mußte gehen mit Wagemut. (Herman Melville)

Auf eine nicht, andererseits wiederum überaus alltägliche, für jeden jederzeit als Möglichkeit greifbare, aber wohl nur äußerst selten wirklich werdende Weise lernte Butterflieg seine Frau Amanda kennen. Er saß bei seinem besten Freund Dolomith auf dem Klo und hatte vergessen, die Tür abzuschließen. Immerhin sitze ich, dachte er bei sich in einer Stimmung, als gäbe es just in diesem Augenblick etwas zu literarisieren, und bin kein posthistorischer Stehpinkler. Gerade las er in einer im Bad herumliegenden Zeitschrift einen Artikel über die zeitgemäße Schwierigkeit computerlosen »Unplugged-Denkens«, da wurde von der nichtsahnenden Amanda die Tür aufgerissen.

»Oh, tut mir leid.«

»Macht nichts. Jetzt fügt sich alles. Du hast mich mit heruntergelassenen Hosen gesehen. Also mußt du mich heiraten.«

Das sagte er wie aus der Wasserpistole geschossen. Er wußte, was er sagte, aber ob er es sagen wollte, wußte er nicht, es ging einfach zu schnell. Mit der Antwort Amandas hatte er jedenfalls nicht gerechnet: »Okay, mach ich.«

Noch am selben Abend stand sie mit drei Koffern vor seiner Tür, sie, die von Dolomith untrennbar scheinende Frau. Der nahm es hin wie ein Laternenpfahl das Heben von Hundebeinen. Ihre Freundschaft nahm keinen Schaden.

»Scheißen Sie mir ins Gesicht, Ludendorff.«

»Ja, gern, Hindenburg, aber warum?«

»Damit ich endlich begreife, daß wir verloren haben.«

Mit diesen deutlichen, erst kürzlich von der Forschung entdeckten Worten endete aus deutscher Sicht der Erste Weltkrieg, dieses Grundübel, dieses Schlamassel, das so viele unerfreuliche Dinge nach sich zog wie letzten Endes auch Butterfliegs Geburt.

Butterflieg sitzt gerne nachts allein in großen leeren Bürogebäuden. Seinen Vater Norbert hält er für pseudo-dement.

In einem sind sich die größten Dummköpfe und die größten Philosophen einig: Früher war alles besser.

Wer hat recht?

Oswald Kupferstich und Arthur Hilfreich, wann kommt euer Roman?

Er war – ja, was war er? Ein Obskurschatten. Ein Freiwilder. Zaunkönig und Linienrichter. Außenseitenverkehrter und Inwendiger. Niemand kann sagen, er habe Oswald Kupferstich wirklich gekannt, näher, genauer. Auch ich, Arthur Hilfreich, sein Biograph, würde das niemals zu behaupten wagen.

»Der Hundeführer« – ein Krimidada.

Eine junge Frau läuft verängstigt durch einen Birkenwald. Immer wieder schaut sie sich um, sie fühlt sich verfolgt. Man hört Männerkeuchen. Sie verliert, ohne es zu bemerken, eine weiße Handtasche mit Schultertrageriemen. Sie läuft weiter.

Ein Dienstzimmer der Kriminalpolizei. An der Wand hängt

ein Porträt von Erich Honecker. Zwei Beamte, eine Beamtin. Eine Schreibtischlampe brennt. Nacht Die drei trinken Kaffee, der offensichtlich abstoßend schmeckt. Sie starren eine alte Schreibmaschine an. Die Beamtin nach langem Schweigen: »Was ist das?«

Fortsetzung folgt.

Künstler sind Leute, für die Ehrlichkeit eine ästhetische Frage ist. Und deswegen, und nur deswegen, zu einer moralischen Frage wird.

Künstler sind auch Menschen. Aber nicht nur.

So wenig nämlich das Verlangen nach Ruhm, vielmehr die Gewöhnung an zähen Fleiß es ist, die uns gestattet, ein Werk hervorzubringen, so wenig verhilft uns die Beschwingtheit eines gegebenen Augenblicks, vielmehr das weise Betrachten des vergangenen Moments dazu, uns die Zukunft zu sichern.

(Marcel Proust)

Bei der breiten Masse findet Free Jazz kein Gehör. Weil sie findet, daß sich so viel Freiheit nicht gehört.

Der Kabarettist und Schauspieler Klaus Havenstein (Münchner Lach-und-Schieß-Gesellschaft, Generation Dieter Hildebrandt) sah meinem Vater so verblüffend ähnlich, daß ich bei seinem Anblick immer wieder lachen mußte. In den 60er Jahren war er im Nachmittagsprogramm der ARD-Quizmaster für Schülerteams und stellte wahrhaft schwierige Fragen. Und die Schüler wußten die Antworten. Ohne Ankreuzen, ohne Telefonjoker. Nichts gegen Jauch.

Aber waren das schöne Zeiten, vor dem Privatfernsehen. Als Deutschland noch ein Land des Wissens war, nicht des Googelns.

Als blasierter, hochintelligenter Schwuler berührte Roland Barthes die Dinge. Die Dinge kicherten und verweigerten sich. Nur Franzosen können aus so einer Geste vergeblicher Annäherung auf Hingabe schließen.

Armseligkeitsdiktat der Gegenwart: Das Heiligtum der Rockmusik, die Großen Anderen, die Rolling Stones, müssen sich dem Fernsehen und den DVDs ergeben und andienen. So wird jede Edelnutte zu Spucke auf Stadionstehplätzen.

Das größte Fernsehereignis aller Zeiten, die Abenteuer des Raumschiffs Orion, ist womöglich deswegen so perfekt, weil es als Beigabe zu allem Gelungenen auch etwas völlig Fehlgeschlagenes enthält: die Folge 5 »Kampf um die Sonne«. Kaum Weltraumszenen, das meiste in irgendeinem Münchner Park gedreht. Space action, die aus Kostengründen auf der Erde spielt: die Ikonographie des Beschisses schlechthin. Aber die Orion verkraftet selbst das. »Absorber ein!«

Was die Welt rettet: daß kaum ein Mörder das Format seiner Tat hat. Diejenigen, die es haben, sind die tiefsten Beunruhiger der Welt.

»Was mich betrifft« – eine sinnlose Leerstelle der Sprache. Es gibt nichts, was mich nicht betrifft. Was mich nicht betrifft, existiert nicht. Im Ernst: Wie könnte etwas existieren, wenn ich nicht einmal die Möglichkeit hätte, es zu wissen? Ist das flachköpfige Arroganz? Mitnichten. Fichte und Kierkegaard und Bergson kamen der Wahrheit wohl am nächsten, zumindest was den »modernen« Menschen »betrifft«.

Vielleicht liebe ich die »Orion« so sehr, weil in Folge 6 der Bösewicht Wolfgang Büttner sagt:

»Holt diesen Lyriker aus der Zelle.« Und: »Leistung erkenne ich an.« Er sagte es wesentlich schneidiger und schneidender als mein Vater. Der böseste menschliche Feind bei der Orion (selbst die Außerirdischen hießen »Frogs«) war ein: Franzose. So waren sie, die 60er Jahre des letzten Jahrhunderts, aus deutscher Weltraumwehrmachtssicht. Immerhin kein Russe.

Warten, wenn man weiß, daß nichts kommt.

Und danach auf etwas warten.

Wenn das lächerlich ist, sind alle Helden lächerlich. Ich glaube, kein Held ist lächerlich. Alle Helden sind großartig. Außer denen, die nicht warten können.

Glück: da, wo man ist, barfuß sein zu können. Der Anblick der eigenen Zehen, wenn sie sich unwillkürlich bewegen, lehrt einen viel.

Ein möglicher Glaubenssatz: Das Geheimnis hat nichts gegen uns.

Der Spießbürger (den es in immer neuen Verkleidungen immer wieder geben wird) fühlt sich gerne gut aufgehoben. Daß er den Hegelschen Sinn dieses Wortes niemals erfassen wird, ist eines der Grundprobleme der Welt.

War es nun der Spießbürger oder doch Jesus, der treuäugig wie eine Kuh vor Kafkas Türhüter stand?

Spinoza hat versucht, die Wahrheit über das Wesen von allem in Sprache zu fassen. Seit Kant sind wir bescheidener, vom Hegel/Marxschen Aufbäumen unterhalb Gottes einmal abgesehen. Dann noch Schopenhauers Verzweiflung und Nietzsches Überschwang, gut. Der Rest ist logische Nabelschau oder desillusioniertes Stammeln, Tasten, Raunen. Sind wir »weiter«? Nein, flüstert Heidegger, auf Adornos Grab tanzend. Nicht … wesentlich.

Negenharrie. Was es für schöne Ortsnamen gibt in Deutschland, geheimnisvolle, vielversprechende. Ich glaube, in Negenharrie könnte ich leben. Für eine Weile. (Vielleicht habe ich mich bei dem Namen auch verlesen, er flog so schnell am Autofenster vorbei. Aber ich halte an ihm fest.)

Feuerzeuge sind meine liebsten Lesezeichen.

Das schönste Kleidungsstück ist das Höschen der Frauen. Es verrät im Verbergen, es deutet an und verhüllt, es ist das letzte hübsche Hindernis vor dem Glück. Es ist textiler Jazz.

Meine Sprache ist eine Textilfabrik. Für etwas unsagbar Nacktes darunter.

Ich möchte mich auswalten. Aber ich muß mich aushalten.

Wenn ich etwas vorhabe, ist meistens nichts dahinter. Nur was ich hinter mir habe, hatte ich vor.

Wenn man sich selbst übertroffen hat, bleibt immer die Frage, ob man sich dabei auch antraf.

Die bedeutendsten und wohl auch unvergleichlichsten Worte der deutschen Sprache sind »Stimmung« und »Gemüt«. Das liegt sicher daran, daß sie so viel mit Musik zu tun haben.

Nichts erinnert mich so sehr an dich wie der Anblick deiner leeren Schuhe.

Macula-Deformation. Am unteren Rand des Blickfelds sieht man gerade Linien gekrümmt. Sieht man also: genauer?

Die Gegenstände sprechen nur dann mit mir, wenn ich sie falsch benutze. Handhabe. Und auch dann nur mit meinen Händen. Denen der Schweiß ausbricht.

Jedes Aquarium ist ein Stück aus dem Meer exzerpierte Grausamkeit.

Gerade das, was man über sich selbst besser weiß als alle anderen, darf man nicht aussprechen. Sogar Selbstbezichtigungen würden als Arroganz ausgelegt, aufgrund ihrer Genauigkeit.

Beim Älterwerden wird nicht alles langsamer. Die Wahrnehmung zum Beispiel wird hastiger, fahriger, unaufmerksamer. Sicher hat das auch mit abnehmender Seh- und Hörkraft zu tun, aber nicht nur. Man überliest Worte oder liest sie falsch, zieht daraus unsinnige Schlüsse, begeht Fehler, verursacht Mißverständnisse und regt sich unnötig und über die Maßen auf, nicht zuletzt über sich selber. Die Torschlußpanik will zu viel, verschluckt sich an der Welt. Und wenn man sich Musik kauft, hört man sie in den meisten Fällen nur ein einziges Mal, wenn überhaupt. Weil man viel zu viel Musik kauft. Das hat dann bereits mit der Todesangst zu tun.

Die meisten Männer, die man lange nicht gesehen hat, sind dann beim Wiedertreffen entweder ganz dick oder ganz dünn geworden, ersteres ist wahrscheinlicher. Kaum ein Mann bleibt so, wie er war. Bei Frauen ist das häufiger der Fall.

Wenn man sich als Kaiser von China körperlich ertüchtigen möchte, gibt man jedem Karatetrainer, den man an den Hof beordert, die Anweisung, hart zuzuschlagen und auf gar keinen Fall darauf Rücksicht zu nehmen, es mit dem Kaiser zu tun zu haben. Natürlich entvölkert man dabei im Lauf weniger Jahre das Land von Karatetrainern.

Gepflegte Morde bei feinen Leuten in schöner Umgebung, so müssen Kriminalfilme sein. Der Rest ist Leben.

Gauck, Ex-Pastor, fordert auf der »Sicherheitskonferenz« in München im Januar 2014 mehr militärisches Engagement der Deutschen. Unsere vitalen, auch wirtschaftlichen Interessen dürfen und sollen auch mit Gewalt »verteidigt« werden. Wenn er proklamiert, es müsse Schluß sein mit der Drückebergerei, meint man den Mundgeruch eines bösartigen Sportlehrers zu erschnuppern. Interessant, dieses langsame Comeback staatstragender Blutrunst. Gaucks Vorvorgänger Köhler mußte noch, wegen ähnlicher Ansichten öffentlich im Stich gelassen, zurücktreten.

In allem orientiert sich unsere Gesellschaft nach unten. Die prollige, ordinäre, tätowierte Attitüde ist angesagt, das Niedrige, das Simple ist schick. Außer beim Kochen. Gekocht wird stylisch, leck mich am Arsch.

Du schwule Lesbentitte. Welch beinah körperliches Vergnügen es bereitet, Unflat zu formulieren.

Frauen, die Männer mögen, gibt es viele. Aber umgekehrt, abgesehen vom Gebrauchsbedürfnis? Dafür gibt es viel weniger Frauen, die Jazz mögen, als Männer, die sich schminken.

Die Abgeordneten des Deutschen Bundestags 2014: eine bildungsferne Schmierfettschicht.

Peter Weihe, Deutschlands bester Gitarrist: äußerlich eine Mischung aus Albert Einstein und dem späten David Gilmour von Pink Floyd. Vom Wesen her nicht nur Virtuose, sondern auch Pädagoge, einer, der dir erst mal erklärt, welche Fragen du haben solltest, ehe er sie beantwortet. Und seine innere Gestimmtheit: irgendwie ein elektrischer Brahms.

Das geeignetste Kleidungsstück, um jeden Mann wie einen Vollidioten aussehen zu lassen:
die Pudelmütze.

Bei der Lektüre von Max Frischs Berliner Aufzeichnungen: Der Eindruck, den ich schon als junger Leser von ihm hatte, bleibt. Seine Schreibweise entspricht seiner muffelnden schweizerischen, von Bergen eingekeilten Sprechweise. Ein Spießbürger, der allerdings die Gabe hat, über diese Tatsache mitteltief Auskunft zu geben. Montaigne als Käsefondue. Ein sympathischerer Grass. Von gipfelstürmender Literatur so weit entfernt wie Kurt Marti von Augustinus.

Der mir genehmste Ausspruch von Marcel Reich-Ranicki: Cuisine interessiert mich nicht. Ich will satt werden.

Hör mit dem Vergleichen auf. Die beste Platte seit … das größte Buch seit … – alles Quatsch. Sag, daß etwas sehr gut ist, wenn es sehr gut ist, und damit genug. Der Vergleichswahn, eine juckende Hautkrankheit unserer Zeit.

Eine schöne nackte Frau erinnert mich an Früchte. Ein schöner nackter Mann erinnert mich an Gemüse. Gemüse mag ich lieber als Früchte, aber Frauen mag ich lieber als Männer. Vielleicht weil es Fruchtfleisch gibt, Gemüsefleisch aber ein Widerspruch in sich selbst ist.

Jeden Tag gibt es tausend Gründe, enttäuscht zu sein von der Menschheit und angetan von Menschen. Nein, für Letzteres gibt es weniger.

Man hat nichts zu sagen. Anderen. Höchstens sich selbst. Und auch das ist nicht sicher.

Wieso erkennt man eigentlich im Fernsehen immer sofort den Unterschied zwischen einer gespielten Szene und einer realen? Absolut sofort, im Bruchteil einer Sekunde? Gibt es so wenig Gemeinsamkeiten zwischen Wirklichem und Erfundenem?

Ich kann mir nicht vorstellen, daß es Menschen gibt, für die das Nachlassen der sexuellen Neugier nicht die schlimmste Erfahrung überhaupt ist. Priester? Auch Priester sind Menschen.

Diese Anstandsportion Unglück, die jedem, dem man begegnet, ins Gesicht geschrieben steht.

Wenn die Geräte an den Hotelzimmerdecken nicht Rauch melden würden, sondern Einsamkeit, wäre es ein interessanter Beruf, bei der entsprechenden Feuerwehr zu sein.

Zehn Jahre lang hatte ich keinen Bart. Jetzt habe ich wieder einen.

Jemand kommt und sagt:
Du hast dich überhaupt nicht verändert.

Was Eltern wirklich denken: Unsere Kinder sollen es mal auch nicht besser haben.

Jugendliche Schwachköpfe, von Fernsehen und Film blödamerikanisiert, ballen im Moment der Genugtuung (z. B. wenn sie bei ebay etwas ersteigert haben) gern die rechte Faust und rammen den dazugehörigen Unterarm nach hinten oder erdwärts, wobei sie wie bei einem blauweißroten Ballspiel »Strike!« brüllen.

Ruft eigentlich noch irgendjemand »Streik«?

Das Geheimnis der zersägten Dame: Sie wird tatsächlich zersägt. Und es tut auch weh, sehr. Aber sie sagt es keinem, nicht einmal dem Zauberer. Deshalb funktioniert es.

Überzeugungen heutzutage sind meistens nichts anderes als ein Frustkauf von Mangelware.

Wenn man schon mal, selten genug, zu sich selbst kommt, ist gerade keiner da. Man hat zu lange auf sich warten müssen und sich was anderes vorgenommen. Das hat man nun. Von sich.

Der Teufel tritt gerne auf in der Gestalt des Novizen, der dem älteren Schüler sein Herz ausschüttet. Wenn der dann vom Meister abfällt, war er ein Engel.

Manche Menschen haben das Talent, grundsätzlich immer im falschen Moment anzurufen. Man steigt gerade in die Schuhe, man ist gerade im Gehen – da klingeln sie unweigerlich. Und sind nur schwer auf später zu vertrösten. Interessanterweise sind das Leute von einer unglaublichen Schusseligkeit, Fahrigkeit und Zerstreutheit, was ihre eigenen Dinge betrifft.

Wenn ich meine Frau vom Frisör abholen soll, habe ich immer Angst, daß sie schon losgegangen ist und ich sie auf dem Bürgersteig übersehe und an ihr vorbeifahre.

Hätten doch all die heutigen Bewerber und Kandidaten für Casting Shows und ähnliche Menschheitsverbrechen ein bißchen was vom Schamgefühl Georg Groddecks. Der schreibt in seinen Erinnerungen: »Der Hochmut in mir läßt es nicht zu, mit anderen in Wettbewerb zu treten.«

Entscheidend ist, was man vergißt (zum Beispiel den Punkt am Satzende!)

Wenn man in Cottbus nachts das Hotelzimmerfenster öffnet, pfeift der Wind russische Lieder von der Ostfront.

Nicht daß ich auf deinen Tod warte. Aber erst dann kann ich sagen, was du mir bedeutest.

(Wer sich jetzt wohl angesprochen fühlt?)

Nicht von einem »absoluten must« zu sprechen, wenn etwas unverzichtbar scheint, ist heutzutage ein »totales no go«. Die Verblödianisierung der deutschen Sprache durch das Englische ist weitaus umfassender als ihre Bereicherung.

Wenn es mich nicht gibt, gibt es keine Welt. Und was noch viel vernichtender ist: Wenn ich nicht zuschaue, gibt es keine Weltmeisterschaft.

Es ist zu vermuten, die hiesige und heutige Wertschätzung für Schwule und Lesben habe ihren Zenit erreicht. Werden die Verteilungskämpfe härter, wird man sie bedenkenlos unter die Schmarotzer einreihen.

Für einen Passagier mag es ja noch angehen. Aber wie schmerzhaft muß das Gefühl für einen Kapitän sein, sich auf dem falschen Dampfer zu befinden?

DIE SCHWEBEBALKEN

15. 9. 2013

Alles verändert mich. Was sonst? Was sonst, wenn nicht alles. Jeder Bruchteil einer Sekunde, der auf meinen Körper trifft wie ein Regentropfen. Jeder Moment, den mein Bewußtsein oder sagen wir sogar: meine Seele durchquert, verändert mich. Ich kann nicht gleichbleiben. Auch wenn ich will. Ich bin Das-was-sich-ändert. Wie alles. Außer Gott, wenn es ihn gibt. Was ich doch hoffen möchte. Gott wäre anders als alles andere. Denn Gott wäre das Alles-Eine, welches mehr ist als alles. Was wie ein Widerspruch in sich klingt, aber letzten Endes nur besagt, daß wir Gott nicht einfangen können mit Sprache, nicht eingemeinden, nicht durch zutreffende Benennung katalogisieren, verharmlosen, entschärfen. Gott, wenn es ihn gibt, wird immer das Beunruhigende sein, das vom Menschenverstand nicht Zähmbare, dem man sich nur durch Stammeln nähern kann, durch Lallen oder gleich durch Musik. Und da wir Die-die-sich-ändern sind, die Sich-Wandeln-Müssenden, kommen wir damit niemals zurande, werden wir damit niemals fertig, weder in einem zeitlichen noch in einem seelischen Sinn. Aber die Sehnsucht nach etwas, das anders ist als wir, nach etwas, das aber so extrem anders ist als wir, daß es nicht anders sein muß als irgendwas, sondern eins sein kann mit sich und in Allem, also die Sehnsucht nach Gott, treibt uns immer wieder an, peitscht uns in immer neue Versuche, uns diesem All-Einen, diesem Ein und Alles zu nähern, schüchtern und begeistert, ehrfürchtig und neugierig, wohl wissend, daß es sich uns allerhöchstens in der Form seines Nichterscheinens zeigt. Und daran muß man eben glauben, wenn man es nicht heillos bleiben läßt. Die einzige Gestalt, in der denen, die guten Willens sind, das Wunder gegeben ist, ist das Alles, das sich immerwährend verändert. Und dieses Sichändern ist seine Sprache, in der es sagt: Ich bin Alles. Und somit nicht Gott. Noch nicht. Nicht ganz. Aber ich bin ein Hinweis auf mehr. Ich bin der Schatten von etwas, das mehr ist als alles. Gott ist mehr. Unendlich viel mehr als Alles. Und dadurch anders als Alles. Nämlich Eins.

15. 9. 2013 (2)

Stell dir mal vor, der Mensch der Zukunft sagt rückblickend auf unsere Zeit: Eine so lächerliche, verkrampft verblendete, peinliche Epoche hat die Welt nur einmal gesehen. Du lieber Himmel, was für eine groteske Zusammenballung von Irrtümern, verhängnisvollen widersinnigen Behauptungen, katastrophalen Fehlern, die um ein Haar verhindert hätten, daß wir je das Licht der Welt erblicken durften. Soziale Gerechtigkeit, gleiche Chancen für alle – wie absurd! Der Meinungsterror, mit dem perverse Minderheiten die Mehrheit in Angst und Schrecken und Erklärungsnot versetzten – wie schändlich! Die panische und sich dabei noch aufgeklärt gebende Ablehnung des technischen Fortschritts, ja des menschlichen Erfindungsgeistes überhaupt – wie ruchlos! Die Anmaßung, mit der westliche Wert-Losigkeit allen anderen Gesellschaften aufgezwungen werden sollte, unter Aberkennung ihrer würdevollen, geschichtlich gewachsenen Sitten und Gebräuche – wie unverschämt! Als würden den tapfersten Soldaten der Menschheit von tollwütig gewordenen Vorgesetzten vor Beginn der Entscheidungsschlacht die Schulterstücke abgerissen. Zum Glück haben sie sich nicht entmutigen lassen und die Waffen im letzten Moment auf die wahren Feinde gerichtet, auf die hochmütigen Befehlshaber, die Insolvenzverwalter des Abendlands, zum Segen der Menschheit. Oder die Emanzipation der Frau – was für eine scheußliche Verrenkung, was für eine satanische Verkrüppelung der schöneren, weiseren, besseren Hälfte des Mondes! Stell dir das mal vor. Das ist ja nicht ausgeschlossen, daß der Mensch der Zukunft so was sagt. Wir können es ja nicht wissen. Und wenn du dir das vorstellst, so schwer (oder so leicht) das auch fallen mag, was macht das dann mit dir. Du.

17. 9. 2013

Das Spießertum
trägt Korksandalen
in Stuttgart und
Nordrhein-Westfalen

Das ist ihr Stil
ihr Markenkern
jedoch das Volk
hört gar nicht gern

Wenn man es so
heruntermacht
wählt in die Urne
Gute Nacht

23. 10. 2013

Ich träumte von Tagen mit Telefonnummern. Von unsichtbaren Katzen und senkrechten Brücken. Schläfrige Widersprüche orakelten den Halbherzen Sonnenabgänge, aber hallo. Bleigewichte hingen an den Ohrläppchen, blond war die Farbe der Freundlichkeit und der Entschlußkraft, und ich war angekommen, ehe ich losgefahren war.

(Seien Sie nachsichtig mit alleinerziehenden Eidechsen. Die haben es nicht leicht.)

Ich träumte von dem Geräusch zerplatzender Hoffnungen. Von schlecht gelaunten Stehaufmännchen im Gegenlicht, nein, das waren Oberkellner, die mich zu erkennen glaubten, aber sie verwechselten mich mit einer Hutschachtel aus einem frühen Bob-Dylan-Song, macht nichts.

Es war ordentlich Dampf unterm Kessel, und er brachte den Kessel zum Schweben (!) und Scheppern. Hätte ich mehr Haare gehabt, sie hätten mir zu Berge gestanden, was heißt das eigentlich, komische Sprache, die deutsche, man muß sie halt singen.

Ich träumte davon, überzeugt zu werden, daß ich das Richtige tue, daß ich den guten Kampf kämpfe und daß am Ende des Tunnels als Belohnung das Land Tir Na Nog wartet, mit Liedern, die auf Bäumen wachsen, man muß sie nur herunterschütteln, träumen darf man ja mal.

Ich träumte davon, mit Leonard Cohen in einem Pariser Bistro zu sitzen. Draußen reitet Napoleon auf seinem weißen Pferd vorbei, sieht uns und sagt: Na, da will ich mal nicht weiter stören (denn wir schrieben gerade einen Text zusammen, der nur aus Fragezeichen bestand und Frauennamen).

Die Lichtgeschwindigkeit ist ein Witz. Im Dunkeln geht es noch viel schneller. Besonders wenn mir die Eule der Minerva ihre Sonnenbrille leiht.

25. 10. 2013

Wir tun, was wir können. Wir tun alles, was wir können. Natürlich tun wir alles, was wir können. Warum sollten wir denn weniger tun, als alles was wir können? Wer kann uns das verbieten? Niemand kann das. Einige wollen es versuchen, das können sie ruhig, sie können sich aber auch eine Frikadelle ans Knie nageln. Denn niemand kann uns verbieten, was geht. Was geht, das wird auch gemacht, immer und unter allen Umständen. Nur was nicht geht, wird nicht gemacht. Weil es eben nicht geht. Also müßten die Leute, die uns was verbieten wollen, dafür sorgen, daß es nicht geht. Aber das geht nicht. Das können sie nicht. Weil wir alles können, was geht. Und deswegen dafür sorgen können, daß keiner dafür sorgen kann, daß etwas nicht geht. Freiheit, Souveränität, Freundschaft, drauf geschissen. Wir sind die Geldregierung des planierten Planeten. Wir sind The Wall Street. Wir kennen keine Freunde. Bei Geld hört die Freundschaft auf. Müssen wir euch wirklich noch den Krieg erklären, den wir längst gewonnen haben? Also wirklich. Merkelt euch das, ihr habt nichts zu melden, was wir nicht schon wissen. Zappeln dürft ihr ein bißchen an unseren unsichtbaren Fäden, wir allein entscheiden, wann sie reißen. Was glaubt ihr denn, wer damals nach Amerika ausgewandert ist? Doch nicht die Besten, die Tapfersten, die Wunderbarsten, wie wir euch seit Jahrhunderten weismachen! Sondern die Verlierer, die Abgerutschten, die Zwielichtigen, die euch erfolgreich den Traum der Demokratie zurück über den Atlantik verkauften! In Wahrheit sind wir euer Albtraum, und jetzt rauben wir euch alles, nicht nur den Schlaf! Es lebe der Dritte Geldkrieg! Dax heil! Dow Jones befiehl, wir folgen! USA, NSA, NSU und raus bist du.

1. 11. 2013

Du bist der einzige Fahrgast in einem Bus. Der Mann hinterm Steuer trägt ein Schild auf dem Rücken: »Sie können ruhig mit dem Fahrer sprechen. Aber es ändert nichts.« Die Haltestellen fliegen am Fenster vorbei. An jeder stehen Leute, aber sie drehen der Straße den Rücken zu. Der Fahrer steht auf und kommt kassieren. Der Bus rast weiter, ganz von allein. »Sie haben ja keine Ahnung, wenn Sie glauben, es ginge ums Ankommen, es gäbe ein Ziel oder auch nur eine Straße, querfeldein, querfeldaus, keine Reifen, keine Bremsen, wir schaben auf dem Bodenblech durchs Land, bis die Funken sprühen, vielleicht ist unter uns Landebahnschaum, vielleicht auch nicht, Sie werden es zu gegebener Zeit erfahren, ich weiß es schon, macht drei Euro fuffzig.«

8. 11. 2013

Briefkästen darf man sich jetzt individuell anfertigen lassen. Beklebt mit Motiven, tierischen, floralen oder weiß der Kukkuck womit. Bei tierischen oder kindlichen ertönt auf Wunsch Gebell oder Geplärr aus dem Schlitz. Und alle finden das toll. Und alle finden das »geckich«. Und alle finden das … individuell eben. Irgendwo.

Ich als Postbote würde mich weigern, irgendetwas zuzustellen. In Ungelbes.

11. 11. 2013

Der größte Patriot der Farben Blau-Weiß-Rot, der tapferste Amerikaner, der aufrechteste Indianer (vielleicht, so fürchte ich zuweilen, der letzte Mohikaner) sitzt in Moskau, als Spielball der Geschichte. Und die USA machen ungerührt, eiseskalt und schwerstblasiert alle Hoffnungen, die man mit ihnen verband, alle Träume von einem besseren Land: zunichte.

Edward Snowden ist der letzte Held der sogenannten Freien Welt. Die Amis sollten ein Denkmal aufschichten, statt daran zu denken, ihn hinzurichten. (Geheimdienstkiller, die überall sitzen, betanken schon die Todesspritzen.) Amerika, Amerika, was ist aus dir geworden! Natürlich wäre er nicht der erste, den deine Schergen ermorden. So ist das halt als Supermacht. So ist der Lauf der Welt. Und bald bist du nicht einmal noch ein China mit mehr Geld.

Ich frage mich: Weshalb höre ich nichts von deinen anderen Helden? Bob Dylan, Springsteen und Neil Young – weswegen die sich nicht melden? Madonna, die Eagles oder die Beach Boys und wie sie alle heißen – veranlaßt selbst schon euch die Angst, die Zähne zusammenzubeißen? George Clooney, Willis, Schwarzenegger und all die Großmaul-Rapper … werden selbst die Prominenten zu Deppen und noch depper? Ihr seid doch alles Leute größtmöglichen Gewichts! Ich frage euch über'n großen Teich: Warum höre ich nichts?

13. 11. 2013

Musik für keine Käufer. Radio für keine Zuhörer. Fernsehen und Film für keine Zuschauer. Bücher für keine Leser. Was machen die Leute eigentlich? Kochkurse für Fast Food Junkies, Tanzkurse für fettleibige Couch Potatoes, Malkurse für Farbenblinde, Töpferkurse für Leute mit drei linken Händen, irgendwie paßt da was nicht.

Free Climbing für Höhenängstliche. Weinproben für trokkene Alkoholiker. Führerscheine für Blinde. Männermagazine für Lesben. Obwohl, letzteres ginge ja noch.

Eheberatung für Priester. Medienprofessuren für Pro-7-Moderatorinnen. Sinnvolle Aufgaben für Markus Lanz. Also man kann sagen, was man will, es ist für jeden was dabei. Aber: Seepferdchenabzeichen für Wasserleichen? Die Aufforderung an Selbstmordattentäter, den Gürtel enger zu schnallen? Oder an die Hungernden in Afrika, auch mal über den eigenen Tellerrand hinauszuschauen? Das geht ja dann wohl doch ein bißchen zu weit, nicht wahr.

Für jeden ist etwas dabei
das nennt sich dann Demokratie

wir alle sind ach ja so frei
nur das was uns hilft gibt es nie
das Wichtige immer vertuscht
vernebelt ins Abseits gedrängt
was wesentlich wär' wird verpfuscht
in scheinbare Freiheit gezwängt

Volksmusikanten predigen Revolution. Steuerhinterzieher sind Volkshelden. In Offenburg gibt es einen »Platz der Verfassungsfreunde«. Nichts gegen die, aber angesichts der Verfassung, in der wir sind, würde ich mich eher auf einem Platz der Verfassungsfeinde versammeln. Ehrlich gesagt.

19. 11. 2013

Bei uns herrscht Wohlfühlzwang. Da verstehen wir keinen Spaß. Wer sich bei uns und mit uns nicht wohlfühlt, wer miesmacht, schwarzmalt und Bedenken trägt, der muß selber sehen, wie er klarkommt. Der wird von allen Gästelisten gestrichen und kommt auf die schwarzen. Wenn zum Beispiel November ist und draußen ein Wetter, als ob alle Erzengel kotzen, dann ist das noch lange kein Grund, schlechte Stimmung zu verbreiten, rumzunörgeln, aggressiv vor sich hin zu frösteln und damit all denen ein schlechtes Gewissen zu machen, die es schön warm haben. KUSCHELZEIT, so muß man das sehen. Eng zusammenrücken auf dem Sofa mit dem Partner, wenn man einen hat. Kekse, Ingwertee und Mandarinen, Hurra statt Hatschi, das Leben ist doch im Rahmen unserer getroffenen Vorkehrungen prima, was soll denn das ewige Herumkritisieren, die Tür kann nicht halb offen sein oder halb zu, entweder ist sie offen oder zu, und wir finden immer eine offene Tür, selbst da, wo keine Wand ist. Natürlich wissen wir, daß wir uns etwas vormachen. Natürlich wissen wir, daß das Leben hart ist, trostlos, grausam und ungerecht, aber wer das ausspricht, wer das zugibt, der sagt das Zauberwort, das dafür sorgt, daß unser ganzer verlogener Spaßpalast über uns zusammenbricht, er ist ja ohnehin nur auf Streichhölzerstelzen gebaut, die allesamt schon brennen.

Wir wollen feiern bis zum letzten Atemzug, wir wollen unsere Wohlfühler ausstrecken wie Tentakel mit Saugnäpfen, sternhagelvoll bis an die Oberkante Unterlippe dem Abgrund entgegen, dem Einsturz, dem Untergang, glaub bloß nicht, daß du der einzige bist, der sich hier mulmig fühlt, uns allen geht der Arsch auf Grundeis, das Ende einer Epoche ist nichts für Weicheier, also reiß dich zusammen und sprich uns nach:

Schwarz ist weiß kalt ist heiß
traurig ist lustig
und wenn es schiefgeht sage nie
niemals niemals niemals nie
das wußt' ich

19. 11. 2013 (2)

Wir fordern die Frauenquote für Herrentoiletten. Diese letzte Männerbastion muß fallen. Aber natürlich flexi – die Frauen müssen selber entscheiden können, ob sie stehen oder sitzen wollen. Und wir haben festgestellt, daß es immer noch viel zu viele Tennisarme auf der Welt gibt. Also: Mehr Grand

Slams in die Grand Slums! Turniere bringen schließlich Asche auf die Aschenplätze. Und wir fordern Volksentscheide, wenn sie uns in den Kram passen. Also das Volk soll abstimmen, bis wir zustimmen. So ist es brav.

Was die Sexualität betrifft, sind wir für die Umverteilung von oben und unten, hinten und vorn. Und überhaupt für soziale Geschlechtlichkeit. Kein Paar darf benachteiligt werden aufgrund seiner Gleichstellungen oder Ungleichstellungen. Nicht einmal wenn es nur aus einer Person besteht!

Überhaupt ist die Würde des Einzelnen ein unantastbarer Feuerwerkskörper, bengalisch und moralisch, historisch und euphorisch, juristisch und puristisch, erotisch und idiotisch. Außer es handelt sich um Reiche oder berufstätigkeitsscheue Hausfrauen. Ach, es gäbe noch so vieles zu fordern. Aber manchmal haben wir einfach keine Lust mehr. Manchmal kommen wir uns vor wie Müllmänner, vor denen die Haustür aufgeht, und jemand ruft ihnen zu: Danke, wir brauchen nichts.

23. 11. 2013

Also, es ist so. Du mußt aufpassen, wenn du. Und ehe du überhaupt, solltest du, wenn du nicht schon vorher hast, ganz unbedingt. Und sobald du, wirklich im gleichen Augenblick, ganz abgesehen von dem, was du hinterher auf alle Fälle. Wie soll ich das erklären? Es kommt auf die Feinfühligkeit an. Auf das Fingerspitzengefühl, auf das Gewußtwie. Ganz wichtig ist der Anfang. Du mußt am richtigen Ende anfangen, damit du nicht am falschen Anfang endest. Dann wäre alles umsonst gewesen. Das ist wie beim Mikado. Wie beim Entschärfen einer Zeitbombe. Wie bei einer Frau, wenn du verstehst, was ich meine. Das ist eine Sache der Übung. Eine Sache der Erfahrung. Das muß man am besten schon tausendmal gemacht haben, ehe man es zum ersten Mal versucht. Und das genau ist ja das Problem. Das kann dir keiner abnehmen. Da kann dir keiner helfen. Da mußt du durch. Aber man kann es lernen. Man kann es schaffen. Andere haben es auch geschafft, nicht wahr? Schau mal, eigentlich ist es doch ganz einfach. Laß es mich einmal so sagen: Wenn dich ein Preisschild stört auf einer CD-Hülle, und du willst es abknibbeln, ganz vorsichtig abknibbeln, dann ist es nicht sehr hilfreich, wenn du viel zu kurze Fingernägel hast. Oder welche, die sofort abbrechen. Oder wenn du Fäustlinge trägst. Oder die Arme in Gips. Gut, war nur ein Beispiel. Ein Gleichnis. Ein hinkender Vergleich. Aber direkter läßt sich das nicht sagen. Man kann sich der Sache nur in Bildern annähern, behutsam und um die Ecke gedacht, metaphorisch, allegorisch, quid pro quo. Sonst wäre es zu einfach. Sonst könnte es ja jeder. Aber nur Mut. Wie gesagt, viele konnten es schon vor dir. Millionen. Milliarden sogar. Also gib dir einen Ruck, du Quark im Schaufenster, raff dich auf und sage: He, ihr beiden da, du Mann und du Frau, legt euch aufeinander und entzündet den Funken, egal, ob ihr schwarz, weiß oder bunt seid, egal, ob ihr häßlich oder hübsch seid, egal, ob du Mann sie Pupsi nennst oder du Frau ihn Scheißerchen, reibt euch aneinander und macht mich, ich will geboren werden.

27. 11. 2013

Er war der beste Torhüter der Welt. Er hielt einfach alles. Jeden Kopfball, jeden Vollspannschuß, jeden Hackentrick, jeden Freistoß, egal, ob direkt oder indirekt, einfach alles, was auf ihn zukam, egal, ob abgefälscht oder unverfälscht, und natürlich auch jeden Elfmeter. Und so dauerte es nicht lange, bis der beste Manager, der beste Sportdirektor, der beste Trainer und der beste Vereinspräsident sagten: Dieser Mann muß einfach in der besten Mannschaft der Welt spielen. Das tat er dann auch. Aber weil es eben die beste Mannschaft der Welt war, ließ sie es überhaupt nicht mehr zu, daß irgendein Angriff eines Gegners auch nur in seine Nähe kam. Er stand da, schwitzte oder fror, langweilte sich furchtbar und hatte nicht mehr das Geringste zu tun. Bald konnte er sich nicht mehr konzentrieren, schäkerte ständig mit den hübschen Spielerfrauen auf den Rängen oder mit den hübschen Spielermännern, ja, ja, er wußte Bescheid. Und seine Muskeln wurden schlaff. Da half auch kein Torwarttraining, denn das Entscheidende fehlte: die Herausforderung, die Gelegenheit, auch nur ein einziges Mal zu beweisen, was er früher einmal gekonnt hatte. Und so wurde er binnen kurzer Zeit der schlechteste Torhüter der Welt.

(Politisch unkorrekter Schluß: Da es sich aber bei der besten Mannschaft der Welt um eine Frauenfußballmannschaft handelte, also um eine Fußballfrauschaft, war er als schlechtester Torhüter immer noch besser als die beste Torhüterin der Welt, das ist doch auch was.)

3. 12. 2013

Meine sehr verehrten Damen und Herren!

Lassen Sie mich zu Beginn ein paar Worte sagen:

Wertstofftüte,

Nothaltebucht,

Pilzbefall,

Darmstadt,

Brillenfutteral,

Milchmädchenrechnung,

Dunstabzugshaube,

Übergangsjacke.

So, jetzt ist mir wohler. Jetzt kann es losgehen.

Ich danke Ihnen für Ihr Verständnis.

3. 12. 2013 (2)

Ich habe einen Eindruck. Dieser Eindruck ist so stark, daß es mir egal ist, ob er stimmt. Er zählt für mich zu den stärksten Eindrücken, die mir jemals etwas gemacht hat. Ich habe nämlich den Eindruck, daß du mich nicht leiden kannst. Auch wenn du noch so sehr beteuerst, daß mein Eindruck falsch ist. Mein Eindruck ist stärker als alle deine Beschwörungen seines Gegenteils. Auch wenn du dir gegen die Brust schlägst, dir die Haare raufst, mich anflehst, dir zu glauben, mich von deinem Leberwurstbrot abbeißen läßt, mir hunderttausend Euro überweist, vor mir auf die Knie gehst und meine Hose öffnest. Gib dir keine Mühe. Ich habe nun mal diesen Eindruck. Und der Eindruck hat mich fest in seiner

Gewalt. Du kannst mich nicht leiden. Du magst mich nicht. Und dementsprechend mag ich dich auch nicht, kann ich dich auch nicht leiden, ich zeige dir die kalte Schulter, ich rede schlecht über dich hinter deinem Rücken, ich zerkratze dir dein Auto, ich werfe ein brennendes Streichholz in deinen Briefkasten, ich spanne dir deine Frau aus, obwohl sie mich gar nicht interessiert, bis du endlich deine Fassung, deine positive Verfaßtheit mir gegenüber verlierst, bis du endlich böse wirst, bis du endlich ausrastest und mich krankenhausreif schlägst und mich verklagst und mich ruinierst, bis also mein Eindruck stimmt, er hat es ja schon immer gesagt, er hat es ja schon immer gewußt, mein Eindruck war der Wirklichkeit um Längen voraus, die Wirklichkeit hat manchmal eine lange Leitung, aber nun hat sie's ja doch noch geschafft, mit hängender Zunge, die Wirklichkeit hat keine gute Kondition, von meinem Eindruck kann sie sich noch eine Scheibe abschneiden. Vom Eindruck lernen heißt recht behalten.

20. 12. 2013

Dieser Gedanke. Dieser schreckliche Gedanke. Ich wage ihn gar nicht zu Ende zu denken. Er verfolgt mich im Licht, er verfolgt mich in der Dunkelheit. Er macht ein Sieb aus meinem Schlaf, in dem ich nicht hängenbleibe, durch das ich hindurchfalle ins Nichts. Ich bin zu winzig. Ich bin zu unwichtig. Zu unbedeutend.

Dieser Gedanke, daß es die Welt auch ohne mich gibt. Daß kaum etwas anders wäre, wenn ich nicht existierte, daß meine paar Spuren nicht wahrnehmbar sind in dem allgemeinen Getrampel, belanglos, folgenlos, vergeblich, nicht der Mühe wert, nicht der Rede wert. Dieser Gedanke ist eine Kränkung. Eine Zumutung. Eine Beleidigung, eine Demütigung, die größtmögliche Infamie, das vernichtendste Urteil, das nicht endenwollende Hohngelächter des Teufels und die kalte Schulter Gottes. Die Welt ohne mich. Eine Soße ohne Fleisch. Ein Fußballspiel ohne Ball. Ein Oder ohne Entweder.

Das darf doch nicht wahr sein. Die Welt war doch für mich gemeint. Die Welt muß doch auf mich hinauslaufen. Die Welt ereignet sich doch erst durch mich. Kommt doch nur durch mich zu sich selbst. Ich bin doch ihre Bestimmung. Ihr Brennpunkt. Ihr Sinn. Ich bin doch unentbehrlich. Erst mit mir ist doch die Schöpfung vollendet. Ja denkste. Pustekuchen.

Die Ehefrau sagt: Mein Mann könnte so großartig sein, wenn er anders wäre. Der Strick sagt: Es könnte so schön sein, die Seele baumeln zu lassen, gäbe es nicht die Schwerkraft. Und jedes Atom, jedes verdammte Atom sagt: Ich habe das Zeug dazu, eine Bombe zu sein. Und jedes hat recht. Genausoviel recht wie ich.

Das ist unerträglich. Vollkommen unerträglich. Ich bin überhaupt nichts Besonderes. Mein Wort hat nicht mehr Gewicht als ein Furz im Wind. Jede Schmeißfliege kann meinen Platz beanspruchen und ihn mir streitig machen. Ich könnte den dritten Teil der Bibel schreiben, na und? Irgendein dahergelaufener Analphabet kann sich damit den Arsch abwischen. Und tut es auch irgendwann, mit Sicherheit.

Nein, mit diesem Gedanken kann man nicht leben. Also runter von dem hohen Roß. Ich muß umdenken, sonst sterbe ich auf der Stelle vor Unbehagen. Ich muß freundlich werden und

MEISTERWERKE:
VERBEUGUNGEN
HEINZ RUDOLF
KUNZE
SEIN NEUES KONZEPTALBUM
INKL. ALLES AUS LIEBE · GANZ IN WEISS · BLUMEN AUS EIS
DER MUSSOLINI · FÜR MICH SOLL'S ROTE ROSEN REGNEN
HAUS DER LÜGE · ICH STEH AUF BERLIN · U.V.M.
AB 30. SEPTEMBER
ALS CD & DOWNLOAD!
www.heinzrudolfkunze.de

TOUR ZUM ALBUM „DEUTSCHLAND“

30.09.2016	**WILHELMSHAVEN**	PUMPWERK (WARM-UP SHOW)
01.10.2016	**LEIPZIG**	HAUS AUENSEE
02.10.2016	**ERFURT**	STADTGARTEN
04.10.2016	**NÜRNBERG**	HIRSCH
06.10.2016	**KÖLN**	GLORIA
07.10.2016	**OSNABRÜCK**	ROSENHOF
08.10.2016	**BREMEN**	SCHLACHTHOF
09.10.2016	**ROSTOCK**	MOYA
12.10.2016	**HANNOVER**	CAPITOL
13.10.2016	**WÜRZBURG**	POSTHALLE
15.10.2016	**MÜNCHEN**	TECHNIKUM
17.10.2016	**FRANKFURT/MAIN**	BATSCHKAPP
19.10.2016	**DORTMUND**	FZW
21.10.2016	**MAGDEBURG**	ALTES THEATER
22.10.2016	**BERLIN**	C-HALLE
25.10.2016	**COTTBUS**	GLADHOUSE
26.10.2016	**DRESDEN**	ALTER SCHLACHTHOF
27.10.2016	**ZWICKAU**	BALLHAUS
29.10.2016	**HALLE**	HÄNDEL HALLE
30.10.2016	**HAMBURG**	GROSSE FREIHEIT

TOUR ZUM ALBUM „MEISTERWERKE:VERBEUGUNGEN“

03.03.2017	**CHEMNITZ**	STADTHALLE
04.03.2017	**LEIPZIG**	GEWANDHAUS
30.03.2017	**HAMBURG**	LAEIZHALLE
31.03.2017	**BERLIN**	ADMIRALSPALAST
01.04.2017	**MAGDEBURG**	STADTHALLE
02.04.2017	**ERFURT**	ALTE OPER
21.04.2017	**BOCHUM**	CHRISTUSKIRCHE
22.04.2017	**OLDENBURG**	WESER-EMS-HALLE

Tickets sind erhältlich unter www.mawi-concert.de
und an allen bekannten VVK-Stellen

MAWI CONCERT

tolerant. Ich muß großzügig sein. Ich bin toll. Ganz toll. Und du bist es auch. Und du. Und du. Und du.

31. 12. 2013

Ich bin angeklagt. Ich werde nicht angeklagt, ich bin es. Angeklagt im Sinne von an-geschlagen, an-gebeult. Angeklagt WIRD man wegen etwas. Angeklagt IST man als eine Beschaffenheit, eine Wesensart, wegen seiner selbst, seinetwegen. Das macht mich sprachlos. Und genau das ist die Absicht. Die Absicht, die es nicht von außen gibt. Die Absicht, die in mir selber liegt. Die Absicht, die ICH BIN: sprachlos zu sein, zu sein in einer Sprache, die es nicht gibt, ohne Sprache. In keiner Sprache bin ich angeklagt, also kann ich auch nichts darüber IN ERFAHRUNG BRINGEN, also kann ich mich auch nicht wehren, wogegen denn? Ich habe keine Sprache, um mich gegen mich selbst zu wehren oder gegen Andere oder gegen Anderes, die oder das ja nicht ZUR SPRACHE KOMMEN, die unausgesprochen in mir selbst bleiben, wie Knallkörper, die nicht explodieren, weil sie gar nicht hergestellt wurden. Ich bin angeklagt. So bin ich. So wie jemand auserwählt ist, bin ich auserwählt, angeklagt zu sein, daran läßt sich nichts ändern, das kann man sich nicht aussuchen, DAS IST SO. Und wenn man versucht, sich sprachlos zu wehren, sich letztlich zu wehren gegen sich selbst, kann man eigentlich nur in blinder Raserei, in stummer Verzweiflung um sich schlagen, alles kurz und klein hauen, zertrümmern, vernichten, Amok laufen, und dann, ja dann kann man endlich angeklagt werden WEGEN ETWAS, und genau das ist die

Absicht, das und nichts anderes, darüber ist schon viel gesprochen worden, genützt hat es nichts.

31. 12. 2013 (2)

Charlie Chaplin habe ich nie leiden können. Vermutlich weil er mir zu nahe geht. So nahe wie jeder Zirkusclown. Niemand konnte die grundsätzliche Unterdrücktheit jedes Menschen, der bisher gelebt hat, egal, ob Kaiser oder Bettler, besser darstellen als der stumme Charlie Chaplin. Charlie war der seit dem Sündenfall Zukurzgekommene schlechthin, das Sinnbild des armen In-der-Welt-Wesens, hineingestellt in die immerwährend waltende Unzulänglichkeit und Ungerechtigkeit des Daseins. Ein hilfloser Fuchtler im aussichtslosen Kampf mit dem fundamentalen Empörenden. Aber das Außerordentlichste an ihm war: Er empört sich noch gar nicht. Er ist noch so verstrickt in sein Unheil, daß er noch blind wie ein neugeborenes Säugetier für die Möglichkeit der Empörung ist, die Notwendigkeit der Revolte, die Verheißung der Veränderung. Die Figur Charlie ist die Figur des noch schlafenden Proletariers, noch unerwacht und unerweckt in seiner Not, seinem Hunger nach Sinn, seiner Unbehaustheit auf der großen Abweisung Erde. Die Figur eines im Elend Haftenden, die sich noch nicht überwinden kann, die aber mit jeder Faser ihres Körpers, mit jeder Regung ihres Gesichts, mit allem, was sie tut oder nicht tut, ZEIGT, daß sie zur Überwindung hindrängt, daß sie überwunden werden MUSS, ob sie will oder nicht, sie will ja, etwas in ihr will, sie weiß es bloß noch nicht, und das alles natürlich … stumm.

Als ich den Schauspieler Chaplin zum ersten Mal in einem Film sprechen hörte und sah, ERKANNTE ICH IHN ÜBERHAUPT NICHT WIEDER. Und da wurde er mir sympathisch.

3. 1. 2014

Was war der Auslöser für diesen Wunsch, Musik zu machen? Waren es wirklich Töne, Klänge und der Rausch des Hörens? Nein, ich glaube, es waren vor allem Bilder, Bilder von jungen Männern mit langen Haaren und Instrumenten. Junge Männer, die etwas gemeinsam machten, zustandebrachten, als Gruppe, gegen den Rest der Welt. Bilder, die mir sagten: Hier sind wir, eine verschworene Clique, wir wissen, was wir wollen, und wir machen, was wir wollen, und nichts und niemand hält uns davon ab, wir sind anders, und wir sind besonders, viel besonderer als, sagen wir mal: eine Fußballmannschaft, Sport ist üblich und erlaubt, Sport ist reaktionär, Sport bekommt den Beifall dicker alter Männer mit Zigarren im Maul, Sport ist auf eine peinliche althergebrachte Weise männlich, im Grunde nichts als Wehrertüchtigung. Wenn Frauen Sport machten (so war das damals, und so ist es weitgehend noch heute), hatte das gefälligst schön zu sein, ästhetisch, verstohlen sexy, damit die dicken alten Männer sich in einer von ihren dicken alten Frauen gerade eben noch geduldeten Form daran aufgeilen konnten, aber diese Bilder von jungen Männern mit langen Haaren und Instrumenten zeigten eine völlig neue Möglichkeit von Teamgeist, von Hingabe und Kommunion, wir scheißen auf die alten Leute, ihr versteht uns nicht, und ihr sollt uns auch nicht verstehen, wir sind etwas noch nie Dagewesenes, wir sind eine neue Welt, ihr kriegt uns nicht, wir machen nicht mit in eurem kotzüblen Räderwerk. Ein schöner Traum war das, Ende der 60er Jahre, inzwischen ist er natürlich längst vom Kapitalismus kastriert. Außerdem war ich ein einsamer Junge. Ich wollte Teil von etwas sein, was mich durch und durch ergriff, und deswegen wurde ich es auch, spät zwar, aber besser spät als nie. Denn man kann werden, was man will. Ich sage nicht, daß es leicht ist. Aber es geht, immer noch. Das haben heute schon viele vergessen, bevor sie es überhaupt bemerkt haben. Aber das darf man nicht vergessen. Niemals.

4. 1. 2014

Jetzt ist es raus. Alle Deutschen waren in der Waffen-SS. Und alle Deutschen, die noch kommen, werden immer in der Waffen-SS gewesen sein, jetzt ist es raus. Alle Deutschen lieben Neger – Verzeihung, ich meinte Schlager, jahaaah, da lachen die Leichen im Keller, wie komm ich bloß auf Neger, wie unverantwortlich, aber jetzt ist es raus. Nichts zu machen. Nicht wiedergutzumachen, trotz aller Übung darin auf deutscher Seite. Es gibt 27 bisher erforschte Arten von Kopfschmerzen (also Aua da, wo der Hals oben aufhört), aber es gibt nur 26 bisher erforschte Arten von Deutschen, der Rest ist Mario Barth. Die hervorstechendste Charaktereigenschaft der 26 bisher erforschten Arten von Deutschen ist der Haß. Der Haß auf alles außer Fußball. Besonders der Haß auf sich selbst. Haßt du was, dann bist du was. Der beliebteste Vor- und

Nachname der Saison ist Ulli Deppendorf, dicht gefolgt von Uli Hoeneß, Andrea Nahles, eine Kesselschlacht Buntes, im Westen nichts Neues, Ballermann Balla Ronald Pofalla, Tschuldigung, ich hab vergessen, meine Pillen zu nehmen, jetzt ist es raus. Die Deutschen mögen das Wort »Abführen« nicht mehr, das hat sich irgendwie abgenutzt, sogar was die Verdauungsfunktion betrifft, da sagen die hippen Deutschen jetzt »Ausschleusen«. Die hippen Deutschen sind eine Ausschleuserbande geworden, zumindest auf dem stillen Örtchen, wo auch der Kaiser Franz zu Fuß hingeht, und deswegen ist ihre neueste Lieblingsredewendung auch nicht mehr »ein Stück weit« oder »ich gehe davon aus« oder »krachend gescheitert«, sondern »Aaahhh – – – jetzt ist es raus!«

8. 1. 2014

Man muß das beobachten. Es eilt nicht, aber man muß das im Auge behalten. Vermutlich reicht ein kleiner Schnitt mit einem feinen Skalpell, Pflaster drauf und fertig, aber sicher ist sicher, auf die allzu lange Bank sollte man es nicht schieben. Man sollte die Möglichkeit von vornherein ausschließen, daß die Sache größere Ausmaße annimmt, Komplikationen bereitet, eskaliert. Man sollte auf sich achten. Sein Sensorium schulen. Erste Anzeichen ernstnehmen. Nichts wäre so verkehrt wie falsche Gleichgültigkeit, die sich als unbeeindruckbare Tapferkeit maskiert. Es gibt da so eine tiefe Sehnsucht in uns, so einen Drang, dem schwer zu widerstehen ist, das Katastrophale tatenlos wachsen zu lassen, auf die Kante des Wasserfalls zuzutreiben, ohne dagegen anzupaddeln, den Kaninchenblick auf die Schlange zu richten, bis sie endlich Hunger bekommt, und die kurze Zeit, die einem dann noch bleibt, mit Jammergirlanden zu verzieren. Ach, hätte ich doch bloß! Warum habe ich denn nicht? Ach, könnte ich jetzt doch nur! Zu spät, zu spät. So weit darf man es nicht kommen lassen. So weit darf man sich nicht gehen lassen. Besser rechtzeitig, nein: vorzeitig klagen, lamentieren, alarmieren, um dann nach Abwendung der schon im Keim erstickten Gefahr umso überschwänglicher zu triumphieren, es lebe mein Frühwarnsystem, es lebe meine für meine Mitmenschen manchmal schwer erträgliche Überempfindlichkeit, ich bin nun mal ein Strauß Dornen mit Rosen dran, ich bin nun mal ein hypersensibler Erregungsmelder, nichts für ungut, alles gut, Küßchen, habt mich bitte wieder lieb, die Weiche ist umgestellt, ihr könnt das Ohr von der Schiene nehmen, es lebe der blinde Alarm.

20. 1. 2014

Deutschland hat Durst. Und der muß gestillt werden. Deutschland hat sooo einen Hals. Und der muß gefüllt werden. Da wäre zunächst einmal Weihnachten. Weihnachten kommt immer schneller, als man denkt, und wenn man älter wird, immer NOCH schneller, angefangen mit den Weihnachtsmärkten ab Ende August, also Glühwein mit Nelken, bis die Nase ampelrot zeigt. Dann die, wie man so schön sinnlos sagt, ZEIT ZWISCHEN DEN JAHREN, wo man alle die Freunde einlädt, die man bis Weihnachten nicht geschafft hat, und die übriggebliebenen Weihnachtsvorräte wegpichelt.

Na und dann ist Silvester, der innere Reichsparteitag aller Schluckspechte. Gefolgt vom Neujahrstag – zum Katerbrunch ein paar ordentliche Bloody Marys, und die eckige Welt sieht schon wieder runder aus. Außerdem darf man ja nicht vergessen, daß am 11. 11. die fünfte Jahreszeit begonnen hat, Karneval Fasching Fassenacht hoch die Tassen helaaf und alau. Dann wird es so langsam Frühling, in unseren Breiten ja relativ schnell, da kann man schon mal den Grill anwerfen, Schweinenackensteaks mit Prösterchen. Als nächstes kommt der Muttertag. Da muß man schon mal einen zur Brust nehmen, damit man die Mutti noch ertragen kann. Und auch beim Osterfeuer wird die Kehle immer so verdammt trocken. Gefolgt vom 1. Mai, dem Tag des proletarischen Kampfsaufens, sobald man die Trillerpfeife aus dem Mund nimmt. Schon taucht Himmelfahrt am Horizont auf: Vatertag! Da darf der Vati endlich mal einen heben, man gönnt sich ja sonst nichts.

Der Sommer ist sowieso die schönste Zeit des Trinkens. Durst hat man ohnehin, also warum nicht gleich was Richtiges, Prozentiges. Das Herbstfeuer läutet die dunkle Jahreszeit ein, Verhaltensmuster siehe Osterfeuer. Halloween – die Kinder dürfen in Gruselmasken spielen, und die Erwachsenen sagen Stößchen, bis sie schielen und auf den Weihnachtsmärkten die Glühweinbecher doppelt sehen … So schließt sich der Kreis, mal ganz abgesehen von Fußball, Wochenenden, Geburtstagen, Schützenfesten und anderen Betriebsfeiern.

Und ab und zu trinkt man ja auch gerne einfach mal so. Alkohol braucht keinen Grund, einfach einen offenen Mund. Der Reichsführer SS Heinrich Himmler wollte aus den Deutschen nach dem Endsieg ein Volk von Vegetariern und Abstinenzlern machen. DIESEN Krieg hätte es auf jeden Fall verloren.

Na denn Prost.

25. 1. 2014

Socken wirft man nicht einfach so weg wie Menschen. Wenn Socken Löcher haben, stopft man sie nicht, das ist der Fehler, den man bei Menschen begeht. Der die Sache nur verschlimmert. Socken trägt man auf, nachsichtig, ehrfürchtig, starrt auf das hautgeriffelte Stück sichtbarer Fußsohle, das größer und größer wird, so lange, bis der Stoff so gut wie gefressen ward vom Loch. Beharrlich. Unaufhaltsam. Hungrig wie nur die Zeit.

Löcher in Menschen hingegen entblößen todwärts schrumpfend nichts als Schrecken. Menschen trägt man ab. Wie Gebirge.

6. 2. 2014

Warum die Zeisige nichts über Jimi Hendrix wissen:

Einer von ihnen, mitten im Schwarm auf der Landstraße hockend, traf plötzlich zwitschernd das Motiv von Purple Haze. Entgeistert stoben die anderen davon. Wartet, rief er ihnen nach, ich glaube, ich bin da auf was gestoßen!

Schon klebte er an meiner Kühlerhaube.

Ich bin schuld.

6. 2. 2014 (2)

Im Grunde hat nichts miteinander zu tun, so sehr man sich auch das Gegenteil wünscht. Alles ist einzeln. Keine Verbindung. Das geht schon los bei den Atomen und weit darunter. Verschmelzung, ach, Vereinigung, der alte Taschenspielertrick der Liebe, ja, wer's glaubt wird selig, aber nur für kurze Zeit, wie es so ehrlich heißt bei Sonderangeboten. Zusammenhalt ist Schwindel, Täuschung, üblicherweise bestimmt zur Erkaltung, seltener zur Explosion, auf jeden Fall endlich, eher heute als morgen, hinterlassend einen bitteren Gaumen, als lutschte man Kleingeld.

So ist es, mach dir nichts vor, egal, was der Mann mit der blauen Gitarre dir singt. Er lügt und er weiß es. Es geht mit ihm durch. Nicht abzubringen ist er von dem Glauben, seine Lüge, unablässig wiederholt, weißglühend erhitzt, mit dem Hammer der Sprache in messerscharfe Form gehauen, schlüge irgendwann in Wahrheit um. Versuche nicht, ihn umzustimmen. Lausche ihm, laß dich massieren von seinen Aberwitzigkeiten, das entkrampft. Rechthaberei am falschen Ort zur falschen Zeit, das wäre so unsympathisch wie ein Luftröhrenschnitt ohne Atemnot.

Alles ist einzeln, und man hat keine Wahl, außer im Rückblick, aber die zählt nicht. Und jedes Einzelne wieder zusammengesetzt aus kleinerem Einzelnen, immer so weiter, ein Brunnen aus bodenlosen Fässern. Das Ich, die leere Behauptung, unbewohnte Mietskaserne, geräumter Planet, vergessene Idee eines randvollen Alls, in dem die Füchse weder einander noch gar sich selbst Gute Nacht sagen, die Krankheit der Schöpfung. Einsamkeit.

9. 2. 2014

Die nächsten olympischen Winterspiele auf den Bahamas? Kein Problem, kriegen wir hin. Wenn sie schon in Sotschi mit kurzen Hosen rumlaufen, denen werden wir's zeigen, den Russen. Als Schnee nehmen wir die Softeis-Pampe von McDonald's, der Atlantik in einem Umkreis von fünfzig Seemeilen wird schockgefroren, kein Thema, läuft, geborgt. Alles läßt sich machen, auf den Willen kommt es an. Joachim Gauck macht es uns vor. Früher Friedenspastor, dann Freiheitsheld, jetzt Bundespräsidialhaubitze. Mehr Kampfeinsätze hat er gefordert, die vitalen deutschen Wertvorstellungen (alias Profite) sollen in Zukunft AUCH MIT REGULÄREN TRUPPEN (A. Hitler) und mit Gewalt verteidigt werden (alias erzwungen). Bundeswehr – wir sind wieder Gewehr. Von wegen »Wir dienen Deutschland«, die tarnfarbige Bundesagentur für Pengpeng darf ab jetzt wieder von sich sagen: »Wir schießen für Deutschland – und eine gewisse Bereitschaft auch zu treffen ist uns nicht länger abzusprechen!«, und zwar mit breiter Brust, auch weiblicher. Das ist sie, die neue Ehrlichkeit: Jawohl, wir werden abgehört, jawohl, die Amis scheißen auf uns, ist eben so, kann man nichts machen UNTER FREUNDEN, und eigentlich sind wir ja auch so erbärmlich, daß wir nicht wirklich viel zu verbergen haben außer unsere wahren Absichten (sind wir nicht alle ein bißchen Dschungelcamp?), wir bleiben weiter auf Kuschelkurs, in einer gemeinsamen Räuberhöhle riecht es eben nicht nach Eau de Cologne, und jawohl, wir wollen allerdings auch unsern Krümel vom Kuchen, und das ist keine leere Drohung, wir sind wieder richtig verschossen in unser Pulver. Achtung Bimbo, Achtung Kameltreiber, Achtung

Zuwanderer, Achtung Ziegenficker, die Hände zum Himmel, aber zackzack und im Ballermann-Rhythmus, der Finger juckte schon lange am Abzug, endlich darf man wieder »Gebt Feuer« sagen, wenn man schon nirgends mehr rauchen darf. Schluß mit der deutschen Drückebergerei, hat Joachim Gauck verlangt. Die fehlende Verantwortung für mehr Tote geht dem predigenden Tigerpanzer mächtig auf die Ketten, dem vorpreschenden Blechbüxer, dem wirbelnden Trommelfeurer, dem marionetten-faden Comeback des Hurrapatrioten. Die deutsche Geschichte war gestern, die Zukunft verspricht wieder den Platz an der Sonne. Die Handtücher haben wir schon hingelegt. Wollen wir nur hoffen, daß keine Minen drunter sind.

11. 2. 2014

Ob Krieg ist, ob Frieden, der Pfirsich ist süß.
Der Pfirsich ist flaumig, der Pfirsich ist bunt.
Der Pfirsich ist saftig, ob Krieg ist, ob Frieden.
Was ist anders am Pfirsich, ob Krieg ist, ob Frieden?
Nichts ist anders am Pfirsich, es ist alles, wie es sein soll.
Was soll sein mit dem Pfirsich, ob Krieg ist, ob Frieden?
Einzuwenden ist gar nichts, der Krieg ist der Krieg,
der Frieden der Frieden,
der Pfirsich
der Pfirsich.

20. 2. 2014

Ich bin so recht eigentlich ein Garnichts. Ein windelweiches Wedernoch, ein hängender und würgender Unentschluß, ein Elend, das nicht einmal zum Häufchen reicht. Eher so eine Staubfluse Elend wie auf dem Teppichboden der Flure schlampig geführter Batterievertreterhotels. Mit mir ist nichts anzufangen außer Vorhaben, deren Abbruch schon den Anfängen ins Gesicht geschrieben steht. Meine einzige Begabung besteht darin, mich an mir selber zu verschlucken, ohne jegliche Aufnahme fester oder flüssiger Substanzen. Allerdings nur, wenn niemand zusieht, weswegen dieses fragwürdige Talent dem Rest der Welt sicher nicht zu ihrem Nachteil unverbrüchlich verborgen bleibt. Das einzig sonstwie halbwegs Bemerkenswerte an meiner Person dürfte meine ausgeprägte Nichtbelastbarkeit sein. Schon die bloße Vorstellung einer Treppe macht mir Atemnot, und es ist mir schlechterdings unmöglich, anders als auf dem Zahnfleisch zu gehen. Nichts liegt mir allerdings ferner, als mit mir einverstanden zu sein. Ich bestrafe mich täglich und unerbittlich dafür, in meiner Haut zu stecken. Zum Beispiel quäle ich mich mit dem Erschnuppernmüssen eines penetranten Eigengeruchs, den niemand sonst wahrnimmt. Ich bin imstande, mitten auf der Straße stehenzubleiben und nahezu ohnmächtig zu werden von einem durch meine Socken und durch meine Schuhe und durch meine Hosenbeine trotz meines Aufenthaltes in frischer Luft in meine Nase hinaufsteigenden Fußgestank von solch bestialischer Intensität, als begrübe man mich lebendig in einem Himalaya aus Schweinescheiße. Das Kopfschütteln der Passanten streichelt meinem Rücken in Gedanken blutige

Striemen auf wie eine theoretische Lederpeitsche. Ihr Unverständnis, ihre Ablehnung sind genau die Züchtigungen, die mir gemäß sind, damit das Leben nicht auf die Idee kommt, mir Freude zu bereiten. Ich war immer artig. Ich habe nie mit meinen Exkrementen gespielt. Ich habe immer gemacht, was Papa und Mama gesagt haben. Und als sie nichts mehr gesagt haben, habe ich nicht mehr gewußt, was ich machen sollte. Und dieser Zustand dauert an. Immer wieder kann man ja hören oder lesen, daß es Leute geben soll, die gerne auf der Welt sind. Aber das glaube ich nicht. Darauf falle ich nicht rein. Jedenfalls habe ich dafür keinen Anhaltspunkt. Und hätte ich einen, würde ich nicht anhalten, sondern weiterfahren.

25. 2. 2014

Mein Brustkorb ist schief. Die rechten Rippen kommen, wenn ich geradeaus gehe, überall eher an als die linken. Wenn Leute mit mir sprechen, fangen sie erst an, wenn ich den Raum verlasse, damit ich garantiert nichts verstehe außer wattiertem Gemurmel. Es ist mir unbegreiflich, welche Menge an Unlust ich aufzubringen imstande bin, Interesselosigkeit, Tätigkeitsverweigerung, Abwinken anstelle von Zuwinken. Meine Mundwinkel reichen als Beweis für die Schwerkraft. Sie sehen, ich schenke mir nichts und gönne mir noch weniger. Ich lasse mir nichts durchgehen, aber alles anmerken, was ich gegen mich vorbringen kann. Nur ich selber könnte die Kränkung erfinden, die ich mir noch nicht zugefügt habe. Zu Recht. So und nicht anders habe ich es verdient. Vergiftet vom onanistischen Drang zur Selbstbetrachtung, vom virtuosen Spiel auf der Klaviatur meiner Kläglichkeiten, gepeitscht von einem wahrhaft augustinischen Willen zur Demütigung dieses Windbeutels namens Ich, zur Aberkennung seines Anspruchs auf Gnade, zur Durchtrennung des letzten seidenen Fadens, mit dem es an der Sonne hängt. Meine Zähne stehen krumm und durcheinander im Zahnfleisch herum, als Parodie einer angetretenen Mannschaft, als Lachparade. Mein Geschlechtsteil im nicht erregten Zustand eignet sich als Hauptaufgabe in einem Suchbild. Stille kann ich nicht ertragen, weil ich mit der Fähigkeit geschlagen bin, dann meine eigene antriebslose Nichtigkeit hören zu können. Und Lärm kann ich nicht ertragen, weil ich mir darin abhanden komme. Ich hasse andere Menschen, weil sie mich in meiner Einzelhaft namens Wirklichkeit auf ihre freigängerischen Möglichkeiten aufmerksam machen. Könnten Sie nicht so mitfühlend sein, mich wenigstens als so halbwegs geglückt zu betrachten wie eine letzte übriggebliebene, mit Käse überbackene Tomatenhälfte eines Hotelfrühstücksbuffetts, das gerade im Begriff ist, abgeräumt zu werden? Mit leicht wässrigem Goudageschmack, doppelt holländisch eben, wenn man hineinbeißt? Tun Sie es ruhig, überzeugen Sie sich, beißen Sie mich, tun Sie sich keinen Zwang an, nicht Sie. Sie nicht.

21. 3. 2014

Ich möchte mich entschuldigen bei all den Leuten, die an Straßenecken stehen, vor Supermärkten, vor Glaubenshäusern, oder an Haustüren klingeln, weil sie wichtige Anliegen vorzutragen haben, zum Tierschutz, zum Menschenschutz, zum Seelenheil oder zur Bewahrung von irgendwas, Bewahrung ist fast immer gut, nur in ganz seltenen Fällen schlechter als Nichtbewahrung, bei Sonne und Regen, bei Hagel, Schnee und Sturm verrichten sie ihre undankbare Aufgabe, folgen sie ihrer bedeutungsvollen Mission, die ihnen nur von wenigen gedankt wird, auch von mir eher selten. Fast jedesmal, wenn man angesprochen wird, fühlt man sich auf dem falschen Fuß erwischt, es paßt gerade nicht, man hat den Kopf voller anderer Sachen, jetzt nicht, heute nicht, vielleicht später, kommen Sie bitte einfach wieder, wenn Sie mal weniger Zeit haben.

Das ist ungerecht. Das ist gemein. Das ist herzlos, und ich entschuldige mich. Selbst die Tatsache, daß auch ich einer nicht ganz einfachen Mission zu folgen habe, ist letzten Endes kein hinreichender Grund dafür, diesen Leuten nicht ein paar Minuten lang sein Ohr zu leihen, ihnen aufmerksam zuzuhören, ihre Broschüren zu nehmen und wirklich durchzulesen, anstatt sie sofort in die gelbe Tonne zu stopfen, sobald sie einem müde und mit hängenden Schultern unverrichteter Dinge den Rücken zukehren. Meistens mache ich bei solchen Begegnungen ein betont teilnahmsloses, wenn nicht sogar versteinert feindseliges Gesicht, das liegt nicht an euch Leute, ihr habt gar nichts falsch gemacht, das ist bloß meine Schuld, das ist nichts als der Ausdruck meines schlechten Gewissens. Eigentlich beneide ich euch, daß ihr euch eurer Sache so unerschütterlich sicher seid. Ich bin mir meiner Sache oft nicht so sicher und brauche immer wieder Applaus. Den habt ihr genau genommen auch verdient. Also, Leute. Diese Entschuldigung ist mein Beifall. Es tut mir leid, ehrlich. Hoch sollt ihr leben.

26. 3. 2014

Endlich tot sein. Das war der Plan meiner Eltern. So lebten sie dahin, von Frostbeulen nicht gefährdet, von Sonnenbrand nicht, lau in grau, Mann und Frau.

Soweit in Ordnung. Muß schließlich jeder selber wissen. Aber dann produzierten sich mich als meinen eigenen späten Bruder und gewöhnten mir Haar um Haar das Wünschen ab, noch ehe ich es vermissen konnte. Das ging zu weit und in die kalte Hose. Gehen lernen, mit Füßen genagelt an den doppelten besser haltenden Boden und um vom Fliegen ganz zu schweigen. Viel Lärm um Stillstand. Stillgestanden. Die Augen nach innen, mit erloschener Uhr. Merkwürdig nur, daß sie tickte. Tickte, und wie. Bloß meine Eltern hörten es (oder taten nur so) nie. Eingegraben im Irgendwo war NIE ihr Lieblingswort. Das Passwort für den Nirgendort.

Das Codewort aus dem Volksempfänger:
Davongekommener Verlorengänger
der Schlußakkord
von nicht nur Mahlers Neunter Symphonie
von dannen oder Streichholz
muß schließlich jeder selber wissen
zieh

26. 3. 2014 (2)

Auch das gehört zu den Kämpfen, die man verloren gibt, überlebensmüde: die rechte Falschschreibung des Unsäglichen.

Sollen sie doch Gärten zu bockigen Planierraupen machen. Und den Wirt ohne die Rechnung zum Spendierhosenscheißer verwelkter Zukünfte, direkt nach der Funkenempfängnis abgetrieben aus dem Mutterschiffsbauch gebärunfreudiger vom Hochstapel gelassener Prämienwracks des Denkens!

Das nennt man auch Verpuffung, wenn der Atem sich weigert, dir zu stocken. Und kein Auge bleibt untröstlich trokken, Auge um Auge weint, zufrieden, wie es scheint!

Oder anders gesagt: Anders ließe es sich nicht sagen. Allenfalls präziser, also ungenauer, nicht nur erheblich, sondern erhoben, statistisch erhoben.

Also muß es ja wahr sein.

26. 3. 2014 (3)

Heimat ist, wo man sich auch gegen den Wind erleichtern kann, unbefleckt. Heimat ist das gaslaternenbestrahlte Herbstlaubfeuer im kopfsteinpflastrigen Ostberlin der frühen sechziger Jahre des spätheimkehrenden letzten Jahrhunderts. Heimat ist die von meiner Kinderfaust zerschlagene Schulfensterscheibe im Moor an der holländischen Grenze etwa zur selben Zeit. Heimat ist das Dünensingen in weißen Öljacken auf der Insel Langeoog sowie das Gefühl: Was singen die denn da für einen von den Nazis vernutteten Scheiß, meine Heimat klingt anders. Heimat ist mein voreiliger Wunsch als Pubertierender in Osnabrück, zu sterben mit freudigen Pulsaderfontänen nach einem Genesis-Konzert 1973, als die Frösche noch Locken hatten. Heimat ist dein erster Zungenkuß meines besten Stücks auch zu dieser Zeit mit der mich explosionsartig erregenden Erklärung, du müßtest das jetzt endlich auch mal ausprobieren, aus nicht länger unterdrückbarer sexueller Neugier, deine beste Freundin hätte das neulich mit ihrem Freund auch gemacht und wahnsinnig damit angegeben, und dein (jetzt ist jemand anderes gemeint) erster, nein, ich sag es nicht.

Ganz ausdrücklich NICHT ist Heimat alles, was ich hier sonst nicht sage, was zumeist als Unterschrift in den Fotoalben steht, was den Eltern wohlgefällt, den Pastoren und den Lehrern, ein paar gute gab es schon darunter, hier und da sogar gefühlte gute Eltern, allerdings waren das selten meine.

Heimat ist das Kotzen nach dem Milchreis und das Straßengrabenkoma nach dem ersten Alkohol. Heimat ist der Keim des Abscheus vor den möglichen Untaten meines Vaters, dessen Auskeimen ich erfolgreich unterband, bis dann im Osten aus dem von sich selbst befreiten Boden blühend Landschaft schoß auf alles, was sich nicht bewegte und bei drei nicht aus dem Träumen war und hartnäckig die Hoffnung hegte, die Zukunft dürfe menschlich sein, das schoß man alles kurz und klein, die deutsche Heimat ist ein scharfes Schwert, und wer es führt, hat immer noch sich selbst versehrt.

Heimat ist, wo ein Hund dir sagt: Nimm besser den Pferdehuf ab über der Eingangstür, zu teuflisch sind die Möglichkeiten, Falsches anzulocken, glaub mir, Herrchen, ein Knochen tut's auch.

26. 3. 2014 (4)

In diesem Text ist nicht von Pappbechern die Rede. Nicht von Filterzigaretten, nicht von Vorverträgen, sogenannten Letters of Intent. Darüber hinaus, wer auf Beschreibungen von Klettverschlüssen aus ist, wird sie hier in diesem Text nicht finden. Ganz genauso unbefriedigt bleibt, wer etwas über Senf erwartet, Bundesligafußball oder Leseschwäche. Leider muß ich der Vollständigkeit halber auch allen, die sich Aufklärung erhoffen etwa über Für und Wider weitverzweigter Facebookfreundschaften eine Absage erteilen und verkünden: Fehlanzeige.

Dieser Text spricht nicht von Frauen, die sich hingezogen fühlen zu dem Dienst in Kampfeinsätzen unter bundesdeutscher Fahne, fernab in Konfliktgebieten, Vieles gäbe es da zu sagen, zu erörtern, hinterfragen, ganz gewiß ein großes Thema, relevant auf alle Fälle, doch (ich muß es ausdrücklich betonen) keinesfalls an dieser Stelle. Auch mit den Nachwuchsproblemen in der metallverarbeitenden Industrie ist dieser Text nicht befaßt, genausowenig wie mit der in einer beklemmenden Metapher eindrucksvoll beschriebenen Zukunftsperspektive der auf dem Kopf stehenden Rentnerpyramide.

Lange und eingehend hat sich dieser Text geprüft, ob er die Brisanz der Diskussion um Frauenquoten (ganz besonders oben in den Chefetagen) übersehen, übergehen, unerwähnt beiseitelassen kann, diese skrupulöse Reflexion hielt akkurat buchstäblich bis gerade eben an, mit dem unzweideutig klaren Resultat:

Er kann.

Tauchsiederproduktionsverlagerung nach Lettland ist seine Sache nicht. Erörterung der Kinderliebe zeugungsreifer Deutscher hält dieser Text für nötig und für durchaus interessant, doch nicht für seine Pflicht. Dieser Text kommt ohne alle Schuldenkrisen aus. Dieser Text läuft nicht auf Thilo Sarrazin hinaus. Kindesmißbrauch, Steuergeldverschwendung kommen hier nicht vor. Wer hier so was sucht, steht wie der Ochse vor dem Tor. Dieser Text hat Besseres zu tun. Und deswegen endet er auch nun. Nicht messen soll man eine Sache an etwas, was sie überhaupt nicht will. Und eh ich das dann doch noch mache, mehr so aus Versehen, bin ich lieber still.

28. 3. 2014

Diese Kombination aus Applaus und Verblödung, aus Besoffenheit, Terror und Bartstoppeln (fremden) in der Achselhöhle, ich bin total glücklich. Dieser geistige Brückenschlag von Urinspritzern auf der Klobrille über Fettleibigkeit, die aus zu knappen T-Shirts herausquillt, bin hin zu verklemmt schwuler Gleichgültigkeit von Erfüllungsgehilfen des US-Geheimdienstes, ich bin echt so glücklich, totaler geht's nicht. Hin und her gerissen zwischen Lochjucken und Stopfbedürfnis, verschwenderisch geschmückt mit Fußschweißperlen und Monatsbindehautentzündungen, dieses begeisternde Amalgam aus scheinheiliger Möchtegernpäderastie, asozialem Engagement und nackter Gier macht mich geradezu spielsüchtig danach, noch glücklicher zu sein als total, den ultimativen Kick zu suchen und dabei die Ehrlichkeit des Verlierers zu finden, platzen möchte ich vor Glück, wie eine menschliche

Bombe, die auf dem Teppich bleibt und Flecken hinterläßt, die niemand je herausbekommt, es sei denn, er löste das Rätsel von Medusalem, das allerdings unlösbar ist, denn Medusalem ist weder Stadt Land Fluß noch Wolfgang Schäuble, sondern einfach nur ein dämliches Wortspiel, das mir gerade eingefallen ist. In meinem Glückszustand befinde ich mich doch unzweifelhaft in mildernden Umständen, ich bin pitschnaß erregt vor Glück, ich will ein Kind von mir, das Wunder existiert tatsächlich, ich befinde mich in seiner Mitte, ich werde umschleiertanzt von lebenden Bildern, Spitzenerzeugnissen unserer Hochkultur in ihrer prächtigsten Blüte, geformt aus Revolverblätterteig und deutschem Schlager mit offenem Hosenstallgeruch, ich bin so glücklich, daß ich mich geschlagen geben kann, obwohl ja eigentlich ICH es bin, der schlägt, und zwar EIN wie die oben erwähnte menschliche Bombe. Nur eine Frage gilt es noch zu klären, ihr hirnamputierten Fußball-Bengalos: Wer pfeift eigentlich, wenn der Schiedsrichter foult? Wer zeigt ihm die schwarze Karte und köpft ihn im Mittelkreis? Wenn ich darauf eine Antwort weiß, dann werde ich so glücklich sein wie bisher nur der Liebe Gott allein. Und somit sind wir dann zu zwein. Nach allem bisher Dargelegten denke ich, das leuchtet auch dem letzten skeptisch Unentwegten – ein. Seid ihr auch so glücklich? Dann aber huschhusch die Hände zum Pimmel!

31. 3. 2014

Auf den Lofoten hoch im Norden lebt und arbeitet ein Forscher, der sich um Polarfüchse kümmert. Polarfüchse waren dort fast ausgestorben, ihr schönes dichtes Fell, mit dem sie Temperaturen von bis zu minus 70 Grad überleben können, war ihnen fast zum Verhängnis geworden. Die Jäger hatten sie nahezu ausgerottet.

Vor einiger Zeit nun hat dieser Forscher dort eine kleine Anzahl dieser seltenen Tiere wieder ausgewildert. Jeden Tag fährt er bei jedem Wetter mit seinem Motorschlitten hinaus und versorgt sie mit Nahrung. Geduldig legt er sich mit seiner Kamera auf die Lauer, doch die Füchse sind scheu, verständlicherweise, und zeigen sich so gut wie nie.

Vor kurzem aber wurde sein Warten belohnt. Eine Füchsin erschien und fraß. Der Forscher erkannte sie wieder, und die Füchsin erkannte ihn. Als sie satt war, sah sie ihn an und wartete, bis er begriff, daß er ihr folgen sollte. Langsam und sich immer wieder nach ihm umschauend führte sie ihn in ein windgeschütztes Tal, bis hin zu ihrer Höhle, und zeigte ihm ihre drei herumtollenden Jungen.

Das Glück ist ein anspruchsvoller und wortkarger Gesprächspartner. Aber dieser Forscher weiß jetzt, daß es auf den Lofoten wohnt.

1. 4. 2014

Bei uns kann jeder machen, was er nicht will. Bei uns kann jeder gut finden, was schlecht ist. Das ist Freiheit. Bei uns kann jeder arm sein, wenn er kein Geld hat. Und jeder hat das Recht, ja geradezu die Pflicht, blöd zu sein, wenn er der öffentlichen Meinung glaubt und nicht zu der winzigen Elite von hochqualifizierten Besserwissern gehört. Bei uns will keiner mehr vornehm sein. Vornehmheit ist so verpönt wie alles Besondere. Jeder Arsch, egal, ob arm oder reich, will sich wie ein Proll benehmen, das gilt als locker, modern, ungezwungen. Das ist Freiheit. Freedom is power steht auf T-Shirts gedruckt. Freiheit ist Macht. Welch ein Irrtum! Das würde nur stimmen, wenn es wahr wäre. Aber unsere sogenannte Freiheit ist Ohnmacht. Eingeschläferte Ohnmacht einer Macht gegenüber, die man nicht greifen kann. Die bei den Wahlen auch gar nicht zur Wahl steht. Eine Macht, die es sich leisten kann, NOCH leisten kann, uns mit zuckersüßen Schlafmitteln vollzupumpen, die uns von Freiheit tagträumen lassen. Die Politiker sind Marionetten, die beim ferngesteuerten Hampeln dankbar grinsen und sagen: Geil, da wollte ich sowieso gerade hin.

Aber das stört uns alles nicht. Das juckt uns alles nicht. Hauptsache, genug Bananen im Affenhaus. Hauptsache, Bayern München gewinnt wieder das Triple. Hauptsache, jede hirnamputierte Schlampe wird Superstar. Hauptsache, der Strom kommt aus der Steckdose. Hauptsache, die Jugend bleibt so lange sexy dämlich, bis ihr die Zukunft als Wasser bis zum Hals steht. WIR.DIENEN.DEUTSCHLAND, sagt die Bundeswehr. Aber wir alle müßten eigentlich sagen: WIR.SINT.FLUT, so ist das bei uns. Statt wichtiger Fragen gibt es Fragebögen und statt Antworten die Rechtschreibreform und politisch korrekte Denkverbote. Der Unterschied zwischen Tierschutz und Menschenschutz: Der Tierschutz macht Fortschritte. Unser Land würde mir gefallen, wenn alle die hier leben an einem bestimmten Tag zu einer verabredeten Zeit in ihre Telefone das Wort BOMBE rufen würden. Würde zu gern mal sehen, was dann passiert.

1. 4. 2014 (2)

Ich finde viele Frauen doof, zickig, albern, peinlich, unerträglich. Aber ich finde auch viele Männer doof, poltrig, großspurig, unappettitlich, primitiv. Und ich finde auch viele Frauen toll, sensibel, warmherzig, kultiviert, schön. Und ich finde auch viele Männer toll, also nicht wie ihr jetzt denkt, meine Güte, ist das Leben kompliziert. Es bleibt einem nichts anderes übrig, man muß immer genau hinschauen, ganz besonders bei denen, die einem verbieten wollen, genau hinzuschauen. Die Schablonenschurken, die Denkverbieterverbrecher. Ganz wichtig ist es auch, genau hinzuhören, ausreden lassen, also Augen und Ohren spitzen, sich nichts vormachen lassen. Wer sich was vormachen läßt, macht dann nämlich nur noch nach und keinen Unterschied. Wer auf einem Auge blind ist und auf einem Ohr taub (im übertragenen Sinne) ist ein Krüppel im übertragenden Sinne. »Aufklärung ist der Ausgang des Menschen aus seiner selbstverschuldeten Unmündigkeit, und diese ist selbstverschuldet, wenn ihre Ursache nicht am Mangel des Verstandes, sondern der Entschließung und des Mutes liegt, sich seiner ohne Leitung eines anderen zu bedienen.« Das ist nicht von mir, das ist von Immanuel Kant. Zugegeben, der war lange nicht mehr in den Charts. Und der hat auch nie DSDS gewonnen, nur das moderne Denken hat er erfunden, also etwas heutzutage bei uns sehr Unpopuläres. Und Deutscher war er zu allem Überfluß auch noch, also ist er bestimmt auch irgendwie an Hitler schuld und am Klimawandel. Irgendwo habe ich gehört, es soll auch ein paar nette tolle Deutsche geben oder gegeben haben. Klingt unglaubhaft. Ich checke das mal.

2. 4. 2014

Machen wir uns nichts vor: Wir sind in Gefahr. Die Demokratie ist ein bröckelnder Koloß auf tönernen Füßen. Und die Töne, die man so hört, klingen eher weniger nach Beethovens Freiheitsmusik, sondern mehr nach deutschem Schlager, miefiges dumpfes Herdengeblöke. Vieles wurde hierzulande erreicht, vieles mühsam erkämpft und errungen, was man bewahren sollte. Der vergangenheitsbelastete Satz »Es war nicht alles schlecht« ist durchaus berechtigt, was die jüngere Geschichte betrifft, übrigens auf beiden Seiten der Mauer, die in manchen Köpfen immer wieder nachwächst wie ein Geschwür. Aber das mit der Demokratie ist nicht selbstverständlich. Die meisten nehmen sie irgendwie als für immer und ewig gegeben hin, es fehlt eklatant an echtem Interesse, Demokratie braucht (Sie werden es nicht glauben) Demokraten. Keine Laubacken, keine Mitläufer, keine Untertanen und Schulternzucker. Das Knirschen im Getriebe wird immer lauter, egal wieviele Wattepfropfen die Politik und die Medien verteilen. Was wir brauchen, sind nicht noch mehr hochdotierte Aufsichtsratsposten für kaltgestellte unfähige Leichenimkellerkenner und Unheilanrichter, wir brauchen Bürger, die auf dem Posten sind und nicht resigniert vermuten, daß sie sowieso auf verlorenem Posten stehen. Wir alle sind in Wahrheit der Aufsichtsrat oder sollten es sein. Wir müssen die Aufsicht haben über unsere sogenannten Vertreter und über deren Zahlmeister und Hintermänner, solange wir noch die Wahl haben, sonst haben wir sie irgendwann nicht mehr.

Diese Kirche dürfen wir nicht den Gleichgültigkeitspredigern überlassen, sonst kommen die Haßprediger. Unser Land ist in Gefahr, so schunkeldemokratisch zu werden, daß es in Konsenssoße ersäuft. Unter dem dünnen Eis der Aufgeklärtheit verbirgt sich ein abgrundtiefer Ozean der Denkfaulheit. Neulich hörte ich einen Witz: »Was ist der Unterschied zwischen der Bundesrepublik und der DDR? In der Bundesrepublik will auch die Opposition das Schlechte.« Ich muß Ihnen sagen, ich habe nur sehr kurz gelacht. Mischen Sie sich ein. Seien Sie nicht die Ochsen, mit denen unser Karren vor die Wand fährt. Sorgen Sie dafür, daß man auch in Zukunft noch von diesem Land, das Sie hinterlassen werden, sagen kann: Es war nicht alles schlecht.

2. 4. 2014 (2)

Eine ausgelogene Berichterstarrung mit feindseligem Gespür für Tabuverhetzer und Triebhausklimavergifter, so läuft das heute im Medienpartnertauschgeschäft. In gebrochen rattenscharfer Sprache wird der Stinkefinger in die Wunder gesteckt und dann abgeleckt. Kein Schmorurteil bleibt ungeboren, kein Holzauge wurmtrocken, kein Brett vor dem Kopf ist dünn genug, um nicht mit Bausch und Pfeil und Fragebogen angebohrt zu werden, baumschonungslos wird jedes geschlechtsgerechte Teilstück freigegeben, entbrüllt und aufgeschleckt, verfickt und angenäht, es müßte doch auf den Teufel zugehen, und das tut es auch. Kein heißes Eisen bleibt unabgefuckt, Euthanasie für Schlagerschwängerinnen, Gehirnspenderausweis für Außerirdische, so ist das in der Sternzeit, in der Bildwelt, im Spiegelfocus, Bravo möchte man da rufen, Gala-ktisch, und sie alle brigitten und abtazen von oben bis Bunte, rheinisch merkurieren und Hannover verallgemeinern, keine Panik auf der Tatitatütatanik, vorwärts konkret hört man rückwärts das Echo der Frau, diese Szene ist, wenn man es völkisch beobachtet oder sich Frankfurt rundschaut, eliterweise mit Vorruhm bekleckert, für Nachruhm reicht es leider nicht.

Freilich wäre es schön, wenn sie schreiben könnten. Aber dazu müßten sie ja des Lesens mächtig sein. Doch dann wären sie wohl kaum Journalisten.

3. 4. 2014

Chinesische Aktionskunst
ist der letzte Schrei
chinesische Aktionskunst
von I Pfui und Au Wei

Superrevolutionär
superunterdrückt
mit Dutzenden Containern
voll Schrott wird angerückt

Wenn man dann ein Fahrrad
vors Museum stellt
ist man Michelangelo
applaudiert die Welt

Handschellen aus Jade
ein Video vom Verhör

die Schergen seh'n wie Kraftwerk aus
Gott der Mann hat's schwer

Eine Kinderkrabbelgruppe
schüttet Spielzeug aus
aber nein wer sowas denkt
ist nur ein Banaus

Intellektuell von gestern
spießig abgefuckt
der Kaiser ist gut angezogen
und nur darunter nackt

Moderne Kunst ist nichts für alle
deren Glaube schwächelt
die andern tappen in die Falle
und Mona Lisa lächelt

4. 4. 2014

Nicht ehrlich sein. Bitte nicht ehrlich sein. Alles, nur das nicht. Die meisten Menschen stecken bis zum Hals in irgendeinem Dreck, und viele, mehr als man denkt, wissen das auch. Sie rufen um Hilfe, laut oder leise, und keiner antwortet, oder wenn dann das Falsche.

Man prügelt auf sie ein mit Anforderungen, mit Aufforderungen, mit Zumutungen, mit Entmutigungen, man verlangt von ihnen Anpassung, Einpassung, Wohlverhalten, Gleichschritt, Leistung Leistung Leistung, sie können nicht mehr, sie schleppen sich vom Montag bis zum Wochenende, sie sollen zu allem eine Meinung haben, aber gefälligst die richtige, sie sollen gute Deutsche sein, gute Europäer, gute Menschen halt, vor allem aber gute Konsumenten und pünktliche Steuerzahler (wenn sie nicht reich sind), sie sollen glauben, daß sie es schaffen können, weit bringen können bis ganz nach oben, die Ordnung der Welt, das herrschende System ist eine Lotterie, die von ihren vergeblichen Einzahlungen lebt, von ihren unerfüllten Hoffnungen, von ihren unerfüllbaren Träumen, Tag für Tag, Nacht für Nacht, alles in allem, grau in grau, und das macht sie fertig, das macht sie krank, das laugt sie aus, das halten sie für unabänderlich, und deswegen glauben sie, daß das Letzte, was sie brauchen, Ehrlichkeit ist, da sind sie natürlich im Irrtum, aber mal ehrlich, wer kann es Ihnen verdenken?

9. 4. 2014

Wenn ich die nächste Ampel noch bei gelb kriege, habe ich heute abend guten Sex. Wenn ich in der nächsten Minute draußen vor dem Fenster ein Kinderlachen höre, gibt es keinen Krieg mit Rußland. Die Ampel springt auf rot, kein Kind lacht, was nun?

Manchmal ist man geneigt zu glauben, daß alles mit allem zusammenhängt. Daß alles, was geschieht, ein Zeichen für etwas anderes ist. Bleibt natürlich die Frage, was für ein Zeichen. Und ob man die Zuordnung richtig sortiert, schwierig schwierig. Vielleicht irrt man sich ja auch. Und wenn draußen vor dem Fenster ein Kind lacht, stehe ich ein Jahr lang vor roten Ampeln. Und wenn ich heute nacht guten Sex habe, steht morgen früh der Russe wieder an der Elbe. Und verteilt an die bedürftigen deutschen Kinder bessere Kaugummis als 1945 der Ami.

So gesehen könnte es wünschenswert sein, daß nichts mit nichts oder sagen wir: Weniges mit wenigem zusammenhängt. Daß es sowohl Ursache und Wirkung als auch den Zufall gibt. Daß Kinder oft lachen und Ampeln meistens grün sind. Daß die Amis sich nicht schon wieder mit den Russen anlegen. Und daß wir uns sowohl lieb als auch heute abend guten Sex miteinander haben.

10. 4. 2014

Der eine fährt Müll, der andere operiert Herzkranzgefäße. Die eine sitzt an der Kasse, die andere baut Solaranlagen. So macht jeder seins. So hat jeder seine Aufgabe. So trägt jeder zum Ganzen bei. Der eine ist Death-Metal-Gitarrist, der andere Fernmeldetechniker. Die eine leitet eine Bank, die andere sticht Spargel. Der eine fährt Autorennen, der andere ist Koch bei der Bundeswehr. Die eine ist NUR Hausfrau und Mutter, die andere Top-Model. Und das Ganze sind wir und die vor uns und die nach uns. Der eine besteigt Berge, der andere schlägt seine Kinder. Die eine wird zur Prostitution gezwungen, die andere schnallt sich einen Sprengstoffgürtel um. Und macht damit einen Bummel durch die Fußgängerzone. So macht jeder seins. So hat jeder seine Aufgabe. So trägt jeder zum Ganzen bei. Jeder auf seine Weise. Ich auf meine, du auf deine, er und sie auf ihre, wir auf unsere. Wie schön.

10. 4. 2014 (2)

So. Alles erledigt. Müll rausgebracht. Zeitung reingeholt. Rechnungen bezahlt. Telefonate geführt. Spülmaschine ausgeräumt. Betten gemacht. Alles erledigt, alles abgearbeitet, alles abgehakt. Auf dem Klo gewesen. Fußnägel geschnitten. Nase geputzt. Roman von Dostojewski zu Ende gelesen. Mit Frau geschlafen, weil sie es wollte. Hund gefüttert. Eingekauft, vollgetankt, alles erledigt, alles bewältigt, alles geschafft, keine offenen Fragen, keine ungelösten Probleme, Rasen gemäht, Staub gesaugt, Flur gefegt, Bild geradegehängt, Kalenderblatt von gestern abgerissen, nochmal mit Frau geschlafen, weil ich es wollte, mich sattgegessen, drei Liter Wasser getrunken, wie der Arzt es empfiehlt. Alles erledigt. Alles bewerkstelligt. Alles hingekriegt. Jetzt ist alles möglich. Jetzt habe ich die freie Wahl, zu tun und zu lassen, was ich will. Nichts hindert mich, nichts hält mich ab. Nichts verlangt Aufschub, keine Notwendigkeiten, keine Zwänge, keine Prioritäten. Aber was will ich eigentlich, jetzt wo alles erledigt ist, Kinder gezeugt, Bäume gepflanzt, Eltern beerdigt? Ich weiß es nicht. Ich weiß es beim besten Willen nicht. Jetzt könnte das Leben anfangen. Aber statt dessen fängt das Sterben an.

10. 4. 2014 (3)

Wenn ein Mann heute sagt »Ich mag Kinder«, dann hat dieser Mann, dann ist dieser Mann, also dann kann man diesem Mann kaum noch helfen. Armer Mann! Hätte er nicht sagen sollen. Auf gar keinen Fall. Nicht einmal denken. Nicht einmal, wenn er es harmlos meint, also ohne sexuelle Komponente. Und wenn der Mann dann hinzufügt »Ich bin doch nur kinderlieb«, dann macht er die Sache nur noch schlimmer. Dann schüttet er Brandbeschleuniger ins Feuer. Dann teilt sich die Zuhörerschaft augenblicklich und unerbittlich in zwei Lager, die Therapierer und die Kastrierer. Weitere Meinungen sind nicht zugelassen. Sind unanständig. Sind undenkbar. Es gibt Sätze, die gehen nicht mehr. Wenn du sie nicht verschluckst, verschlucken sie dich. Du hast die Wahl: Entweder ein Neusprech-Eunuch oder gefressen werden von den modernen Tyrannosauriern der Moral. Das geht ganz schnell, das tut kaum weh. Die verdauen dich und scheiden dich wieder aus, und dann bist du geheilt, dann magst du keine Kinder mehr, dann magst du überhaupt nichts mehr, dann haßt du alles genauso wie sie, sie hassen nämlich Kinder, Neger, Kanaken, sie sind die heimlichsten aller Rassisten, und deswegen hassen sie natürlich auch die Juden, Palästina ist nur ein Vorwand, eher geht es um die Psychoanalyse, denn die lehrte uns: Das, was wir am meisten hassen, verdrängen wir, das benennen wir um, das behaupten wir ganz toll zu finden, weil wir uns selber so tief, so abgrundtief verdächtig sind.

13. 4. 2014

Sagt der Kreml-Chef zum Yankee-Boss: Hilf mir, dir nachzufolgen auf dem Weg des Leidens.

Antwortet der Yankee-Boss: Warum sprichst du so komisch?

Sagt der Kreml-Chef: Die anschließende Ecke brachte nichts ein.

Und der Yankee-Boss antwortet wiederum: Ich verstehe dich nicht!

Ja, sagt der Kreml-Chef, das ist ja das Problem. Ich dich auch nicht.

Vielleicht sollten wir mal zusammen einen trinken gehen, antwortet der Yankee-Boss.

Warum nicht, sagt der Kreml-Chef, also ich hätte gern einen Tomatensaft indisch.

Was ist das, fragt der Yankee-Boss.

Ganz einfach, sagt der Kreml-Chef, ein Tomatensaft aus dem verschwundenen malaysischen Flugzeug, gemixt mit Wasser aus dem indischen Ozean, umgerührt mit Trümmerteilen, mit einem Schuß Wodka, Bloody Mali.

Ach so, sagt der Yankee-Boss, ihr Russkis habt schon einen merkwürdigen Geschmack, übrigens wir waren das nicht, wir haben das Ding nicht abgeschossen.

Wir auch nicht, sagt der Kreml-Chef.

Das glaube ich dir nicht, sagt der Yankee-Boss.

Ich dir auch nicht, sagt der Kreml-Chef.

Da haben wir es wieder, sagt der Yankee-Boss, so kommen wir nicht weiter.

Genau, sagt der Kreml-Chef, so kommen wir nicht weiter, also dann, Tschüssikovski, ruf mal wieder an. Aber DU hast doch angerufen, sagt der Yankee-Boss.

Ich? Nein, sagt der Kreml-Chef, da mußt du was mißverstanden haben.

Und der Yankee-Boss sagt: Das sage ich ja.

10. 5. 2014

Das einzig gute Neue ist wie früher, nur schlechter. Es ist wie immer, wie es nicht ist und auch nicht sein sollte. Wir leben, wie wir träumen, allein. Schlüssellose Kinder treten offene Türen ein. Man kommt der Wahrheit nicht näher, indem man sie kennt. Es ist schwierig, aber anders als man denkt. Das, was uns allen passiert, das, was uns allen bevorsteht, das, was uns alle betrifft, das kann man vernachlässigen, das ist nicht bemerkenswert. Achtspurig müßte man in den Himmel kommen, gut vorbereitet und nur mit dem Nötigsten ausgestattet, gelähmt vor Angst und verrückt vor Freude. Die Zukunft ist ein Reptil. Das meine ich wörtlich. Das Einzige, was man vorprogrammieren kann, ist die Enttäuschung. Aber auch das ist nichts Neues.

13. 5. 2014

Also, hier ein paar Verhaltensmaßregeln für die unmittelbare Zukunft. Erstens: Wer in den nächsten Wochen DIE DEUTSCHEN sagt, wenn er UNSERE FUSSBALLHELDEN meint, muß zur Strafe die nächsten hundert Länderspiele Montenegros anschauen. Zweitens: Wer gegen mehr Kampfeinsätze der Bundeswehr ist und damit unserem Bundespastor und Militärpfarrer Gauck in den Rücken fällt, wird in eine von Ursula von der Leyens neuen Krabbelgruppen gesteckt und von ihr höchstpersönlich mit Spinat gefüttert. Drittens: Wer sich weiterhin als Putin-Versteher outet, wird von amerikanischen Kampfjets vermummt und bewaffnet über Ostpreußen abgeworfen und muß dort ein Heim-ins-Reich-Referendum vom Zaun brechen. Viertens: Sollte Edward Snowden tatsächlich so treuherzig sein, nach Deutschland zu kommen, um sich hier verhören zu lassen, werden alle männlichen Deutschen gezwungen, Edward-Snowden-Masken zu tragen, um es den Zielfernrohren der CIA nicht so einfach zu machen. Fünftens: Wer weiterhin am Freihandelsabkommen mit den USA herummäkelt, darf in Schwimmbädern nur noch das Kinderpißbecken benutzen, so lange, bis er um mehr Chlor bettelt. Sechstens: Wer an Europa noch ein gutes Haar läßt, wird kahlgeschoren, damit man ihm das Wort VATERLANDSVERRTÄTER auf die Glatze tätowieren kann. Siebtens: Den Umzug von Uli Hoeneß direkt nach Verbüßung seiner Haftstrafe ins Kanzleramt bezahlt der Steuerzahler. Allerdings erhält Hoeneß die Auflage, daß er dann umgehend Helene Fischer heiratet, mit ihr zehn Kinder zeugt und die Erbmonarchie wiedereinführt.

Und last but not least ein zähneknirschender Glückwunsch an Österreich und seine transalpine Conchita Wurst zum Sieg beim Eurovisionssongcontest. Nicht schlecht, ihr Ösis. Aber wartet nur. Wenn sich Andrea Berg eine Woche lang nicht rasiert und dann auch noch Singen lernt, dann schlagen wir zurück.

13. 5. 2014

Das Wort WORT darf man nicht mehr benutzen. Mit dem Wort WORT kann man zusammengesetzte Wörter bilden wie Jawort (reaktionär) oder Machtwort (faschistisch) oder

Sprichwort (stummenfeindlich). In der Bibel (islamfeindlich) heißt es: Am Anfang war das Wort. Da haben wir den Salat. Den Wortsalat. Rotten wir am besten gleich den Anfang aus, sozusagen das Wort mit Stumpf und Stiel (Stil), das Übel Wort bei der Wurzel gepackt, damit es in der Bibel (islamfeindlich) auch gar nicht erst zu der Stelle kommen kann, wo es heißt: Das Wort ist Fleisch geworden. Ekelhaft sexistisch. Dieser Satz pflegt doch unterschwellig das frauenfeindliche Vorurteil, daß Frauen (ahhh, Fleisch) immerzu reden. Heimtückisch unterstellt er das. Wo da doch gar nichts dran ist.

Das Wort WORT ist ein Unwort. Weg damit. Bringen wir die sprachliche Liquidierungsmaschine auf Hochtouren, ratz fatz wie die Guillotinen der Französischen Revolution, die Kinder fressen ihre blutige Sprache, und die Sprache frißt ihre blutigen Kinder. Ist eigentlich schon mal irgendjemandem aufgefallen, daß fast alle im Fernsehen eingeblendeten Zuschauerzuschriften, getwittert, gechattet, gepostet, geblubbert, geplappert, in einem Deutsch verfaßt sind, das ihre Schreiber zu germanischen Kanaken macht, zu Analphabeten, zu Debilen, zu Durchstoßern der Lallgrenze? Sie glauben mir nicht? Schauen Sie nur mal genau hin. Das stimmt, das ist wahr, ehrlich. Ich gebe ihnen … mein Wort darauf.

14. 5. 2014

Ich hatte so eine lästige Angewohnheit. Jahrelang, jahrzehntelang, mancher behauptet sogar, immer schon. Sie machte eine Monstrosität aus mir, eine fleischgewordene Peinlichkeit. Man konnte sich nicht mit mir sehen lassen. Man konnte nirgendwo mit mir hingehen. Man konnte mich zu niemandem einladen, weil ich früher oder später meiner lästigen Angewohnheit nachgehen würde, frönen würde, anheimfallen würde, unausweichlich, unvermeidlich. Über kurz oder lang war es soweit, und die Leute drehten sich weg von mir, wurden rot und fremdschämten sich, meine lästige Angewohnheit war aber auch wirklich abstoßend, erschütternd, ekelhaft. Zunächst machten sich die Leute in meiner Umgebung Sorgen und Gedanken, sie machten auch Vorschläge, sannen auf Abhilfe, dachten über Heilungsmöglichkeiten nach, aber irgendwann, als einer nach dem anderen einsehen mußte, daß alles nichts fruchtete, daß keine Maßnahme griff, daß kein Rezept anschlug, verloren sie alle das Interesse und ließen mich mit meiner lästigen Angewohnheit links liegen.

So wurde sie mein schlimmster Feind und mein bester Freund zugleich. Kein Wunder, wenn sonst nichts und niemand mehr da ist. Ich pflegte sie. Ich gab mich ihr ganz und gar hin. Ich wurde ein wahrer Virtuose meiner lästigen Angewohnheit, bis sie mir überhaupt nicht mehr lästig war, sondern einfach nur noch notwendig wie das Atmen. Sie wurde meine Kunst, die Kunst meines Lebens, und genau in dem Augenblick, als ich sie perfekt beherrschte, als ich mit ihr in jedem Zirkus dieser Welt hätte auftreten UND VON IHR LEBEN KÖNNEN, verschwand sie. Spurlos. Als hätte es sie nie gegeben. Jetzt bin ich alleiner als allein. Und die Frage, wen oder was ich zurückhaben möchte, die Leute oder meine liebgewordene Angewohnheit, beantwortet sich beinahe von selbst.

16. 5. 2014

Das, was sich nicht sortieren läßt. Schlecht einschätzen, unzureichend beschreiben. Das, was sich nicht zurechtstutzen läßt, ohne daß man es entstellt. Das, was sich entzieht, verweigert, aus dem Staub macht. Das, was schillert, vage bleibt, hinterm Horizont, als Ahnung, Verheißung, Verlockung. Nie im Leben, immer kurz davor, dahinter, daneben. Das, was auf dem Sprung ist, sich auf die Socken macht, sich anschickt, sich entwirft, verwirft, verspielt. Das, was nicht aufgeht als Rechnung, sondern als Sonne. Das, was sich nicht vordrängt, aufdrängt, einengt, sondern sich löst wie ein Schnürsenkel, wie eine zu wenig bespeichelte Briefmarke, wie ein unerhebliches Problem. Das, was uns auf dem richtigen Fuß erwischt, in Verlegenheit bringt, in Teufels Küche, in die Bredouille. Das, was uns Vater und Mutter verlassen läßt, um zum Weibe zu gehen und mit ihm ein Fleisch zu werden. Das, was uns anheftet wie ein Krümel nach dem Frühstück, uns kennzeichnet wie eine flüchtige, aber unverwechselbare Handbewegung, das, was uns nach Vanille schmecken läßt, wenn man uns küßt. Das, was unseren Schlaf am Morgen ermahnt, uns Auslauf zu gewähren für ein paar Stunden, das, was unseren Herzen ihren jeweils einmaligen unverwechselbaren Rhythmus diktiert. Das, was leise über uns wacht, wenn wir daran glauben und sogar wenn nicht.

Das liebe ich.

17 .5. 2014

Früher waren Niederlagen schmerzhaft, klar, deutlich oder empfindlich. Manchmal sogar: vernichtend. Heute, wo alle grundsätzlich wahnsinnig empfindlich sind, sind Niederlagen nur noch »krachend«.

Krachende Niederlagen. Gelobt sei, was Lärm macht. Vernichtet fühlen sich ja alle im Stillen sowieso. Viel Lärm um nichts.

Krachende Niederlagen.

Krach-Ende.

18. 5. 2014

Volk ohne Reue
Folk ohne Lore
Volk ohne Boden
im Brunnen vor dem Tore

18. 5. 2014 (2)

Er hat Angst. Er gehorcht. Er tut, was ich will. Er läßt sich demütigen. Er kriecht vor mir auf dem Boden. Er näßt sich ein. Er frißt Scheiße, wenn ich es verlange. Das gefällt mir nicht. Das macht mir keine Freude. Da fühle ich mich verhöhnt in meiner Allgewalt. Da wittere ich Hinterlist. Da rieche ich Ironie. Der macht sich über mich lustig. Der unterläuft mich. Der hebelt mich aus. Der legt mich rein. Das lasse ich nicht mit mir machen. Dem werde ich es zeigen. Den schlage ich trotzdem, den schlage ich so lange, den schlage ich so hart, bis ihm das Lachen vergeht, das innerliche Lachen, was glaubt der, wer er ist, ein Stück Fleisch, nichts weiter, mir ausgeliefert, rettungslos, total, ich kann ihn quälen, ich kann ihn töten, ich kann ihn vernichten, auslöschen, ungeschehen machen, ich liebe ihn, ich will, daß er sich wehrt, ich liebe ihn, er soll es mir nicht so leicht machen, ich liebe ihn ich liebe ihn, ich will an ihm zur Geltung kommen, mein Wert und meine Würde, meine Kraft und meine Macht, was sind sie ohne ihn, wenn so gar nichts Widerständiges an ihm ist, so gar nichts, was sich zu biegen und zu brechen lohnt, ich liebe ihn, mein Gott, wie ich ihn liebe, wie unerwidert, ich schlage und schlage und schlage, und er gibt keine Funken, wehr dich du Waschlappen, sei Etwas, sei Jemand, sonst bring ich mich um vor Sehnsucht nach unser beider Schmerz.

18. 5. 2014 (3)

Das Geheimnis besteht das Examen mit sehr gut. Das freut uns, das läßt uns weinen vor Glück, dann brauchen wir es auch gar nicht mehr zu erfahren, was hilft es uns schon, das Geheimnis zu kennen, wo doch das Bekannte, das Allzubekannte das Gefährliche ist. Wir laufen rückwärts in die Zukunft, und längst besiegt geglaubte Monster reißen sich die Pflöcke aus dem kalten Herz, eisig weht es von den Friedhöfen her, von den Schlachtfeldern der Erfolgsgeschichte, ihre Begrünung täuscht. Knochenmehlstaub fällt vom Himmel, unsere Sprache kapituliert vor dem Ansturm der Spinnwebenschlagworte, die Vergangenheit hat begriffen, daß sie sich nicht wiederholt, sondern weitergeht. Wir hatten uns zu früh gefreut.

In den Katakomben der bösen Träume wird die Nacht zum Tage gemacht. Der innere Schweinehund wischt sich mit roten Fahnen den Hintern ab, nach erfolgter Arschgeburt. Einsehen müssen wir, daß es nichts Gewisseres gibt als den Wetterbericht vom nächsten Jahr, die kommende Revolution wird eine gegen die Wissenschaft sein, gegen die autistische Vernunft, gegen das Licht. Und ihr handelndes Subjekt ist die Natur oder was von ihr noch übrig ist. Und sie wird sich keine Bahnsteigkarte kaufen, bevor sie unsere toten Gleise stürmt. Das hochqualifizierte Geheimnis hat sich erledigt. Summa cum laude, vornehm und unerlöst geht es an der Welt zugrunde. Zu spät geweint. Zu früh gefreut.

19. 5. 2014

Eine Meute von achtlosen Analphabeten
verrohten gefühlskalten Partyproleten
eine Masse von stumpfen Problemignorierern
von schamlos und dumm Tisch-und-Wände-
Beschmierern

Dieser Pöbel von zynisch Die-Untersten-Tretern
faschistischtouristischen Sonnenanbetern
von gierig beschränkten Ressourcenverbrauchern
von Dünnbrettbohrern und Tiefseetauchern

Eine Rotte von viehischen Fußballgrölern
von fleischgeword'nen Geburtenfehlern
eine Blase von höhnischen Phrasendreschern
An-der-Schlange-vorbei-nach-vorne-Preschern
Diese Bande von ADAC-Mitgliedern
mit braunen Witzen und Schunkelliedern
mit unverwüstlichen Vorurteilen
um sich garantiert hirnfrei aufzugeilen

Ein Mob von geschmacklosen Fastfoodfressern
von Seelenverkäufern Turnbeutelvergessern
von hämischen neidischen Beifallspendern
für die härtere Gangart in anderen Ländern

Dieser Klüngel von rotzfrechen Selbstbedienern
denen Hungerleider die Schuhe wienern
dieses Pack von verlogenen Religiösen
die an Kindern ihre Verklemmungen lösen

Ein Heer unbelehrbarer Allesschlucker
geprügelter Nichtmitderwimperzucker
die bereit sind die übelsten Lügen zu glauben
ohne Spatz in der Hand ganz zu schweigen von
Trauben

Diese Ansammlung Phantasieunterernährter
trüber Tassen und trostloser Resteverwerter
die in die Büchse Pandoras die Stinkfinger stecken
und nicht zögern sie hinterher abzulecken

Ich mag doch die Menschen
und mich vor ihnen verneigen
man müßte mir nur mal
welche zeigen

19. 5. 2014 (2)

Die Wohnung meiner Eltern hat als Eingangshalle eine Szene-Bar und befindet sich plötzlich in Hamburg. Aber Hamburg liegt direkt am Meer, es brandet an den Kai, direkt vor dem Fenster. Bitter streite ich mich bis aufs Blut mit meinem Vater. Irgendwo angerufen hat er und dafür gesorgt, daß ich mitspielen soll in einem Theaterstück, ohne mich zu fragen. Als sich das Meer vor dem Fenster beruhigt, sieht man ekelhafte Tiere darin treiben. Formen, die Angst machen. Man weint vor Unbehagen. Vater, was hast du getan? Mein Gott, ist das peinlich.

Ich bin unzufrieden mit meinen Haaren. Aber das ist keine Angelegenheit des Schlafs. Ich möchte dem Licht entgegenwachsen wie ein Kaktus. Vermutlich deswegen verrenke ich mich dauernd in der Nacht. Anschreien will ich meinen Vater, aber Tränen ersticken meine Stimme. Ich fuchtele mit den Armen durch die Luft. Kafkas Käfergefühl – wie oft hat die Scham mich schon überlebt.

Wenn ich doch nur über irgendetwas jubeln könnte. Aber die Fähigkeit zum Jubeln ist mir abhandengekommen so wie die Fähigkeit zum Biertrinken oder die, anders als tröpfelnd zu ejakulieren. Eine langsame, eine schleichende Entgeisterung, zumindest im Wachzustand. Im Traum ist das was anderes. Also, mehr träumen.

22. 5. 2014

Selbstbildnis mit Lorbeerkranz: Ich bin ein privilegiertes bürgerliches Arschloch. Mit pseudolinkem Gehabe und reaktionärem Innenleben, das ich vor mir selbst als wahrhaft fortschrittlich im Sinne von wertkonservativ, also im positiven Sinne bewahrend maskiere. Ich gebe der türkischen Verkäuferin beim Bäcker Trinkgeld und sähe sie lieber in Anatolien. Ich sondere Sprechblasen ab zur Gleichberechtigung der Frau und glaube im tiefsten Innern an ihren Platz daheim bei den Kindern, die sie erst mal gefälligst zu kriegen hätte. Ich habe tausend Argumente für die Völkerverständigung, für die Aussöhnung, für die Anerkennung der historischen deutschen Schuld, für die Erstickung jedweden neu aufkommenden Nationalismusgedankens im Keim und hege unausgesprochene Sympathien für Putin und seine Heimholung aller Russen, weil ich darin eine Chance für Ostpreußen, Hinterpommern und Schlesien wittere. Ich halte flammende Reden für die Energiewende, für ein grundsätzliches Umdenken ökologisch-philosophischer Art, gegen die Ressourcenverschwendung, gegen die rasende wahnsinnige Ausplünderung und Vernichtung unserer Lebensgrundlagen und fliege nach Mallorca, um mich dort zu langweilen und mit meiner parasitären touristischen Anwesenheit dort die Landschaft zu zerstören. Und ich belächle unsichtbar die deutsche Eigenbrötlerei, den deutschen Sonderweg, das deutsche Oberlehrertum in diesen Dingen angesichts unserer Umzingeltheit von ausländischen Atomkraftwerken. Ich seufze unhörbar und beneide unsere Nachbarn, die das alles viel lockerer sehen, viel unverkrampfter, ich hasse nämlich alles typisch Deutsche, was ja auch typisch deutsch ist für alle denkenden Menschen hierzulande, also für die Elite, zu der ich mich selbstverständlich zähle. Ich fasele zwar gerne im Namen der sogenannten kleinen Leute, aber im Grunde widern sie mich an, ihre Dumpfheit, ihre Vulgarität, ihre Verfallenheit an den Konsum, ihre geistige Fettleibigkeit, das Elend ihrer schmalspurigen Träume.

Ich fühle mich gerne unverstanden. Ich leide gerne, besonders bei teuren französischen Rotweinen. Ich spotte gerne über Politiker, als naserümpfender Nichtwähler. Ich bin ein privilegiertes bürgerliches Arschloch, und aus selbigem scheint mir eine radikale rote Sonne, von der ich hoffe, daß sie nie aufgeht.

Na? Wer fühlt sich angesprochen?

25. 5. 2014

Ich könnte es kosten, ich weiß nicht recht. Ich habe ein bißchen Angst davor, was es mit mir macht. Viele haben es vor mir gekostet. Sie erzählen erstaunliche Dinge. Manche hat es das Leben gekostet. Viel würde ich darum geben, zu wissen, was die erzählen würden, wenn sie noch könnten. Vielleicht erzählen sie ja, und man kann es nur verstehen, wenn man es gekostet hat. Auf jeden Fall sind diejenigen, die es gekostet haben, hinterher nicht mehr dieselben, die sie vorher waren. Aber geht uns das nicht allen so, auch wenn wir es nicht gekostet haben? Macht uns nicht jeder Moment zu einem anderen, als wir gerade eben noch waren? Im Grunde: ja. Und an der Oberfläche: erst recht. Ein langsamer Prozeß natürlich, nur im Zeitraffer erkennbar, aber wenn man es gekostet hat, wird dieser Prozeß offensichtlich beschleunigt, so stark beschleunigt, daß man eigentlich eine Zeitlupenwahrnehmung braucht, um von der Fülle der Veränderungen nicht überwältigt zu werden.

Ich überlebte einen Großbrand in Los Angeles. Ich schreibe Lieder zusammen mit meiner toten Geliebten. Ich bin der ermordete italienische Politiker Aldo Moro, wiedergeboren als Doppelhalsgiraffe, ich meinte natürlich Gitarre. Vormittags bin ich der Rhein, nachmittags bin ich die Elbe, ein Zauberer hat mich in beides verwandelt, als Lohn für meine unendlichen Tränen über die gefallenen deutschen Soldaten der Zukunft. Ich habe einen Ruhepuls von 800. Am frühen Morgen, also bevor ich der Rhein bin, stürze ich südostasiatische Militärjunten, am Abend und in der Nacht, also nachdem ich die Elbe war, reformiere ich mit äußerstem Fingerspitzengefühl die katholische Kirche, so behutsam, daß sie keinerlei Verdacht schöpft.

Ja, ich gebe zu, ich habe es gekostet. Ich habe einen Silberlöffel in mein Gehirn gesteckt, wieder rausgezogen und ihn abgeleckt, schmeckt gut. Sollten Sie auch mal probieren. Aber ich will Sie zu nichts überreden, das ist einzig und allein Ihre Sache.

Für Feiglinge ist es allerdings nichts.

27. 5. 2014

Endlich sagst du es. Endlich sagt es überhaupt mal einer. Endlich ist es raus. Ich bin widerwärtig, ich bin unausstelich, ich bin eine Pest. Wie lange habe ich darauf gewartet. Wie lange habe ich darauf hingearbeitet. Es war wie ein Zwang, es war wie eine Sucht, was habe ich nicht alles versucht, um Leuten auf die Nerven zu gehen, wie oft hatte ich nicht schon die Hoffnung: Na, jetzt hast du dir aber wirklich mal siedend heiß die Fingerspitzen und das Maul verbrannt. Aber alle sind immer so unerträglich höflich, so quälend verständnisvoll, so penetrant tolerant, ist ja gar nicht schlimm Alter, alles gut alles gut, du bist bestimmt in einer schwierigen Phase, dir sitzt irgendwas quer, und irgendwo müssen die Aggressionen ja hin, kennen wir, macht nichts, schlag ruhig zu, laß es raus, das können wir ab, das machen wir doch gerne, dafür sind wir ja da. ES WAR ZUM WAHNSINNIGWERDEN. Konnte ich denn niemanden beleidigen, auf die Palme bringen und dazu, endlich mit mir zu brechen? Man prügelt auf Watte ein, man drischt etwas Wabbliges, man rammt seine Lanze in Schleim. Ich war drauf und dran durchzudrehen, mein Vorrat an Gemeinheiten, an Schmähungen, Verleumdungen, Grenzüberschreitungen war aufgebraucht. Aber jetzt sagst du es endlich, laut und deutlich und unmißverständlich, daß ich ein Ding der Unmöglichkeit bin, daß ich mich verpissen soll bis weit hinter das Land, wo der Pfeffer wächst, endlich, endlich begreift mich einer, mein Gott bin ich dir dankbar, entschuldige bitte, aber ich liebe dich.

9. 6. 2014

Es geht nicht, man kann hier nicht sein, man kann hier nicht bleiben, man ist hier genau genommen nie gewesen, man hat es sich nur eingebildet. Hier zu sein, überhaupt irgendwo, ist ein Irrtum, eine Eselsbrücke, eine Überlebenskrücke, denn man ist nirgends, und man war nirgends, und man bleibt nirgends, jegliches Verweilen in der Vergangenheit, in der Gegenwart oder in der Zukunft erst recht ist eine Selbsttäuschung, ein Beruhigungsmittel für die Schwachen, das sich der Starke nicht verabreichen darf, das er sich nicht durchgehen lassen darf, auf das er verzichten muß, unerbittlich, in aufrechter Haltung, mit unbewegtem, verschlossenem Gesicht, allem Geschwätz, allen verlogenen Tröstungen abhold, asketisch, stolz den Verlockungen der Beschwichtiger trotzend, der Leugner der Härte, der Teilnahmslosigkeit, der Grausamkeit und der Unbehaustheit des Daseins, unterwegs sind wir, immer unterwegs, von der Geburt bis zum Tod und wer weiß, vielleicht noch weit darüber hinaus. Sich irgendwo irgendwann nicht von der Stelle zu rühren, das ist unsere Sache nicht. Gott weiß es.

9. 6. 2014 (2)

Also ich erwarte nicht weniger als bedingungslose Hingabe. Absoluten Gehorsam. Totale Unterwerfung. Und selbstverständlich komplette Selbstverleugnung, radikalen Verzicht auf jeglichen Eigenwillen, lustvolle permanente Aufnahmebereitschaft.

Für alles.

Freude am Erdulden von Schmerzen. Jederzeitiges Akzeptieren plötzlicher Stimmungswechsel. Und eine tiefe Bereitschaft zum Dienen, die tiefer ist als die Gebote selbst der forderndsten Sucht, bedarf wohl keiner weiteren Erwähnung.

Von äußerster Wichtigkeit ist die perfekte Balance zwischen Begabungen grenzüberschreitender und gemeinhin als pervers denunzierter Natur und den ähnlich diskreditierten Sekundärtugenden. Denn erst beim Vorhandensein von Pünktlichkeit, Sauberkeit und Ordentlichkeit macht das, was ich mit uns vorhabe, so richtig Freude.

Ich glaube, wir verstehen uns. Auf allen Ebenen. In allen Öffnungen. Über alle Höhen und Tiefen hinweg. Über kurz und über lang. Ich glaube, wir kommen. Ich glaube, wir kommen zusammen. Wenn man nicht bis zum Äußersten geht, sollte man gleich stehenbleiben. Lieben ist wie Autofahren. Beides ist erst vollkommen, wenn es blind geschieht.

13. 6. 2014

Nur das Zwecklose ist das Sinnvolle. Nichts hat Sinn UND Zweck. Entweder das eine oder das andere. Im Reich des Zwecks herrscht der Nutzen, nicht der Sinn. Der Nutzen hat keinen Sinn, außer den Nutzen.

Der Sinn ist nutzlos, weil der Sinn zwecklos ist. Im Reich des Sinns herrscht das Wahre oder Unwahre. Und der Zweck kann nie wahr sein oder unwahr, nur nützlich oder unnütz. Und das ist das, was die meisten Menschen interessiert. Die meisten Menschen interessieren sich nicht für das Wahre oder Unwahre. Weil es ihnen nichts nützt. Sie halten sich lieber an das Brauchbare. Der Zweck ist brauchbar. Der Sinn ist unbrauchbar. Sinn hilft nicht beim Brotbacken, nicht beim Stühletischlern, nicht beim Berechnen von Hubräumen. Die Summe aller möglichen Zwecke ergäbe immer noch keinen Sinn. Ob es sich allerdings umgekehrt genauso verhält, erfahren wir erst am Ende der Welt, wenn überhaupt.

Kunst ist das Unbrauchbare. Kunst ist das Unnütze. Kunst ist das Zwecklose. Kunst ist das Wahre und Unwahre.

Kunst ist das Sinnvolle.

15. 6. 2014

Begeistert würge ich an meinem Knebel. Hingerissen lutsche ich meine Ketten. Ergriffen fahre ich mit den Fingerspitzen über die Pfähle in meinem Fleisch. Ich bin ein moderner Mensch. Feurig klappere ich mit meinen Handschellen wie mit Kastagnetten. Lustig hüpfe ich mit meinen Fußfesseln wie ein Tanzbär. Ich bin ja schließlich nicht von gestern. Andächtig beobachte ich den Sand, wie er durch die Uhr meiner Hinrichtung rinnt. Lüstern streichle ich die Gewehrläufe meines Exekutionskommandos. Ich bin auf der Höhe der Zeit.

Ehrfürchtig bewundere ich die makellose formvollendete Schönheit des Fallbeils. Enthusiastisch gedenke ich all des menschlichen Erfindungsreichtums, der sich in einem elektrischen Stuhl verkörpert. In keiner anderen Epoche hätte ich leben wollen. Oder sterben. Aber das versteht sich dann ja von selbst. Ich bin im Einklang. Mit mir und meiner Ära. Wißbegierig benetze ich meine Zunge mit einem winzigen Tröpfchen aus der Giftspritze, die mich alsbald auf völlig schmerzlose Weise in eine andere Welt befördern wird. Ich bin aufgeklärt, tolerant und überhaupt nicht nachtragend. Freundlich heiße ich den Mikrochip unter meiner Haut willkommen, der mich von meinem freien Willen befreit, mit dem man mich fernsteuern und auch abschalten kann. Ich bin einfach mit allem einverstanden. Alles ist gut. Alles ist schön. Alles ist richtig. Denn wenn dem nicht so wäre, müßte ich ja vor Todesangst Selbstmord begehen.

26. 6. 2014

Ich warte nur auf den Moment, wo du rufst: Komm. Dann komme ich. Bei Gott, dann komme ich. Ich versuche nur, die Zeit herumzubringen, auszuhalten, totzuschlagen bis du rufst: Komm. Erinnerungen schießen mir durch den Kopf an all die vielen Male, wo du gerufen hast: Komm. An all die Zeiten, in denen ich darauf gewartet habe, gewartet ohne einen anderen Gedanken als den, daß du gleich rufen wirst: Komm. Gewartet wie ein Gefangener in seiner Zelle. Wie ein Tiger auf seinen und in seinem Käfig. Und vorgestellt habe ich mir wieder und wieder, in all den Zeiten, in denen ich gewartet habe, wie es sein wird, nachdem du gerufen hast: Komm.

Wie ich kommen werde.

Was ich tun werde.

Was du tun wirst.

Was wir tun werden.

Wenn man es recht bedenkt, ist mein Leben eigentlich nur dieses Warten darauf, daß du rufst: Komm. Und daß ich dann komme. Und daß es so sein wird, wieder und wieder, noch und noch, Mal für Mal, wie ich es mir vorgestellt habe. Ich warte, du rufst, ich komme. Worauf du dich verlassen kannst. Ich komme.

26. 6. 2014 (2)

Und das Gesicht der abgelehnten Kandidatin versteinerte zunächst kurz und überzog sich mit Eis, um sogleich durch die züngelnde, lodernde innere weibliche Zorneshitze sich zu verflüssigen und zu zerfließen, zum Schmelzen gebracht von einer unsichtbaren Sonne unter der stark geschminkten Haut.

Schwer und mühsam atmete die abgelehnte Kandidatin, mit weit aufgerissenen Augen, ungläubig staunend über die ihr zugefügte und aus ihrer Sicht schreiend ungerechte Kränkung, die sich nahtlos anschloß an eine schier unendliche Kette von schon erlebten und erlittenen Kränkungen, Zurücksetzungen, Mißachtungen, Ausnutzungen, falschen Versprechungen, geweckten und enttäuschten Hoffnungen, Demütigungen, unerwiderten Liebesgefühlen. Die Männer, dachte die abgelehnte Kandidatin, die verfluchten Männer, immer sind es die Männer. Die Kehle durchbeißen sollte man ihnen allen, die Augen ausstechen, die Eier zerquetschen, die Schwänze abschneiden. Hinter allem Bösen auf der Welt stecken Männer. Der Mann ist das Prinzip des Bösen. Und wenn Frauen überhaupt jemals etwas Böses tun, dann werden sie von Männern dazu mißbraucht, dazu angestiftet, dazu verführt. Oder es sind überhaupt keine Frauen, es sind Männer, die sich als Frauen maskiert haben. O meine Göttin, wie ich sie hasse, die Männer, ich hasse sie mehr, als ich sagen kann, die von Männern gemachte, die von Männern beherrschte Sprache, dieses widerwärtige Frauenunterdrückungsinstrument, stellt mir – wie sollte es anders sein – keine geeigneten Worte zur Verfügung, um das ganze Ausmaß meines Hasses zu artikulieren!

Mit diesen Worten sammelte sich die abgelehnte Kandidatin wieder, gab sich einen Ruck, strich ihren kurzen Rock glatt, ging um den Schreibtisch herum, kniete vor dem Chef nieder, öffnete seinen Hosenstall und bekam den Job.

6. 7. 2014

Traum:

Mein Englischlehrer Arnemann sagt zu mir: Morgen verlassen wir die Schule und fangen bei Boeringer an, ich als dein Chef. Du verdienst 130.000 Euro im Jahr und bekommst für dich und deine Freundin eine Dienstwohnung und einen SCHICKEN DIENSTWAGEN.

Das Leben ist ausgesprochen merkwürdig und nicht ausgesprochen erst recht. Das Leben zu begreifen ist ausgesprochen schmerzhaft und es nicht zu begreifen unaussprechbar. Und unerträglich.

11. 7. 2014

Es ist nicht wichtig. Nichts ist wichtig. Da ist eine Wand. Du kannst sie durchqueren. Wenn du es willst. Wenn du es nicht willst, kannst du sie auch durchqueren. Das ist nicht schwieriger, das ist leichter. Wenn du es nicht übst. Wenn du es akzeptierst. Die Sorge geht über den Fluß. Das Einvernehmen bleibt hier. Und die Wand geht durch dich hindurch, egal ob du es willst, nicht willst, übst oder nicht übst, vom Akzeptieren ganz zu schweigen. So ist das. So einfach. So ist das einfach. Oder die Wand bleibt da, wo sie ist, und das ist auch in Ordnung. Wer damit ein Problem hat, hat damit eins zu viel. Öffne das Fenster. Jemand schüttet Glasflaschen in einen Container. Jemand niest wie ein Erdbeben. Du bist mittendrin in einem kosmischen Musikstück. Such dir aus als was.

21. 7. 2014

Hallo Papa. Gestern lief im Fernsehen zum hundertsten Mal »Der Untergang«. Ich hab ihn mir schon wieder angesehen. Aber es ändert sich nichts, wir verlieren immer noch. Die Frage der deutschen Teilung bleibt somit offen. Wie geht es dir, Papa? Alles klar da oben? Da unten? Da drüben? Wo auch immer. Hast du alte Kameraden wiedergetroffen? Oder meiden die dich, weil du dich zu selten um sie gekümmert hast nach dem Krieg? Und wärmt dir Mama immer noch den Teller an vor dem Mittagessen, im Gedenken an die Eiswürfel in der Suppe in Sibirien, oder gibt es so was nicht bei euch?

Ich glaub, du kannst ganz froh sein, daß du nicht mehr da bist, Papa. Das hier bei uns wäre nichts mehr für dich. Nicht mehr deine Welt. Schwarze deutsche Fußballnationalspieler, die besser deutsch sprechen als weiße deutsche Gymnasiallehrer. Frauenparkplätze. Facebook. Du kämst aus dem Kopfschütteln nicht mehr heraus. Aber bei mir ist alles okay soweit, doch, doch. Bin gerade auf der Bühne, Papa. Bielefeld. Nette Leute, wie eigentlich immer, doch, doch. Magst du ein bißchen zuhören, Papa? Ach nicht. Bei euch läuft gerade ein alter Heinz-Rühmann-Film. Na gut, da kann ich natürlich nicht mithalten. Soll ich die Leute grüßen von dir? Okay, mach ich. Grüße von meinem Papa. Ihr sollt schön klatschen, sagt er.

21. 7. 2014 (2)

Menschen erklären Menschen, wie Menschen funktionieren. Das ist das Problem. So geht das nicht. Menschen verstehen nicht von selbst, wie Menschen, also sie selbst, funktionieren. Vielleicht wäre es besser, wenn das andere täten und nicht Menschen. Der Mensch hat nicht genügend Abstand zum Menschen, weder zu sich selbst noch zu anderen. Nicht Menschen sollten den Menschen erklären, was Menschen sind und wie. Nichtmenschen wären dazu viel eher befähigt. Aber wo sind sie? Wann kommen sie endlich? Wann fangen sie endlich damit an? Oder sind sie längst schon da, längst unter uns, und bemühen sich seit langer Zeit, uns Menschen zu erklären, wie wir Menschen sind und warum, und wir hören es nicht, wir verstehen es nicht, weil es ein Übermittlungsproblem gibt, eine Frequenzschwierigkeit, ein Wellenlängendefizit? Kann sein, kann nicht sein, wie soll ich das beurteilen, ich bin ja ein Mensch, ich bin ja auch nur ein Mensch, ein winziger Teil dieser ungeheuren Masse, die andauernd geboren wird, um zu sterben, ein winziger Teil dieser ungeheuren Verschwendung, von der keiner, der dazugehört, so richtig weiß, wozu das gut sein soll. Es gibt jede Menge Antworten darauf, aber die sind alle von Menschen, und Menschen können nicht sich selbst erklären, das hat die Geschichte des Menschen bewiesen, und Gott antwortet nicht, jedenfalls nicht für uns hörbar oder verständlich, wer als Mensch behauptet, Gott zu verstehen, der ist ein Angeber oder Schlimmeres, der gehört weggesperrt in Quarantäne, der setzt den anderen Menschen nur Flausen in die Köpfe, Überheblichkeiten, Mordgelüste, der ist ein Unmensch. Die Hoffnung kann nur von Nichtmenschen kommen, von einem aufgeklärten Kommunismus von Übermenschen, die uns liebevoll betrachten wie Insekten, die man nicht zertritt, also dann, ich lausche, ich spitze die Ohren, ich warte.

21. 7. 2014 (3)

Ich versuchte zu schweigen. Das kam gut an bei den Leuten. Immerhin, sagten sie, er gibt sich Mühe, vielleicht ist es ja irgendwann von Erfolg gekrönt. Ich arbeitete hart am Erreichen der Stille, wie ein Bergsteiger oder ein Mönch, bis die angehaltene Luft aus mir herausplatzte. Ich kann nicht mehr, rief ich niedergeschlagen. Schade, sagten die Leute. Wohl doch nur eine mittelmäßige Begabung. Leider überschätzt, der Mann.

23. 7. 2014

Ich gebe den Geist auf. Es besteht keine Hoffnung mehr. Reanimationen, Transfusionen, Transplantationen, alles nichts als Illusionen. Mach dir doch nichts vor, du alberner Nachtwächter mit deiner blakenden Funzel, der Geist ist tot, aus und vorbei, Ende der Vorstellungskraft, schau sie dir doch an, all die blöden Fressen, all die dämlichen Visagen rings um dich her, schau genau hin, präg sie dir gut ein, aus all diesem Teig, aus all diesem Matsch, aus all diesem Müll ist er entwichen, der Geist, ein für allemal, für immer, wie Luft aus einem Luftballon, Schluß mit Schweben, Schluß mit Fliegen, schlaff liegt er im Dreck wie ein benutzter Präser. Von uns gegangen ist er, der Geist. Und vermißt wird er kaum werden. Denn um ihn zu vermissen, müßte man ihn haben.

23. 7. 2014 (2)

Ich werde dafür sorgen, daß es nicht bei Tag und Nacht bleibt. Daß es mindestens eine Alternative zum Tag gibt und eine zur Nacht. Ich werde dafür sorgen, daß jegliches Begehren erfüllt wird. Daß alle Menschen sich ansehen und Lust aufeinander haben. Dermaßen schämen sollen sich sämtliche Götter, daß sie alle Krankheiten und Tode zurücknehmen, daß sie niederknien vor dem vollauf rehabilitierten und entschädigten Menschen und ihm die Füße waschen, so oft es ihn danach verlangt, jetzt sofort und insofern in aller Ewigkeit. Ich werde dafür sorgen, daß der Mensch über sich hinauswächst, wortwörtlich und nicht so schaumig, wie Nietzsche sich das vorgestellt hatte. Daß der Kopf des Menschen aufplatzt wie eine Knospe und ein neuer Mensch der Fontanelle entsteigt, und so wieder und immer wieder, menschliche Leitern hinauf ins All, weiter und weiter, neugierig und frei, alle Schulden getilgt, alle Ängste gelöscht, das klingt nicht sehr glaubhaft, und genau das ist der Punkt, vergeßt alles Glaubhafte, es ist ein Irrtum. Vergeßt alles Richtige, es ist das Falsche. Brecht die Zeiger aus den Uhren, beginnt zu atmen, nicht ein, nicht aus, sondern anders, versucht es. Es geht.

31.7.2014

Was man nicht kaufen kann, das gibt es nicht. Einverleibung, Einverleibung. Ich kann nicht mehr. Aber das Gute ist, ich will auch nicht mehr. Man kann kaufen, was es nicht gibt, das ist gar kein Problem. Aber viel interessanter ist doch, daß man kaufen kann, was es gibt, man kann es kaufen, alles, man kann sagen: Das kauf ich mir, und dann kriegt man es, wenn man es bezahlen kann, das ist doch unglaublich, das ist doch irre, das erzeugt doch ein wahnsinniges Glücksgefühl von Verläßlichkeit, von Geborgenheit, von Einverstandensein, wow, schaut mich an, ich bin ein Rebell der Konformität, ein Freibeuter der Bejahung, ich fühle mich ausgezeichnet, auch mich kann man kaufen, weil es mich gibt, das fühle ich ganz deutlich. Ich kaufe, also habe ich, man kauft mich, also bin ich, so bar mir Gott helfe, die Raten verstopfen im sinkenden Schiff die Lecks, vorzugsweise mit Münzen und Scheinen, weniger gern mit Schecks. Der Geist ist billig und das Fleisch, na ja, wer die Maden hat, braucht für den Bankrott nicht zu sorgen. Ich bin so einmalig wie jeder, so unverwechselbar wie nichts, so wertvoll wie der kleine Längenunterschied zwischen Punkt und Komma, einverleibt bin ich, mir selber einverleibt, in mir ruhend wie ein Ladenhüter im Regal eines Supermarkts, open all night, am Rande der Unendlichkeit.

2. 8. 2014

Ich kann Auto fahren, gut sogar, vierzig Jahre unfallfrei. Aber ich habe nicht die geringste Ahnung, wie Autos funktionieren, was eigentlich passiert, wenn ich Gas gebe, bremse, schalte, warum der Wagen die gewünschte Richtung nimmt, wenn ich das Steuerrad bewege. Das Wort Einspritzpumpe läßt mich kichern. Das Wort Vergaser klingt irgendwie unangenehm. Genauso ratlos, wie ich die Motorhaube öffne (wenn ich überhaupt die Vorrichtung finde, mit der das geht), könnte ich einer Krankenschwester die Schwesternhaube abnehmen – dabei würde ich mich vermutlich noch kompetenter fühlen. Ich habe beides noch nie versucht. Ich kann mir auch nach vierzig Jahren nicht merken, wo und wie man den Ölstand mißt und wo und wie man das Öl nachfüllt und wie oft das notwendig ist. Ohne Tankwart oder andere helfende Hände bin ich aufgeschmissen. Der Hebel für den Blinker, den Scheibenwischer und das Wischwasser, der Schalter für Licht, Klimaanlage und Sitzheizung, sie markieren die Grenzen meiner bewußten Autofahrerwelt. Mir fehlen sämtliche Worte, um zu beschreiben, was ich alles von einem Keilriemen nicht weiß, von einem Stoßdämpfer, ganz zu schweigen von einem MOTOR – ein Begriff, der mir so unheimlich ist wie SEELE. Ich bin schon heilfroh, seelenheilfroh, wenn ich weiß, wo das Benzin reinkommt. Und welches ich nehmen muß, wobei mich keiner fragen darf, warum dieses und nicht jenes, Diesel Super Normal, alles schon oft gehört, aber mir genau so wenig verständlich wie Epistemologie, heuristisch oder transzendental. Man könnte also sagen, nein, auf mich bezogen MUSS man sagen: Auto fahren ist wie das Leben.

Genau wie das Leben.

1. 9. 2014

Ich wasche meine Hände in der Unschuld fremder Opfer. Ich bin Pazifist. Was ist schlecht daran? Was ist nicht gerecht daran? Gar nichts. Nur daß es schlecht ist. Nur daß es selbstgerecht ist. Nur daß es feige ist in all seinem tollkühnen Friedensmut, in all seiner rasenden Friedenswut. Ich habe es trokken und warm. Ich habe mehr zu essen und zu trinken als reingeht. Ich höre keine Bombeneinschläge, ich höre keine Schüsse. Man erzählt mir, daß sie näher kommen. Vielleicht stimmt das, vielleicht stimmt das nicht. Ich mag es nicht glauben. Und schon gar nicht mag ich es wissen. Schließlich werden wir doch andauernd nach Strich und Faden belogen.

Aber was, wenn der Strich die rote Linie ist, die nicht überschritten werden darf? Aber was, wenn der Faden der Strick ist, an dem Unschuldige baumeln? Es gibt Leute, die sagen, es gäbe keine Unschuldigen. So was sagt sich leicht, wenn man es warm hat und trocken. Wenn man den Schuß nicht gehört hat. Es könnte ja auch an den Ohren liegen. Eine Riesengemeinheit ist das, daß das Leben nie zu den schönen Theorien paßt. Daß die Theorien immer nur stimmen, wenn man Opfer in Kauf nimmt. Und sie unter den Teppich kehrt, bis ihr Blut nach oben durchsickert.

Als Pazifist ist man Minimalist. Man behauptet, alle Menschen zu lieben, auch die Bösen. Aber man möchte so wenig wie möglich mit ihnen zu tun haben. Man benutzt den Balken im eigenen Auge als Zahnstocher. Kein Wunder, daß man sich dabei die Zähne ausschlägt und als zahnloser Friedenstiger endet, über den die Bösen nur lachen. Jawohl, sie lachen, wenn sie Pazifisten massakrieren. Als Pazifist muß ich akzeptieren, daß die Bösen das letzte Wort haben. Und das letzte Wort wird ein Schuß sein. Und dann lachen sie.

Mein Gott, wie sie lachen!

(Geschrieben am 1. September. Nicht 1939, sondern 2014.)

5.9.2014

Machen wir uns nichts vor. Seit langem schon brach die Erde hinter unseren Schritten ab und stürzte ins Nichts. Jetzt gibt es gar keine Erde unter unseren Schritten mehr. Wir fallen ins Leere und spüren es nicht. Weil es um uns herum nichts als Fallen gibt, alles fällt, alles stürzt, alles verlischt, alles verschwindet, so wie nie geschehen, so wie nie gewesen, spurlos in alle Ewigkeit und seit aller Ewigkeit unvorhanden. Jetzt ist es soweit. Es gibt keine Leistungen mehr, keine Verdienste, keinen Ruhm, keine Überlieferung, kein Gedächtnis. Vergessen gab es schon lange, jetzt aber gibt es nur noch das Vergessen des Vergessens, die Nichtung des Nichts. Sozusagen das absolut Positive, kichert der Teufel.

Machen wir uns nichts vor. Niemand wird uns was nachmachen. Nur wir uns selbst, bis wir den Löffel abgeben. Es kommt nichts dabei heraus außer den Ausscheidungen von längst Ausgeschiedenen. Das letzte Loch verschluckt den Pfeifton samt Pfeife. Da kommt nichts mehr. Es ist nicht nur aus, meine Lieben – das von uns herbeigewirtschaftete Fazit lautet: Es war nie an.

14. 9. 2014

Der größte Künstler der Welt ist Ornette Coleman. (Jaques Derrida würde eventuell zustimmen.) Der größte Künstler der Welt ist Vladimir Nabokov. (Der Widerling Reich-Ranicki hätte vermutlich nichts dagegen.) Der größte Künstler der Welt ist der rechte Verteidiger von Hansa Rostock. (Was wohl Ralf Dahrendorf, nein Verzeihung, Frank Pagelsdorf dazu sagen würde?) Der größte Künstler der Welt ist eine Tomate. Der größte Künstler der Welt bin ich. Der größte Künstler der Welt ist eine Frau. Nein, Quatsch. Der größte Künstler der Welt ist eine Mineralwasserflasche für Wasser mit Sprudel, aber leer. Der größte Künstler der Welt ist eine Einzugsermächtigung für eine Versandfirma, die es nicht mehr gibt. Nein, noch besser, die es nie gegeben hat. Der größte Künstler der Welt ist ein Mensch, der mir ein bißchen ähnlich ist und sich an mich erinnert. Meinetwegen auch ein Tier, das irgendeinem Gegenstand vollkommen unähnlich ist und sich naturgemäß an gar nichts erinnert, weil es das gar nicht kann. Nein, Quatsch, der größte Künstler der Welt ist ein unsterblicher Politiker, also einer, der nicht sterben kann, weil es ihm von einem gerechten und erbarmungslosen Gott verweigert wird, aufgrund seiner Korruptheit, Blödheit, Gemeinheit, Verderbtheit durch und durch, quasi stellvertretend für fast alle Dreckskerle seiner Zunft, eine Vulgärjesusinstallation. Der größte Künstler der Welt ist Jimi Hendrix. Der größte Künstler der Welt ist Jaques Derrida (ist er nicht ganz, wäre er aber für sein Leben gern gewesen). Der größte Künstler der Welt ist eine Gemüsezwiebel. Bin ich. Ist keine Frau. Nein. Quatsch. Der größte Künstler der Welt kommt hoffentlich noch (da habe ich ja noch gerade so eben die jüdische Kurve gekriegt!). Aber vielleicht auch nicht (das wäre dann wohl die jüdische Ellipse …). Und das wäre möglicherweise besser. Weil da, wo er hinträte, kein Gras mehr wüchse. Hoch sollen leben: seine Abwesenheit und der Konjunktiv.

14. 9. 2014 (2)

Leute, die etwas VERFECHTEN, tun es nicht wirklich (weil sie keine Sympathie dafür haben). Leute, die etwas LEUGNEN, geben es zu – und keineswegs auf. Leute, die etwas BESTREITEN sind bestreitsüchtig und friedunfertig. Leute, die etwas FÜR SICH REKLAMIEREN, gönnen anderen Leuten nicht mal das Schwarze unter den Nägeln, mit denen sie gekreuzigt werden. Leute, die etwas BEHAUPTEN, setzen scheinbar dem Torso eines Gedankens einen Kopf auf – während sie in Wahrheit ihre Lust am Enthaupten unterdrükken.

Es ist wohl dieses gewisse Etwas, diese sprachliche Falltür

vor bestimmten Verben, die etwas an den Leuten zum Vorschein kommen läßt, was nicht den Anschein hatte vorhanden zu sein, bei ungenauer Betrachtung, der das schöne und präzise Attribut »flüchtig« zukommt. Denn flüchtig ist zuallermeist das menschliche Betrachten, sich davongestohlen habend aus dem Gefängnis der Genauigkeit, das die Mühe ist. Und deren Triumph der Tod.

16. 9. 2014

Es wird viel zu viel wiederholt. Es wird viel zu viel wiederholt. Viel zu viel. Viel zu viel. Wiederholt. In Popsongs, in der Werbung, in der Politik, das Leben ist doch viel zu kurz, um so viel zu wiederholen, im Krieg, in der Liebe, im Tod, in der Politik des Krieges, in den Popsongs der Werbung, im Tod der Liebe. Sagt was Neues, tut was Neues, aber was? Ich weiß es nicht, ich weiß es nicht, ich kann nur wiederholen: Ich weiß es nicht, das Leben ist doch viel zu kurz, um auf etwas Neues zu kommen, aber die Menschen früher haben kürzer gelebt als wir, und sie sind immer wieder auf was Neues gekommen, oder ist das nur eine Täuschung, war das Neue immer nur eine Täuschung, war es immer das Gleiche? War es vielleicht sogar immer dasselbe? Die Politik des Popsongs, der Krieg der Liebe, die Werbung für den Tod und das Werben um den Tod – ist es das, wozu wir verurteilt sind? Ist das unsere Strafe wofür auch immer? Ich weiß es nicht. Ich weiß es nicht. Ich kann nur wiederholen, ich weiß es nicht. Und ich glaube, da kann ich, und ich fürchte, da muß ich für alle sprechen, ich habe jedenfalls nichts anderes gehört, nichts anderes gesehen in meinem bisher gar nicht mal so kurzen Leben, hallo? Hallo? Aufgelegt. Gar nicht gut. Gar nicht gut aufgelegt. Im Gegenteil.

17.9.2014

Eines Tages begann es. Ohne Vorgeschichte, ohne Vorwarnung. Als er in einer Fraktionssitzung um einen Redebeitrag gebeten wurde, sagte er, ohne zu wissen, wie ihm geschah: FICK MICH. Einfach so. Es platzte aus ihm heraus. Er war der Hoffnungsträger seiner Partei – nunmehr war er es gewesen. Einige in der Runde sahen ihn entgeistert an, andere blieben im Tiefschlaf. Und da sagte er es ein zweites Mal: FICK MICH. Er hatte keine Kontrolle darüber. Es sagte sich von selbst. Und er konnte gar nicht mehr damit aufhören. Am Nachmittag war sein Hochzeitstermin. Auf dem Standesamt sagte er nach langem Schweigen FICK MICH statt Ja. Damit hatte sich auch diese Sache erledigt. Er konnte gar nichts anderes mehr sagen. Und wenn er irgendetwas las, eine Zeitung, ein Buch, ein Werbeplakat, las er überall nur noch die Worte FICK MICH. Er war von diesen beiden Worten umzingelt, abgesehen davon, daß sie in ihn eingedrungen waren und sein Sprachzentrum übernommen hatten.

Diese Geschichte, wenn man sie denn eine Geschichte nennen will, hat keinen Ausgang. Weder einen guten noch einen schlechten. Einfach gar keinen. Genau wie letztlich auch dieser Text. Ich vermute einfach mal, daß seine letzten Worte auf dem Sterbebett auch FICK MICH gewesen sein werden, ich weiß es nicht, denn noch lebt er. Und sagt FICK

MICH beim Brötchenkaufen, FICK MICH, wenn der Arzt ihn fragt, was ihm fehlt, und FICK MICH als Nachtgebet vor dem Einschlafen. Ein schreckliches Schicksal, und ich bin daran schuld. Denn mir ist die Sache ja eingefallen. Ich habe den Mann und seinen Defekt erfunden. Jaques Derrida sagte, der Andere ist eine Erfindung. Wenn er recht hat, wollte ich also nur von mir selbst ablenken. Gott, wie peinlich. Tschuldigung. F--, nein, ich sag's nicht.

19. 9. 2014

Heikos Haiku:
Beim Versuch
einen Apfel zu besänftigen
brach ich mir das
linke Ohr

Mehr vorzuwerfen habe ich mir nicht

19. 9. 2014 (2)

Früher durfte man das, heute darf man das nicht. Das muß man heute immer öfter hören. Früher durfte man das, heute darf man das nicht. Das muß man heute immer öfter sagen. Die Frage ist allerdings, wie lange man selbst das noch sagen darf. Bestimmt wird auch das bald verboten vom Geschmacks-TÜV, von der Korrektheitsfeuerwehr, von der linksgrünen Intoleranzpolizei, von der minderheitsfixierten demokratischen Sprach-Scharia. Früher waren Behinderte noch Krüppel (Sloterdijk, der Tapfere, nennt sie wieder so, liebevoll), und Neger waren Neger. Und mir soll doch keiner versuchen weiszumachen (oder meinetwegen schwarzzumachen), früher hätte man mehr gegen Behinderte und Starkpigmentierte gehabt als heute! Heute glauben viele allen Ernstes, wenn man diese Menschen anders nennt, hätte man ihre Probleme (und unsere Probleme mit ihnen) auf einen Schlag gelöst. Was für ein lächerlicher Selbstbetrug! Behinderte (Verzeihung: Menschen mit Behinderungen) haben es immer noch viel zu schwer. Die Welt ist weder behindertengerecht noch überhaupt gerecht. Und die Ex-Neger (Verzeihung: Sehr, sehr dunkelhäutige Weltmitbürger) verrecken nach wie vor in dem von Weißen ins Unglück gestürzten und dann im Stich gelassenen Slumhinterhofkontinent Afrika. Und ihre Seuchen, ihre Kriege, ihre gesunkenen Flüchtlingsboote gehen den meisten hochnäsigen Richtigsprechspießern am ökologisch makellos gepflegten Arsch vorbei, besonders beim Dinkelbrotkaufen und Weinverkosten am Prenzlauer Berg. Stalin hat mal gesagt: »Kein Mensch, kein Problem, so einfach ist das.« Die heutigen deutschen Palaverprüden sagen: »Kein falsches Wort – kein Problem mehr.« Von der Abschaffung von Worten bis zur Abschaffung von Menschen ist gar kein so weiter Weg. Er führt über Bücherverbrennungen oder über die heute bei den Moralschweinepriestern so beliebten Bücherumschreibungen. Ich mache da jedenfalls nicht mit. Ich gebe meiner Frau keine Schaumküsse beim Sex. Neulich sagte ein üblicherweise zwanghaft witzelnder Fernsehkoch (und ich glaube, diesmal meinte er es ausnahmsweise ernst): »Das heißt jetzt nicht mehr Zigeunerschnitzel, das heißt jetzt Romaschnitzel!« Also beim Zigeunerschnitzel habe ich früher, abgesehen vom Geschmack, immer an diese tolle Musik gedacht. Wenn ich jetzt »Romaschnitzel« sagen muß, habe ich das Gefühl, ich würde einen Armutszuwanderer fressen.

Na Mahlzeit.

20. 9. 2014

Meine Worte sollst du tragen wie eine Fackel im Mund, mit dem brennenden Ende zwischen den Lippen. Meine Worte sollen dich duschen wie ein Wasserfall aus Engelsmilch. Wie Heilpflaster sollen meine Worte deinen Körper bedecken und wärmen.

Meine Worte sollen dich kitzeln wie wahnsinnig gewordene Pfauenfedern, bis du vor Lachen anfängst zu weinen und umgekehrt. Auf daß der Spiegel, der dich sieht, aufgibt, weil er sich nicht mehr entscheiden kann, wie er dich abbilden soll.

Meine Worte sollen dich in Versuchung führen und durch sie hindurch und aus ihr heraus. Du wirst ein anderer Mensch geworden sein durch meine Worte, reicher um einige Erfahrungen, ärmer um manche Illusionen. Um andere Illusionen allerdings wiederum reicher. Du sollst nur gewinnen können durch meine Worte. Sie sollen dir eine schimmernde Rüstung sein, wenn du sie brauchst, oder eine leuchtende hinreißende Nacktheit, wenn du sie willst. Meine Worte sollen dich begeistern wie ein Gebirge am Horizont, verwirren wie eine in freier Natur stehende Tür. Zum Schweben sollen sie dich bringen wie einen funkelnden Regenbogenfisch in einem Aquarium aus Luft.

Aufmerksam machen sollen dich meine Worte. Aufmerksam auf die Lieder, die ein Kieselstein summt. Hellhörig für die Schwingungen der Tageslichtharfe und das Rauschen des Nachtvorhangs. Für die Musik der Existenz. Und für die gehauchten Provokationen des Nichts. Manchmal werden meine Worte dir bitter vorkommen wie eine notwendige Medizin, die man hin und wieder einnehmen muß, weil sie vor dem Verbittern schützt.

Aber niemals, niemals sollen meine Worte dich kränken, verletzen, quälen, niemals.

Dafür sind meine Worte nicht geschaffen.

21. 9. 2014

Wir sind ja alle so locker. Wir sind ja alle so entspannt. Wir sind ja alle so ungezwungen. UNGEZWUNGEN!!! In Adidas-Jacke zum Standesamt. In Bermuda-Shorts zum Begräbnis, auch zum eigenen. Mit Kopfhörer zur Vorlesung, sowohl der Student als auch der Professor. Huhu, jemand zuhause? Nein? Auch gut. Auf dem Skateboard zur Wahlurne, hoppla, verwählt, falsch verbunden mit der Politik, macht nichts, Hauptsache alles easy, alles chilly, alles crazy, dummdidummdidumm, ein Sack Reis fällt um oder aber nicht, fällt nicht ins Gewicht, gepiercte Schamlippenbekenntnisse, und jeder Leberfleck sieht, richtig tätowiert, wie ein sexy Nippel aus, suck it Baby, nichts ist wichtig, alles ist lustig, und die Lachgasmaske ist noch nicht erfunden, die Weltgeschichte ist ein

Witz, zumindest wenn wir die Pointe sind. Das Victory-Zeichen, genau betrachtet, besteht auch nur aus zwei Stinkefingern. Früher waren wir der Sand im Getriebe, heute, wo uns das Getriebe um die Ohren fliegt, landet der Sand in unseren Augen, sie tränen vor Ungerührtheit, Ungerührte finden alles irgendwie cool, sogar die überhitzten Typen, die sich in die Luft sprengen und uns gleich mit, macht nichts, das muß man locker sehen, selbst so ein Erlebnis ist doch besser als gar keins. Und so geht es weiter abwärts in die Tropfsteinhöhle der Zukunft, und wir tragen unsere Helme mit den Grubenlampen verkehrtherum wie Baseballkappen, weil das einfach lockerer aussieht, entspannter, UNGEZWUNGENER.

25. 9. 2014

Du hast mich beleidigt, und ich soll mich entschuldigen.
Du hast mich geschlagen, und ich soll mich bedanken.
Du begehst einen Mord, und ich soll mich stellen.
Du vögelst jede, und ich soll mich schämen.
Du liegst am Strand, und ich soll schuften.
Du frißt alles auf, und ich soll abwaschen.
Du sitzt am Steuer, und ich soll lenken.
Du spielst mit Messern, und ich soll bluten.
Du verlierst die Kontrolle, und ich soll sie suchen.
Dir fehlen die Worte, und ich soll sie besorgen.
Du machst dich zum Affen, und ich soll applaudieren.
Du läßt dich erwischen, und ich soll dich bedauern.
Du stehst im Fahrstuhl, furzt wie ein Hund nach Bohnengenuß, steigst aus, zeigst auf mich,

und ich soll es gewesen sein.
Ich war auf dem besten Wege, aber vor dem Ziel standest du, schütteltest den Kopf und sagtest: Dreh um.
Noch tausend Dinge fallen mir ein. Und immer fall ich dabei rein.
Am Ende bin immer ich der Dumme.
Schweigen ist Gold, aber gilt das auch für Stumme?
Was wäre ich nur ohne dich? Wahrscheinlich zufrieden, an und für sich.
Aber es ist doch beruhigend zu erkennen:
Gute Freunde kann niemand trennen.

26. 9. 2014

Um 12 Uhr müssen wir aufbrechen.

Ich weiß. Aber es IST noch nicht 12 Uhr.

Nun ja. Aber du siehst so aus, als ob du es vergessen hättest.

Du machst mich noch wahnsinnig. Ich sehe NICHT so aus. Und ich habe es NICHT vergessen.

Ich finde jedenfalls, daß du immerhin so aussiehst. Und es ist kurz vor 12.

Du bist wie deine Mutter, die, wenn sie um 12 Uhr aufbrechen muß, schon einen Tag vorher um 20 vor 12 mit gepackten Koffern im Flur steht.

Jetzt wirst du unsachlich. Es ist 5 Minuten vor 12.

10 Minuten vor 12.

Na gut, 8 Minuten. Und dann mußt du noch deine Schuhe anziehen.

Es sind BOOTS. Da schlüpfe ich nur hinein. Das dauert 2 Sekunden.

Und dann gehst du noch mal aufs Klo.

Das ist eine Unterstellung.

Nein, das ist Erfahrung. Und dann klingelt im letzten Moment noch dein Handy.

Das ist doch nichts als eine reine Vermutung. Das weißt du doch gar nicht. Und wenn es so wäre, müßte ich ja nicht rangehen.

Tust du aber.

Ja. Aber nur wenn es WIRKLICH WICHTIG wäre.

Bei dir ist immer alles wirklich wichtig. Jedenfalls wichtiger als ich.

Das ist nicht wahr. Das ist EINFACH NICHT WAHR. Übrigens ist es durch unser Gequatsche mittlerweile 5 nach 12 geworden.

Immer mit der Ruhe. Alle Zeit der Welt. Liebst du mich noch?

Aber ja. Bis in alle Ewigkeit.

Augenblick noch. Ich hab ja noch meine Hausschuhe an. Und aufs Klo muß ich auch noch mal.

30. 9. 2014

Endlich soll Schluß sein nach Erdbeben mit der »verzweifelten Suche« nach Überlebenden. Ich wünsche mir eine vergnügte, eine mopsfidele Suche. Und die Politiker sollen aufhören, eine »rasche und gründliche und schonungslose« Aufklärung zu fordern. Ich finde, die Aufklärung soll schleppend, schlampig und fürsorglich verlaufen. Und auch der andauernde Abscheu und die fortwährende Empörung der Öffentlichkeit über böseböse Missetaten gehen mir auf die Nerven. Warum nicht mal Zuneigung und Begeisterung? Vielleicht hilft das weiter. Abscheu und Empörung helfen ja offensichtlich nicht, genausowenig wie Untersuchungsausschüsse irgendetwas untersuchen oder gar zutage fördern. Wäre es nicht ehrlicher (und lustiger), sie »Vertuschungsausschüsse« zu nennen? »Verharmlosungsausschüsse«? Oder schlicht und einfach »Zeitverschwendungsstammtische«? Das heißt nein, Stammtisch geht ja gar nicht mehr, Stammtisch ist so typisch deutsch, das hat so was völkisch Stämmiges, so was Ausgrenzendes, so was ethnisch Säuberndes, also sagen wir besser (wenn auch nicht lieber) »Tisch-für-alle-die-ihre-Füße-unter-ihn-stellen-wollen-egal-ob-mit-oder-ohne-Migrationshintergrund«. Das klingt ziemlich lang, ziemlich umständlich, aber korrekt. Wie die Bibel in korrekter Sprache. So nach dem Motto: »Als der die oder das, was man mit einem politisch fragwürdigen Begriff Gott nannte, DEN Gott erschaffen hat, der angeblich nach maskulin chauvinistischer Lesart UNS erschaffen hat, da übte SIE nur.« Ja, es ist gar nicht so einfach, sich weltanschaulich makellos auszudrücken. Aber welcher Blödsinn ist schon einfach? Einfach ist nur die Wahrheit.

13. 10. 2014

Man liest von Bands, die auf Abschiedstourneen gehen – dabei hatte man nie mitbekommen, daß die überhaupt jemals angefangen hatten. Gut, denkt man sich, man kann nicht alles wissen. Aber eines weiß man: Man wird alt. Man ist auch immer öfter FEST von irgendwas überzeugt – was für eine sinnlose, altersselbstgerechte Bekräftigung. Wie denn sonst überzeugt, lose etwa oder locker? Klar, wenn Politiker das so sagen würden, wäre es ehrlicher. Die Bundeskanzlerin ist von ihrem heißen Brei weich überzeugt. Ein schönes, ein treffendes Bild fürs Wackelpuddingregieren, für lauwarmkonservativen Konfettischismus. Aber doch nicht für mich. Entweder ist man überzeugt oder egal warum. In den Medien verteufeln sie die DDR mit einer Hingabe, mit der sie bisher nur im Hundefutter des Führers herumgewühlt haben. Na, daß das mal nicht nach hinten losgeht. Die innere Sicherheit in der DDR ist ja fast schon wieder so populär, wie es die im

Dritten Reich immer schon war. Und wer sich noch an die Hitlerjugend erinnern kann, dürfte eigentlich an der FDJ noch viel weniger auszusetzen haben. HJ – FDJ – FDH – ojottojott. Aber dies sind alternde Gedanken, ergrauende, ermüdende. Sie springen zwischen Gelenkpfanne und Bettpfanne hin und her. Die Jugend hat andere Sorgen. Zum Beispiel: Wo kann ich eigentlich bei der nächsten Bundestagswahl Helene Fischer ankreuzen?

20. 10. 2014

Es ist das, was wir haben. Es ist alles, was wir haben. Und wir wollen es nicht. Und wir reiten uns immer noch weiter hinein. Der Gewinn ist mal groß und mal klein und nie rein. Und wir wollen es nicht. Die Türen der Korridore sind offen, wir sind von den Möglichkeiten besoffen, die Zimmer sind kalt, und die Zimmer sind leer, und gehen wir rein, ist da niemand mehr, niemand mehr. Und das, was wir haben, ist meßbar in Zahlen. Es wird nicht dadurch besser, daß wir laut damit prahlen. Denn wir wollen es nicht.

Es ist das, was wir haben. Es ist alles, was wir haben. Und wir wollen es nicht. Wir vergessen auch nie, uns die Schuhe zu putzen vor dem Eintritt ins Zimmer, und der wird uns nichts nutzen, denn wir wollen es nicht. Die Kreissägen kreischen, es schmerzt in den Ohren, und wenn wir uns nähern, dann sind wir verloren, wir sind so mordseinsam, wir reden uns ein: Sobald sie uns spalten, sind wir nicht mehr allein. Nicht mehr allein. Wir fahren im Fahrstuhl hinauf zum Rapport, wir sagen geknebelt das erwartete Wort, und wir wollen es nicht. Es ist nichts, was wir haben, alles nichts, was wir haben. Wir wollen was andres, weil wir fühlen und wissen, daß wir nicht brauchen, woran wir uns ständig die Seele verstauchen, das brauchen wir nicht. Wir warten darauf, aus der Haut zu fahren, das Warten wird schwerer mit den Jahren, denn es schließen sich langsam die offenen Türen, der Wind schlägt sie zu, wir können es spüren in den Korridoren, die abwärts führen. Wir wollen was andres, und wenn wir's nicht kriegen, dann wird es an uns und sonst niemandem liegen.

Wir wollen was andres. Nur das wäre Siegen.

20. 10. 2014

Ansprache des Intendanten:

Es ist darauf zu achten, daß im Fernsehen nur Sätze gesagt werden, nach denen geklatscht werden kann, ja muß. Das Publikum im Saal und das Publikum vor den Bildschirmen darf niemals vom Angelhaken gelassen werden, es soll alles, was im Fernsehen gesagt wird, bekräftigen, bestätigen, bejahen, bewahrheiten, beglaubigen, für gültig erklären und empfinden, vor allem empfinden, für's Erklären sind wir zuständig. Also am besten nur Sätze von sympathietragenden Moderatoren wie DAS FINDE ICH TOLL oder ALLES IST SUPIDUPI. Andere Sätze verunsichern das Publikum. Da tun sich Risse auf, Spalten, Abgründe, die das Einvernehmen zerstören, die ständig zu beschwörende verschworene Gemeinschaft der Vereinzelten, den verlogenen Zusammenhalt der Atomisierten, den komatösen Konsens. Und außerdem ist darauf zu achten, daß bei der Ausstrahlung sämtlicher fiktiver Stoffe, also bei Spielfilmen, Krimi- und Arztserien,

Daily Soaps etceteraetcetera alle Handlungen dermaßen plump gehirnamputiert und primitiv gestaltet werden, daß auch der hinterdämlichste Zuschauer zwangsläufig aufschreien muß DAS IST DOCH ALLES GAR NICHT WAHR, denn nur auf diese Weise ist gewährleistet, daß der Pöbel da draußen zuverlässig gegen die Spurenelemente von Wahrheit immunisiert wird, die uns hier und da noch in den Nachrichten durchrutschen. Bis wir dieses Problem endgültig in den Griff bekommen haben, ist es vorzuziehen, daß sie uns überhaupt keine Nachrichten glauben, ehe sie uns die falschen glauben, also die richtigen. Na, Sie wissen schon, was ich meine. Also in diesem Sinne, liebe Mitarbeiter, ein X für ein U, das Gehirn ist tabu, dem Schwachsinn eine Chance, dem Glotzer seine Trance, wir sehen zu, daß ihr nie seht, wie es in Wahrheit um euch steht, ihr seid so blöd, und das ist schön, so soll es immer weitergehn. An die Arbeit.

4. 11. 2014

Es lebe die Freiheit
aber sicher gewiß
es lebe die Freiheit
aber nicht der Beschiß
es lebe die Freiheit
die Freiheit wovon
die Freiheit von Pankow
die Freiheit von Bonn
es lebe die Freiheit
die Freiheit wozu

ich bin mir nicht sicher
dann sag es mir du
es lebe die Freiheit
die Freiheit wofür
ich bin mir nicht sicher
bist du es dir
der Aufstieg und Fall der Mauer
ein tragischer Aufstieg
der Deutschland teilte
allerdings im letzten Moment
bevor es der Dritte Weltkrieg ereilte
der Fall der Mauer
ein schwieriger Fall
wir sind das Volk und dann eins aber welches
ein Moment der Hoffnungen auch der geplatzten
und der Beginn von neuer Entzweiung
zwischen arm und reich
zwischen gleich und zu gleich
zwischen Spaltungsverlierern und Einheitsgewinnern
eiskalten Ellbogentypen und weggerempelten Spinnern
die sich ein anderes Deutschland wünschten
ein gerechteres
kein schlechteres
keines in dem das Geld regiert
seine Macht und seine Niedertracht
sondern eines wo es um den Menschen geht
und er nicht dem Profit im Wege steht
und wo Karl Marx sich nicht im Grab umdreht
es lebe die Freiheit doch es kommt darauf an
wann ihr und wo ihr und wie ihr sie seht

übrigens:
Ein Un-rechts-staat könnte ja auch ein Links-Staat sein
wir haben auf jeden Fall
einen Rechts-Staat
ganz sicher
ganz gewiß
ganz rechts

4. 11. 2014 (2)

Und plötzlich mitten in der Nacht ging ein Rauschen durch die Bäume im Garten, so daß ich aufstehen mußte und hinausgehen. Barfuß stand ich im feuchten Gras und lauschte den Wipfeln, wie sie sich bogen im jähen Wind. Der schwarze Himmel darüber war klar. Viele Sterne ließen sich sehen, alle an ihrem Platz, da, wo sie hingehören, und bereiteten mir Freude. Ich schloß die Augen und fühlte die Zeit auf meiner Zunge wie einen Karamelbonbon. Ich war versucht zu denken, und ich war versucht, laut in die Dunkelheit hinauszusagen, daß es nie mehr anders werden solle.

Aber dann spürte ich eine neue, mir unbekannte Kraft. Eine Kraft der Neugier und auch der Gelassenheit. Und ich sagte mir leise: Es kann jetzt werden, wie es will. Es soll doch kommen, wie es mag. Dieser Augenblick eben ohne Augen-Blick, dieser Augenblick mit geschlossenen Augen hat etwas aufgeschlagen in mir, entriegelt, enthüllt. Noch ist es nicht an der Zeit, aufzuhören anzufangen. Nur noch das Erlebte zu verwalten, zu Abgelebtem zu machen und abzuhaken. So ist das manchmal, plötzlich mitten in der Nacht. Das habe ich jetzt gelernt. Das habe ich jetzt erfahren dürfen. Ein großes Geschenk und nur für mich. Alle anderen hätten die Annahme teilnahmslos verweigert. Und selbst gesetzt den Fall, daß sich nie wieder so etwas für mich ereignet – das Warten allein wird sich immerdar lohnen. Und vielleicht saß ein Engel in einem der Bäume.

Wer weiß.

6. 11. 2014

Ich weiß nicht, wo ich bin. Man sagt mir: In Deutschland. Das sagt mir nichts. Was ist das, Deutschland? Kann man das essen? Kann man das kaufen? Ich weiß nicht, was ich spreche. Irgendwas kommt aus meinem Mund, doch ich verstehe es nicht, auch wenn es sich so anhört. Und vollkommen unklar ist mir, wer ich bin und ob ich einen Namen habe, wahrscheinlich schon, aber welchen? Und was ist überhaupt ein Name? Ist das so was wie … Deutschland?

Ich bin also in Deutschland. Und wenn mich jemand anschaut und immer wieder ein und dasselbe Wort zu mir sagt, dann wird das wohl mein Name sein. Interessant. Oder auch nicht. Kein Einzelfall. Oder vielleicht doch. Die Pest hat nicht das Geringste mit Margot Käßmann zu tun. Es besteht keinerlei Beziehung zwischen der Cholera und Claudia Roth. Ebola und Joachim Gauck haben null Gemeinsamkeiten. Was rede ich denn da? Und wer bin ich, und wo, und warum? Sehen Sie, da haben wir es wieder. Das sagt mir alles nichts.

6. 11. 2014 (2)

Zugesagt haben bisher:
Kain und Abba
Joschka und Helene Fischer
Fips Asmussen und Rudi Assauer (der unvergeßliche)
Hans Rosenberg
Peter Frankenstein
Adolf Himmler und die Rolling Bones
eine kalte Pfeife von Günter Grass
eine Fernsehmoderatorin (Sie wissen schon:
Die mit der Lesbentaille)
Generalmajor Blaskowitz (der Offizier, der Anfang Mai '45
versäumte, Holland zu fluten)
die Scheunentorzahnlücke von Marcel Reich-Ranicki
sämtliche deutschen Torwärterinnen (und zwar rasiert)
der unvermeidliche Roland Kaiser
der unverstandene Dieter Bohlen
der verwüstliche Horst Lichter
Alice Schwarzer
(zu der man nichts weiter sagen muß
die sich einfach von selbst versteht
die einfach dazugehört
wie ein Dildo zum Necessaire)
Richard David Precht liest aus seinem neuesten Knüller
»Erst kommt das Fressen – dann komm ich oral«
Musik: Die Drei Helmut's
(Schmidt, Kohl, Mehdorn)
mit einer bunten Mischung aus Volk Rock,
Rollator-Funkpunk und was weiß ich
für Speis und Trank sorgt der Kannibale aus Nienburg

es gibt Geschnetzeltes aus Andrea Berg und Markus Lanz
und dazu Blasentee
weiterhin haben zugesagt:
Josef K. (der Vater von Hubert Kah,
auch wenn Kafka das peinlich ist)
Mutter Teresa Orlowski
eine Wanderniere aus dem Bundestag
und der Heilige Geist

Wir freuen uns auch
auf Ihren Besuch

21. 11. 2014

Eine Uhr läuft ab, es passiert nix. Tosender Applaus. Wenn der Türke nicht die Küchenschlacht gewinnt, ist der Juror Rassist, klarer Fall. Zwei Altbundeskanzler verstehen Rußland, aber es kommt immer schlecht an in der Öffentlichkeit, von einer Sache was zu verstehen. Sensation in der Schule: Deutsche Mädchen sind nicht ganz so blöd wie deutsche Jungen! Als Jimi Hendrix noch lebte, hatte »heroisch« noch was mit Heroin zu tun. Aber muß er deswegen tot bleiben?

Was ist schlimmer: Judaskuß oder Negerkuß? Negerkuß natürlich. Die Wetterkarte muß schwuler werden. Und wenn wir die Hälfte aller Ampelmännchen tatsächlich durch Frauen ersetzen, müßten die konsequenterweise Ampelweibchen heißen, ich weiß ja nicht, ob die Bündnisgrüninnen das zu Ende gedacht haben.

In den Weltmeeren piepsen die Fische. In den Abhöranlagen husten die Flöhe. In den Legebatterien lachen die Hühner. Die Fische piepsen, weil sie Bewegungsmelder tragen. Doch bevor wir irgendetwas daraus lernen, freuen sich ihre gut informierten Freßfeinde. Die Flöhe husten, denn sie haben sich verschluckt – an allem, was uns Ausgespähte nicht mehr juckt. Die Hühner lachen, weil sie uns vernichten werden wie Selbstmordattentäter, denn ihr Verzehr macht Antibiotika wirkungslos.

Adlige Schlampen, unendlich geliftet und von vorn und von hinten mit »Don't touch me« beschriftet, krepieren nach langem und nutzlosem Leben, und wir sollen uns von den Plätzen erheben. Da regt sich in mir ein trotzkistisches Mukken, sie, ohne auch nur mit der Wimper zu zucken, ganz gepflegt ein Hohlköpfchen kürzer zu machen.

Nichts hiervon war komisch. Aber alles zum Lachen.

3. 12. 2014

Es gibt Hinweise aus der Bevölkerung. Und es gibt Hinweise AUF die Bevölkerung? Welchen sollen wir nachgehen? Welchen sollen wir … nachgeben?

Tausend Bewerbungen für das Märtyrer-Casting, und sie sind anonymisiert, keine Namensnennung, sonst werden ja nur Türken genommen. Es gibt Gerüchte über eine kommende Mautabgabe für die Verdauung, aber keine Sorge, ihr Ausländer, nur deutsche Ausscheidung ist betroffen. Man muß die Bevölkerung ernst nehmen, auch wenn sie es ablehnt. Es ist keine andere da, wie oft man auch in den Wald hineinruft. Es schallt nichts zurück als deutscher Schlager oder Hip-Hop-Gestammel. Oder die Schlachtgesänge islamkritischer Hooligans, der letzte Volkssturm des Abendlands.

Frauen, die sich Knoten in ihre Kopftücher machen, sind schlau. Sie wollen nicht vergessen, immer daran zu denken, daß sie unterdrückt bleiben wollen. Unsere ungläubigen Kebsweiber (na los, googelt in der Bildschirmbibel was das ist, ihr Gesamtschuldumpfbacken) sollten sich ein Beispiel daran nehmen.

Die Landschaft der Deutschen ist zubetoniert. Die Haut der Deutschen ist zutätowiert. Denn die Landschaft soll tot aussehen und die Haut verwegen und gefährlich. Sie haben der Landschaft die Haut abgezogen und der Haut das Land. Es gibt Hinweise darauf. Anonyme. Und die werden selbstverständlich besonders diskret behandelt.

9. 12. 2014

Wenn am nächsten Sonntag Bundestagswahl wäre, wäre natürlich alles wie immer. Sonntags ist immer alles wie immer. Und da bei uns ja eigentlich immer Sonntag ist, jeden Tag irgendwie, ist irgendwie auch jeden Tag Bundestagswahl. Jeden Tag eine neue Meinungsumfrage. Das Politbarometer hat das Politbüro ersetzt, vollständig. Man merkt gar keinen Unterschied. Im Politbüro war auch alles immer wie immer. Darauf konnte man sich verlassen. Und darauf kann man sich immer noch verlassen. Mal hat einer die Nase vorn, mal die andere. Und allesamt sind es Pinocchionasen, das sieht man ihnen an der Nasenspitze an, noch ehe sie anfängt zu wachsen. An jeder hängt ein Tropfen Rotz, mal größer, mal kleiner, aber immer ist es Rotz, garantiert. Und die Papiertaschentücher sind geduldig. Und saugfähig. Und manche duften nach Menthol, und manche stinken nach Karbol, wenn der Lügner sich die Nase putzt, aber viele bleiben unbenutzt. Im Sommer schwellen die Rotztropfen an, fallen unters Volk und werden aufgeleckt von den letzten Hunden der Gerüchteköche. Im Winter vereisen sie zu Stalaktiten und werden abgelutscht von den Tropfsteinhöhlenbewohnern der Meinungsschmiede. Jahrein, jahraus. So ist immer was los. So ändert sich immer was nicht. Darauf kann man sich verlassen. Immer wieder sonntags kommt die Erinnerung, daß es früher mal Wochentage gab. An denen sich was änderte. Aber allmählich meinen wir, daß das auch nur ein Gerücht war. Wo kann ich das loswerden? Wo kann ich das hineinsagen, hineinrotzen? Ich bestehe auf meinem Menschenrecht auf ein Mikrophon. Ich verlange, geumfragt zu werden.

14. 12. 2014

Fühlt man sich besser, wenn man sich nach den blauen Tempo-130-Empfehlungsschildern richtet oder wenn man brettert, was die Mühle hergibt?

Ist einem wohler, wenn man sich eingesteht, daß man Vorbehalte gegen die gleichgeschlechtliche Liebe hat (und zwar bei Männern noch mehr als bei Frauen …), oder darf einem überhaupt nur wohl sein, wenn man diese Vorbehalte NICHT hat (nicht mal in seinem tiefsten Innern …)?

Wie soll man leben?

Soll man jetzt die Rechtsradikalen mögen, seitdem sie ihre Baseballknüppel gegen Islamisten einsetzen, oder muß man den Islamisten auch noch die andere Wange hinhalten, um bloß nicht als ISLAMOPHOB zu gelten? Soll man sein Augenmerk auf die Wörter des Jahres lenken oder auf die viel zahlreicheren Unwörter? Also: Die Wolken melken oder im Müll wühlen?

Wie soll man leben?

Im Fernsehen gibt es für die Kultur einen Kanal. Schleusenwärter müßte man sein. Dann könnte man Diskussionen anzetteln wie »Schwule und Lesben als Eltern – eine späte Verwirklichung der unbefleckten Empfängnis«? Hei, da würde es hoch hergehen zwischen Kutten und Nutten, zwischen Spießern und Schlampen, Wutbürgern und Gutmenschen, Asketen und Proleten, Proselyten und Sodomiten!

Wie soll man leben?

Soll man sich die Nägel abkauen, damit nichts mehr darauf brennen kann? Soll man allen Lehrern, die Feiglingskreide gefressen haben, den Magen auspumpen? Grüne Stadträtinnen propagieren Multikulti und schicken ihre eigenen Sprößlinge (die paar, die sie haben) auf reindeutsche Internate. Die sogenannten Konservativen schämen sich ihrer selbst und verkehren öffentlich als sozialdemokratisierte Wertekannibalen.

Wie soll man leben? Wie soll man leben? Wie nur? Wie?

16. 12. 2014

Also wirklich, beim besten Willen, und ich muß gestehen, den habe ich nicht, der fehlt mir, der ist bei mir Mangelware, mir mangelt es an Wahrem, Schönem, Gutem, ich habe keinen besten Willen, ich bin kein Streber, ich bin bescheiden, was meinen Willen betrifft, mein Wille ist wankelmütig, hin und wieder übermütig, einfach, was die einfachen Dinge angeht, Essen Trinken Lieben, und kompliziert, was die komplizierten Dinge angeht, Umwelt Politik Gott, mein Wille ist unbeständig wie das Wetter, aufmüpfig wie die Jugend 1968 und unberechenbar, zumindest von mir selber. Vielleicht können andere ihn berechnen und tun das hinter meinem Rücken, erstellen Profile meines Kaufverhaltens, meiner Vorlieben und Abneigungen, meiner Krankheiten und Finanzen, verfolgen mein Bewegungsmuster und meine schriftlichen und fernmündlichen Äußerungen, ganz bestimmt sogar. Womöglich beeinflußt das von außen meinen Willen, so daß mein Wille gar nicht mein freier Wille ist, sondern ein ziemlich unfreier, das ist eine uralte philosophische Frage, aber das ist auch brandaktuelle Lebenspraxis, das ist, wenn man es genau betrachtet, sogar die alles entscheidende Frage, die ich allerdings nicht beantworten kann, also wirklich nicht. Beim besten Willen.

19. 12. 2014

Danke, sagte der Ehemann, als die Gattin nicht mehr zuschlug, ich bin dir sehr verbunden. Und verband sich notdürftig die Stirn mit der einen Hand, die er noch bewegen konnte.

Danke, sagte der Lehrer zum letzten aller Schüler, der sich beinahe noch vorstellen konnte, sich für etwas zu interessieren, es ist schön, kurz bevor man ausstirbt, noch einem Menschen in die Augen sehen zu können.

Danke, sagte die Henne zum Ei, du hast mich hervorgebracht. Danke, antwortete das Ei, du mich auch, aber lassen wir das.

Danke, daß du mich frißt, sagte der Köder zum Fisch, wenn ich schon aufgespießt bin, will ich wenigstens ein sinnvolles Glied sein in der Nahrungskette. Gern geschehen, sagte der Fisch, aber ich ahnte doch schon immer, daß die Sache einen Haken hat.

Danke, sagte der Soldat für den sauber sitzenden Kopfschuß, der ihm langes Leiden ersparte. Oder hätte er zumindest gesagt, wenn er noch was hätte sagen können.

Danke, sagte der Gefangene zum Folterer, du machst ja auch nur deine Arbeit, und du machst sie ganz ausgezeichnet, und ich respektiere das. O bitte, bitte, sagte der Folterer, nichts zu danken.

Danke lieber Gott, daß du mir die Menschheit überlassen hast, sagte der Teufel. Keine Ursache, viel Spaß damit, sagte Gott. Aber tu mir den Gefallen und halt die Klappe. Du lügst doch, sobald du den Mund aufmachst.

Die Welt ist so voller Dankbarkeit. Man muß nur genau hinhören.

22. 12. 2014

Schock! Abscheu! Entsetzen!

Neueste Forschungen haben zweifelsfrei ergeben: Die Nazis sprachen deutsch! Adolf »Führer« Hitler und seine Spießgesellen verwendeten schamlos und ohne mit der Wimper zu zucken Ausdrücke wie »Auto« (woraus sie natürlich gleich einen »Volkswagen« machten), »Jahresweiser« (womit sie das welsche »Kalender« ausradierten) oder »Butterbrot« (die reindeutsche Vorstufe von »Döner«).

Unglaublich! Was sagt man dazu?

Die Spitzen aller demokratischen Parteien sowie eine ganz große Koalition aller Aufrechten und Anständigen von Alice »Steuerflucht« Schwarzer über Margot »Honecker« Käßmann bis hin zu Uli Hoeneß ist beinahe sprachlos. Zu einem konstruktiven Vorschlag hat es aber dann doch noch gereicht: Hinweg mit der deutschen Sprache! Sie ist kontaminiert! Sie klingt eklig!

Da ist was dran. Das ist nicht von der Hand zu weisen. Ein Wort wie »Pegida« erinnert mich irgendwie an ein Rheumamittel meiner Oma. Und wer gar nicht ohne sie auskommt, die deutsche Sprache, hat gefälligst jedes einzelne Wort in Anführungszeichen zu setzen. Und hinreichend deutlich zu machen, daß er sich von ihr distanziert. Beim Schreiben ist das ja noch relativ einfach, wenn auch umständlich. Aber schreiben kann ja heute eh kaum noch einer. Beim Sprechen wird es schon komplizierter – wie spricht man Anführungszeichen, ohne in Gebärdensprache zu verfallen, was Menschen mit tauben und stummen Behinderungen als verhöhnende Diskriminierung empfinden könnten? Da wird noch FIEBERHAFT nach Lösungen gesucht.

Es ist einfach unglaublich. Diese Nazibestien schändeten unschuldige Worte wie »und«, »ich« oder »Verdauungsprobleme«.

Mal sehen, was da noch alles ans Licht kommt.

24. 12. 2014

Es ist nicht nur so gut wie in meiner Erinnerung. Es ist sogar besser. Viel besser. Nicht alles muß verblassen, nicht alles muß fragwürdig werden, zweifelhaft, hinfällig, nein. Manches wächst. Manches gewinnt an Gehalt, wie Wein oder Cognac mit den Jahren. Und den Zeitpunkt, wo es umkippt, wo es verdirbt, den werde ich nicht mehr erleben, und das ist doch gut, das ist sogar sehr gut, das Leben kann also doch eine Pyramide sein, die nicht auf der Spitze steht, zumindest in einigen Belangen. Das Essen schmeckt, das Trinken auch, der Schlaf gelingt, zumindest manchmal, wenn auch mit drastischen Träumen gepfeffert, aber das ist okay, man hat ja schließlich auch viel erlebt, und wenn sich das im Traum durcheinandergewürfelt zu Wort meldet, bitte sehr, mein Körper ist ein freies Land, und mein Geist ist kein Diktator, meine Eltern sollen in Frieden ruhen, und sie sollen wissen: Bangemachen hat noch nie geholfen, auch wenn ihr Leben eine einzige Nacht aus Panik war, auch wenn sie versucht haben, weil sie gar nicht anders konnten, mir diese Panik als Sinn des Lebens einzuimpfen, ich verzeihe ihnen, jawohl, das Leben ist gar nicht so schlecht, jedenfalls nicht so schlecht wie in meiner Erinnerung, es ist besser, viel besser. Draußen bellt ein Hund. Er hat ein Martinshorn mitten auf seinem Kopf. Gut so.

25. 12. 2014 (1)

Wenn der Zug kommt, muß ich einsteigen. Vorausgesetzt natürlich, daß er hier hält, wenn er überhaupt kommt. Aufspringen würde ich nicht. Das könnte ins Auge gehen. Ich darf diesen Zug nicht verpassen. Es ist der letztmögliche Zug. Ich hätte den vorigen Zug nehmen können, eigentlich sogar müssen. Oder den vorvorigen Zug. Dann wäre ich ganz sicher rechtzeitig angekommen, wo auch immer. Dann hätten sie bei der Ankunft mit Blumen nach mir geworfen. Eine Blaskapelle hätte gespielt, und sie hätten Hurra gerufen. Aber ich habe gezögert. Ich habe es vor mir her geschoben. Einen nach dem anderen habe ich einsteigen sehen, jedesmal habe ich artig gewinkt, jedesmal habe ich dabei unterdrückt zu sagen, wie mir zumute war. Bis ich am Ende ganz allein zurückgeblieben bin, »zu guter Letzt« kann man in diesem Fall wirklich nicht sagen, »zu schlechter Letzt« trifft es eher. Wenn der Zug kommt und wenn ich einsteige, wird keiner mehr da sein, um mir nachzuwinken, um mir eine gute Reise zu wünschen, um mir eine Träne nachzuweinen. Ich wäre tatsächlich der Allerletzte, der hier das Licht ausmachen könnte. Und wenn ich nicht einsteige, falls der Zug hier nicht hält oder falls er überhaupt nicht kommt, dann wird das Licht hier für immer anbleiben. Von alleine ausgehen kann es nicht. Es muß einen geben, der es ausmacht. Aber das kann nur einer sein, der wegfährt. Und das könnte nach Lage der Dinge nur noch ich sein. Aber wie gesagt, aufspringen werde ich nicht. Das könnte nicht nur ins Auge gehen, das wäre unter meiner Würde. Man springt nicht auf Züge auf. Das gehört sich nicht. Dann bleibt man lieber da. Und wartet. Und weiß nicht, worauf.

25. 12. 2014 (2)

Und dann kommt der Dinosaurier und frißt mich. Und das ist auch ganz in Ordnung. Das kann auch gar nicht anders sein. Jammern wäre nicht angebracht, tobendes Entsetzen wäre völlig unpassend, wenn es eine Situation gäbe, die einen Tyrannosaurus Rex und mich zusammenbrächte. Wenn es so eine Situation tatsächlich geben könnte, dann würde er mich fressen wollen und jedes Recht dazu haben. Denn er ist groß und stark und schnell. Und blöd. Und ich bin klein und schwach und langsam. Und klug. Und es ist vollkommen klar, absolut offensichtlich, was nun zu geschehen hat: Die große Blödheit siegt über die kleine Klugheit. Eigentlich wie immer. Eigentlich braucht man dafür keinen Dinosaurier zu bemühen. Und mich auch nicht.

25. 12. 2014 (3)

Entbehrt sein möchte ich, entbehrt von einem Menschen, von einem ganz bestimmten. Ich wünsche mir, er trüge einen Zettel auf der Stirn mit meinem Namen drauf. Und stünde Nacht für Nacht, und zwar seit Jahr und Tag, einmal kurz vorm Spiegel, flüsternd, flüsternd. Wenn das so wäre, ach wenn es doch so wäre, dann könnte ich ertragen, was mir beschieden ist. Kein Teil, kein Ganzes, kein Weder, kein Noch. Nur eine Zeitspanne, nur eine Raumstarre, nur eine Denkkluft, nur eine Fühlfalte. Entbehrt sein, das wäre das Schönste, das wäre die Klammer, das wäre die Einlösung des nie je Versprochenen. Entbehrt sein. Entbehrt von einem Menschen. Einem ganz bestimmten Menschen.

26. 12. 2014

Bist du zwei Jahre lang auf der Bildfläche, hast du eine Geschichte. Und solltest schleunigst deine Memoiren schreiben, ehe du vergessen bist und peinlich. So wie es denen geht, die zwanzig Jahre lang auf der Bildfläche sind oder länger. Die Memoiren von zwei Jahren. Das reimt sich nicht nur, das ist zeitgemäß. Schnell zu schreiben, schnell zu lesen, weitaus flüchtiger als ein Furz, zeitgemäß ist das Flüchtige, in jeder Hinsicht. So wie Flüchtlinge heutzutage auch sehr zeitgemäß sind, abgesehen von der Ablehnung, die sie im reichen Europa erfahren, besonders bei den Deutschen. Die Deutschen kennen sich damit aus, Flüchtlinge zu sein, oder besser gesagt, sie würden sich damit auskennen, wenn sie sich länger erinnern könnten als zwei Jahre. Das, womit man sich auskennt beziehungsweise auskennen müßte lehnt man besonders ab. Zeitgemäß ist die Dummheit in ihrer bösen Form, in der Politik, in der Musik, in der Liebe. Und in der Nächstenliebe, was weiß Gott nicht dasselbe ist. Der zeitgemäßeste Mensch der Gegenwart könnte einer sein, der ein Buch übers Abnehmen schreibt: »Gertenschlank in 2 Tagen – durch Weiterfressen und Weitersaufen«. Das Buch macht ihn innerhalb von 2 Wochen zum Multimillionär, und er stirbt live in einer Talkshow, weil er 200 Kilo wiegt und sich in ein Korsett gezwängt hat, das ihn so aussehen läßt, als wären es nur 20 Kilo, er platzt ganz einfach und überschwemmt das Fernsehstudio mit einem Meer aus Fett. Das ist alles, was von ihm übrig bleibt. Das heißt nein, 2 Jahre später schreibt ein Ghostwriter, der ihn nie kennengelernt hat, die sogenannten Memoiren dieses Menschen. Und wird auch Multimillionär.

Das ist zeitgemäß.

27. 12. 2014

Lustig sein
lustig sein
paramilitärisch
lustig sein
lustig sein
irdisch und nicht sphärisch
heute drücken wir ein Auge zu
heute brennt der Baum und das Tabu
hahaha
hihihi
huhuhuhuhu

Lustig sein
lustig sein
außer Rand und Bändern
lustig sein

lustig sein
fransend an den Rändern
heute sind mal Fünfe kerzengerade
heute ist es um die Scham nicht schade
hahaha
hihihi
braune Schokolade

Hohohohoho
das ist nun einmal so
heyheyheyheyhey
und das ist voll okay
mach nicht so ein Trübgesicht
all der Weltschmerz lohnt sich nicht
der Mensch lebt nicht von Not allein
er will auch mal ein Wildschwein sein
das sich wohlig suhlt
das sich sündenpfuhlt

Lustig sein
lustig sein
ohne Sinn und Zweck
lustig sein
lustig sein
bis zum Hals im Dreck
wenn die Sintflut kommt ist es zu spät
daß man sich noch einen Affen brät
hahaha
hihihi
täterätättät

27. 12. 2014 (2)

Ich will doch eigentlich nur allein sein. Allein in dem Wissen, daß du in der Nähe bist. Deinerseits auch allein, aber eben in meiner Nähe. Wir stören einander nicht, aber wir könnten, wenn wir es wollten. Doch dann wäre es keine Störung, dann wäre es richtig.

Ich fürchte mich eigentlich vor jedem Besuch. Besuch stört. Bringt mich aus dem Gleichgewicht. Ich könnte viel zu viel erzählen, was ich nicht preisgeben möchte, und ich würde es auch tun, aus Angst, den Besuch zu langweilen, wenn ich nichts weiter täte, als mich umständlich zu verschweigen.

Die Demokratie ist nur eine hauchdünne Puderzuckerschicht auf dem Raubtierrücken der globalen Konzerne, die sofort abplatzt, im Winde zerstäubt, wenn das Raubtier es für angebracht hält, sich drohend zu räkeln. Wer will das wissen? Eigentlich niemand. Wer weiß das? Eigentlich jeder, der halbwegs bei Sinnen ist. Das sind allerdings nicht sehr viele, bin ich geneigt zu glauben, sobald mir die Kraft zum Hoffen fehlt, also meistens. Ab und zu gehe ich dann zu dir. Ich habe es ja zum Glück nicht weit. Ich klopfe an und bitte die Störung zu entschuldigen. Unterbrich mich, mich und mein Schweigen.

27. 12. 2014 (3)

Wenn man nicht jung ist, ist man alt. So einfach ist das. Und ich bin einfach … nicht jung. Ist die Sonne jung? Ist die Sonne alt? Das kommt auf die Betrachtungsweise an. Auf jeden Fall glaube ich, die Sonne mag keine Spiegel. Die Sonne will sich nicht sehen. Allenfalls gesehen werden, vielleicht nicht mal das. Beim Mond verhält es sich, glaube ich, anders.

Aber der Mond ist ja auch wesentlich jünger als die Sonne, so weit ich weiß.

31. 12. 2014

Jeder, der etwas zu sagen hat, wird totgeschwiegen. Jeder, der es trotzdem sagt, wird niedergebrüllt. Jeder, der ein Stück Hip-Hop-Gelalle nicht neben Beethoven stellt, ist ein Rassist. Jede, die ohne Angst nachts durch den Park gehen möchte, ist eine Faschistin. Jeder, der nicht gesteinigt werden will, ist islamophob. Jeder, der findet, daß früher auch nur irgendwas besser war, muß unter der Folter erst mal definieren, was er mit »besser« meint. Das ist die Denktötungsmaschinerie. Die Abscheuklappenverklappung. Das Vernichtungswutgetriebe. Die Auslöschungslust. Jeder der gerne Fleisch ißt, ist ein potentieller Auschwitzkommandant. Jeder Mann, der eine Frau schön findet, ist ein Sexist. Jede Frau, die einen Mann schön findet, ist geisteskrank und wird eierstockschwul umgepolt. Nur Männer, die Männer und Frauen, die Frauen schön finden, sind erlaubt. Sie sollen die Einzigen sein, die sich fortpflanzen dürfen. Das kann leichten Herzens erlaubt werden, denn das geht ja nicht. Ich liebe euch, ihr Gesinnungsgesindel, ihr Besserwisserfotzen, ihr Pharisäerpimmel. Ihr seid Tabasco fürs Gehirn. Und für die Seele seid ihr … seid ihr … was ist das genaue und gute Gegenteil von Balsam?

31. 12. 2014 (2)

Hans kommt nicht, Hans hat abgesagt, aus Angst vor Wind und Wetter. Die Nachricht schlug bei mir ein wie ein Komet im Golf von Mexiko. Ich schaltete alle Lampen im Haus an, alle Radios und Fernseher, alle elektrischen Küchengeräte, vor Freude, vor Begeisterung, vor Dankbarkeit. Plötzlich war auch alle Müdigkeit von mir gewichen. Eben noch, vor der Nachricht von Hans, hatte ich geglaubt, mich eine Weile hinlegen zu müssen, um genügend bei Kräften zu sein für die Ankunft von Hans.

Nicht daß ich Hans nicht leiden könnte oder mich vor ihm fürchtete. Hans ist mein Freund. Aber sein Ausbleiben jetzt hat alle Lebensgeister in mir geweckt, läßt mich sprudeln wie eine Heilwasserquelle. Noch nie habe ich so gerne an Hans gedacht wie gerade jetzt. Ich konnte befreit aufspielen, und das Aufspielen vor mir selbst war kein Sich-Aufspielen mehr, sondern gut und richtig. Ich danke dem Wind. Ich danke dem Wetter. Du bist mein allerbester Freund, Hans.

5. 1. 2015

Sei immer darauf gefaßt, daß hinter dem nächsten mannshohen Bretterzaun ein Kampfhund lauert, der dich mit seinem plötzlichen Gebrüll in den Herzinfarkt treiben will. Gib niemandem ohne größte innere Körperspannung die Hand, keinem Mann, keiner Frau, keinem Greis, keinem Kind. Sie könnten Sprengstoff unter der Jacke tragen. Es sei denn, sie sind verschleiert. Denen kannst du locker die Flosse schütteln, so blöd sind sie nicht mehr, sich dermaßen dämlich zu tarnen. Gehe nie auf eine Demo. Du könntest umgeben sein von schwer erkennbaren Fernsehreportern, die dich als Nazi hinstellen wollen, oder was noch viel schlimmer wäre, als Kommunist. Sag deine Meinung überhaupt nur noch bei richtigen Feinden. Das ist ungefährlicher als bei falschen Freunden. Die richtigen Feinde hören dir wenigstens noch zu, bevor sie eventuell zuschlagen. Am besten sag deine Meinung gar nicht mehr, behalt sie für dich, dann kann man dir wenigstens nicht das Wort im Munde umdrehen. Wir leben in einem verminten Land, und bei den Leuten mit den verkniffenen Gutmenschenmienen verlierst du nicht unbedingt Arme und Beine, aber deinen Verstand. Sei vorsichtig. Sei mißtrauisch. Leg dich nicht fest, auch wenn sie dich einen Windbeutel nennen, Windbeutel säen wenigstens keinen Sturm. Wage niemals, ein Problem zu benennen, das anderswo eines ist, aber nicht in deiner Umgebung, weil du befürchtest, es könnte auch in deiner Umgebung eines werden. Sie werden dich mit Vorwürfen steinigen. Sie werden geifern, daß du von Dingen redest, von denen nur sie schweigen dürfen. Daß du ein panischer bornierter Spießer bist. Daß du erst als Schnitzel in der Pfanne gelegen haben mußt, um ignorieren zu dürfen, was Hitze heißt. Tu das nicht. Erspar dir das. Wenn du das alles befolgst, kannst du hundert Jahre alt werden. Sonst natürlich auch. Die Frage ist nur, ob man das will, unter solchen Umständen.

11. 1. 2015

Du kennst mich erst, wenn du weißt, daß ich immer am Rand sitzen muß. Mittendrin zu sitzen halte ich nicht aus.

Du kennst mich erst, wenn du verstehst, wie sehr ich es hasse, nur ein Glas zu trinken. Entweder viel oder gar nichts.

Du kennst mich erst, wenn du akzeptierst, daß körperliche Liebe mir viel wichtiger ist, als es sich für mein Alter angeblich gehört.

Du kennst mich erst, wenn du begreifst, daß du mir nie Geheimnisse anvertrauen solltest. Ich kann nichts für mich behalten.

Und ich würze beim Essen immer scharf nach. Manchmal unhöflicherweise sogar vor dem Kosten. Und ich räume nie richtig auf. Auf halbem Wege verlassen mich die Kräfte. Und ich hätte, wenn es nur nach mir ginge, überhaupt nichts dagegen, auf Empfängen in Jogginghose zu erscheinen. Und die Freude mancher Menschen an Spielen aller Art ist mir vollkommen schleierhaft. Alles von Mau-Mau bis Schach ist eine Folter für mich. Und ich habe eine grundsätzliche Abneigung gegen alle Verwandten. Weil ich sie mir nicht aussuchen kann. Nur bei ganz wenigen kann ich sie überwinden.

Und ich mißtraue Menschen, die keine Tiere mögen.

Oder keine Musik.

Oder keine Bücher.

Oder keine Kriegsfilme.

Ich mißtraue überhaupt den meisten Menschen. Und am allermeisten mir. Erst dann kennst du mich, wenn du das alles weißt.

Und dann bin ich gespannt, ob du mich überhaupt noch kennen willst.

15. 1. 2015

Jedem Menschen, dem man nachweisen kann, daß er deutschen Schlager hört, sollten Fahrerlaubnis und Wahlrecht entzogen werden.

Die Grünen fordern, daß man ab 16 wählen darf. Ich fordere eine Heraufsetzung des Wahlrechtsalters auf 30. Vorher ist man ein hormongesteuerter Idiot. Ich weiß, wovon ich rede. Mit 30 ist man halbwegs abgekühlt, hat man hoffentlich so eine Art Platz im Leben gefunden, die erste Scheidung ist durch, und man kann über den eigenen Tellerrand schauen.

Wer aufgrund bestimmter oder eher unbestimmter Ängste Rechtsradikalen hinterherläuft, hat das Recht auf seine Ängste verwirkt. Vor 70 Jahren gab es in Deutschland Millionen von deutschen Flüchtlingen. Eigentlich sollten sich die Deutschen mit diesem Problem auskennen und die Befähigung zum Mitgefühl besitzen. Es ist erstaunlich, wie so etwas in Vergessenheit gerät.

Und die Kunst darf alles. Sie muß sogar alles, sonst ist sie keine Kunst. Und wir alle haben die verdammte Pflicht, die Freiheit der Kunst zu verteidigen. Auch wenn die Kunst uns nicht gefällt. Auch wenn sie uns ärgert. Auch wenn sie uns beleidigt. Das müssen wir, um jeden Preis, aushalten. Denn die Kunst ist das Beste am Menschen.

Mein bester Schulfreund Reinhardt hatte übrigens den Spitznamen Charlie.

15. 1. 2015 (2)

Fängt überhaupt irgendwas an? Mein Körper, mein Freund, mein Feind, ist alles nicht immer schon da? Was wäre denn los vor dem Anfang? Ich empfinde mein Hiersein, mein Dasein, mein Dortsein, es nicht zu empfinden ist unvorstellbar, dann wäre ich ja nicht, dann gäbe es nichts, aber das Nichts kann es nicht geben, das Nichts kann es nur – – – nicht geben, mein Körper, mein Heim, mein Gefängnis, Käfig der Erinnerung, Sprungschanze für den Flug zu meinem nächsten Zustand, nichts wäre los vor dem Anfang, alles wäre … fest. Das Nichts ist regloser als der angehaltene Atem von Steinen. Existieren ist Bewegung durch den Raum, unterworfen der Zeit. Das Nichts kennt keine Zeit und keinen Raum. Zeit und Raum sind unendlich. Das Nichts ist auch unendlich, aber anders. Nicht so unendlich, überhaupt nicht SO unendlich wie Zeit und Raum. Mein Körper, mein schneckenloses Schneckenhaus, meine Ahnung von mir selbst und anderem, vielleicht ist der Traum die Wirklichkeit und umgekehrt, das ist nicht neu, aber bleibend interessant, der Traum träumt die Wirklichkeit, die Logik das Tageslicht, das ist alles gar nicht wahr, wahr ist nur der Traum, das ist so wenig zu beweisen wie das Leben nach dem Tod oder vor ihm, mein Körper, der sichtbare Teil meiner Seele, der kleine Finger, den sie den anderen reicht, wehe wenn jemand versucht, nach ihrer ganzen Hand zu greifen, ihr kleiner Finger hat die Schönheit des Schlafs, ihre ganze Hand hätte die Schönheit des Todes, das wäre zu viel, und ich sage jetzt nicht: des Guten, mein Körper, mein goldenes Saxophon, meine Muschel, mein mich schaffendes Werk, mein Ein und Alles.

15. 1. 2015 (3)

Millionen von Menschen stehen mir gegenüber und starren mich schweigend an. Sie warten. Ich soll ihnen etwas vorlesen. Ich schaue auf mein Manuskript: Es ist das falsche. Das richtige habe ich zu Hause vergessen. Ich spüre sehr deutlich, ich darf die Leute nicht länger warten lassen. Sie sind mucksmäuschenstill, all die Millionen von Menschen, man könnte die sprichwörtliche Stecknadel in den sprichwörtlichen Heuhaufen fallen hören, sie warten. Ich soll endlich anfangen. Ihr vollkommen geräuschloses Ausharren ist auf seine Weise lauter als eine Bombenexplosion. Ich darf sie und ich kann sie nicht länger hinhalten. Also räuspere ich mich und fange an. Ich sehe die falschen Worte des falschen Manuskripts und tue so, als ob ich die richtigen Worte des richtigen Manuskripts ablese. Ich versuche, mich an die richtigen Worte zu erinnern und sie auswendig herzusagen. Das ist schwierig, genauer gesagt unmöglich, ich habe noch nie etwas auswendig sagen gekonnt, ich habe immer das richtige Manuskript gebraucht, ohne Manuskript war ich grundsätzlich unfähig zu sprechen. Und jetzt habe ich das falsche, das mit aller Gewalt vorgelesen sein will, das mir meinen Versuch, mich an das richtige Manuskript zu erinnern, schon im Ansatz zunichte macht, die falschen, aber vorhandenen Worte sind da, sind vorhanden, die richtigen aber abwesenden Worte sind nichts als ein undeutlicher Nebel in meinem Kopf, und der Nebel verdunstet unbarmherzig und rasend schnell in der heißen stechenden Sonne des falschen Manuskripts, schon nach kurzem Gestammel gebe ich auf, das Erinnern ist gescheitert, ich lese mit lauter Stimme, mit der ich weniger die Millionen von Menschen als mich selbst überzeugen will, das falsche Manuskript vor, als ob es das richtige wäre.

Keiner sagt was.

Keiner merkt was.

Warum sind Träume so? Warum sind Träume immer und immer wieder so?

20. 1. 2015

Also bei mir fängt die Fremdenangst schon bei mir selber an. Sobald ich in den Spiegel schaue, fürchte ich mich. Wer ist das? Was will der? Was könnte der mir wegnehmen wollen? Und wenn der im Spiegel dann auch noch zu reden anfängt, dann gruselt es mich. Was hat denn der für Meinungen? Meine sind es jedenfalls nicht. Und wie der schon aussieht! Der sollte wirklich am besten verhüllt rumlaufen. Dieser Anblick ist ja eine Zumutung für meine kulturellen Maßstäbe. Und dann verschwindet der aus dem Spiegel, setzt sich an meinen Schreibtisch und schreibt Sachen, mit denen ich überhaupt nicht einverstanden bin. Von denen ich mich scharf distanziere. Unmöglich so was. Taktlos. Geschmacklos. Respektlos. Da fühle ich mich tief in meinen Gefühlen verletzt. Der hat sie doch nicht mehr alle. Und die Lügenpresse, okay, das Wort ist sehr hart, sagen wir: die Notlügenpresse, bejubelt das auch noch. Da fühlt man sich so im Stich gelassen. So allein mit sich selbst, mit diesem Fremden. Ich weiß keinen Ausweg. Ich will ja nicht mal, daß alle so wären wie ich, wenn ich mir schon selber fremd bin. Dann wäre ich ja auch nur von Fremden umgeben. Vielleicht gibt es nur eine einzige Lösung: ganz allein sein, ohne Spiegel, ohne Schreibtisch, ohne Meinung, Ruhe im Karton.

Die bessere Lösung wäre natürlich, im Spiegel auch die anderen zu erkennen.

Aber dazu habe ich viel zu viel Angst vor mir selber.

20. 1. 2015 (2)

Cäsar, Napoleon, Hitler. Sagt mir nichts. Kenn ich nicht. Wer soll das sein? Jesus, Mohammed, Buddha. Nie gehört. Da muß ich passen. Bedaure. Shakespeare, Goethe, Tolstoi. Keine Ahnung. Keinen blassen Schimmer. Ich halt mich raus. So hab ich es immer gehalten. Ich kümmere mich ausschließlich um meine eigenen Angelegenheiten. Mein Tellerrand ist mein antiglobaler Schutzwall, hinter dem wird alles genauso heiß gegessen, wie es gekocht wird. Was davor ist läßt mich kalt. Damit bin ich immer gut gefahren. Unfallfrei. Nie zu langsam, nie zu schnell. Anhalter nehme ich grundsätzlich nicht mit, wer weiß, was die alles mit einem anstellen. Im Stau. Hitler … war das nicht der jüngste Wimbledon-Sieger aller Zeiten? Jesus … hat der nicht als Erster DSDS gewonnen? Jesus Christ Superstar, hahaha, war da nicht mal so was? Und Goethe … Goethe war wohl auch lange nicht mehr in den Top Ten, wenn mich nicht alles täuscht. Egal, ich bin ich, mir san mir, mein Leben ist ein Scheuklappentext, steht nicht viel drin, geht keinen was an, nicht mal mich selbst, so geht mir aber auch nichts ab, außer ab und zu ein flacher Furz, aus einem Arsch mit Ohren.

22. 1. 2015

Wenig hört man von Ihnen
zu den drängenden Fragen …

Man hat mich geknebelt.
Was soll ich da sagen.

Von Ihnen kommt nur noch
Trallalla schubidu …

Ich habe geschrien.
Keiner hörte mir zu.

Woll'n Sie etwa behaupten,
es herrsche Zensur?

Bestreiten Sie's ernsthaft?
Versuchen Sie's nur.

Sie sind ja verrückt.
Wir sind doch so frei.

Frei tanzen wir rum
um den kochenden Brei.

Igitt, sind Sie zynisch.
Ein Misanthrop.

Unbeliebt bei den Blinden
ist schon der Zyklop.

Sie machen nur mies.
Die Leute woll'n Spaß!

Da bin ich wohl kein
gefundener Fraß.

Sie stell'n sich ins Abseits.
Ihr Rumnörgeln nervt.

Die Sache ist wichtig
und die Lage verschärft!

Sie malen den Teufel
wohl gern an die Wand?

Ich setze auf Schönheit,
gepaart mit Verstand.

Ihnen kann man nicht helfen.
Sie sind arrogant.

Vielen Dank für's Gespräch.
War sehr interessant.

28. 1. 2015

Programmgestaltung:
Keine fetten Frauen,
keine Kommunisten.
Lieber schwule Lesben

und sexy Islamisten.
Keine alten Menschen,
lieber Fernsehköche.
Und im Fall von Kindern:
unbedingt rotzfreche.
Bundeswehrsoldaten
weiblichen Geschlechts!
Und der Typ vom Bündnis
»Nazis gegen rechts«!
Keine Israelis,
außer es sind Juden.
Und die Feministen
kombiniert mit Luden.
Gerne Aidspatienten,
gerne Modezaren.
Gerne Kinderschänder,
wenn sie reuig waren.
Keine armen Schlucker,
Armut ist ein Flop.
Lieber Roland Kaiser
oder Jürgen Klopp.
Keine häßlich Kranken,
auch nicht in der Werbung.
Keine Wissenschaftler mit
dem Gebiet Vererbung!
Keine klugen Leute,
Klugheit provoziert.
Wehe, unser Publikum
würde deprimiert.
Lauter geile Miezen,

aber nicht ganz nackt,
nur so gut wie beinah fast
und bereit zum Akt.
Bundespräsidenten,
Schwafelmarionetten.
Und wie gesagt, bei Frauen
keineswegs die fetten.

3. 2. 2015

Jeder vertritt seine Interessen. Es sei denn, er hat eine Interessenvertretung, dann vertritt ihn die Interessenvertretung beim Vertreten seiner Interessen, so ist das üblich, so ist das geregelt, so lautet das Gesetz des Marktes, das Moses vom Berg Sinai herabbrachte und aufgepflanzt hat im Foyer der Deutschen Bank. Wer sich nicht an dieses Gesetz hält, ist selber schuld und bestraft sich auch gleich selbst, auch das ist so üblich, auch das ist klar geregelt. Wer seine Interessen nicht vertritt oder sich dabei nicht vertreten läßt, der kriegt nichts, der hat nichts, und hast du nichts, dann bist du nichts, wer nichts kriegt und nichts hat, der wird zu einem Nichts, nicht nur hierzulande, nein, überall auf der ganzen Welt, sogar im postsozialistischen kapitalistischen Schlitzaugenkommunismus. Und wenn der VFL Wolfsburg den FC Bayern 4:1 schlägt, dann schlägt das eine Geld das andere Geld, beim nächsten Mal dann wahrscheinlich wieder das andere das eine. Geld schießt keine Tore? Hahaha, selten so gelacht. Wer so was noch glaubt, muß ein schwules Mädchen sein. Natürlich schießt Geld Tore, manchmal sogar Eigentore, gell, Herr

Niersbach? Aber eher selten. Jeder vertritt seine Interessen. Und wer sie am geschicktesten vertritt, am rabiatesten, am zynischsten, am brutalsten, der kriegt das meiste. Das blutrünstigste Raubtier ist die Wappenfigur unserer Zeit. Die grausamste Bestie wird am reichsten belohnt. So viel zur Nächstenliebe und zum Gemeinschaftskundeunterricht. Ich kann mir nicht helfen. Irgendwas stört mich daran, daß jeder seine Interessen vertritt.

Ich finde, sie sollten alle meine vertreten.

11. 2. 2015

Verabschiede dich von den Ankommenden. Bring den Müll rein. Und vergiß nicht, vor dir abzuschließen, bevor du gehst, wohin auch immer. Du mußt dabei der Tür den Rükken zukehren. Sonst ist es zu einfach.

Bring den Müll rein. Schmeiß die Post weg. Und wenn es klingelt, nimmst du ab, jedesmal, wenn es klingelt, verlierst du ein Kilo. Irgendwann klingelt es nicht mehr.

Wieviele Engel passen in eine Pfeife? Zünde sie an, dann weißt du es. Dann hörst du sie singen, gregorianisch. Bring den Müll rein. Er ist zu schade für die Männer. Er ist zu schade für die Halde. Er paßt noch in den Kühlschrank. Da liegt nur Post. Schmeiß sie weg. Schmeiß sie weg.

Und steck die Geburtstagstorte in den leeren Vogelkäfig. Verschließ ihn gut, sonst springt eine nackte Frau heraus. Sie will mit dir schlafen. Aber nur abends, damit du tagsüber nüchtern bleibst.

Die Ankommenden sind Russen. Sie wollen dir die Arme

brechen, weil sie denken, daß du ein Schlagzeuger bist. Verabschiede dich von ihnen. Schließ hinter dir und vor dir ab. Aber bevor du gehst, wohin auch immer: Bring den Müll rein.

14.2.2015

Die Russen. Ja, ja, die Russen … Kalinka, Kalinka … ja, ja, die Russen. Wodkawodkawodka. Väterchen Frost! Ja, ja, diese Russen, Babuschka, Babuschka, so sind sie, die Russen, der Ruf der Taiga, es steht ein Soldat am Wolgastrand, wenn das mal keiner von uns ist. Balla Balla Balalaika. Also ich bin wirklich kein Russist. Ich habe überhaupt nichts gegen Russen. Gegen den Iwan! Überhaupt nichts. Der Russe an sich hat ja ein großes Herz, ein großes weiches slawisches Herz, und den wollten wir mal verslawen äh versklaven, Unrecht, grobes Unrecht unsererseits, schon klar. Ja, ja, die Russen. Kasatschok! Donkosakenzipfel! Sind schon okay, die Russen, auf ihre Art halt. Stalin. Gagarin. Putin.

Aber was machen wir, was machen wir wenn … die Russen kommen? Was machen wir dann? Was machen wir bloß, wenn die Russen kommen? WENN DER RUSSE KOMMT? Ich glaube, dann reißen wir uns zusammen, dann lassen wir uns nichts anmerken, der Russe ist ja schließlich auch ein Mensch, auf seine Art. Dann stehen wir einfach kerzengerade da und sagen ganz artig: Guten Tag!

Denn die meisten Russen können ja deutsch.

Das hat geschichtliche Gründe.

17. 2. 2015

Wieder ein Tag. Ob es ein neuer ist, wird sich zeigen. Vielleicht ist es auch ein gebrauchter, eine Kopie, eine Wiederholung. Menschen stehen auf und machen sich für ihn bereit. Und bevor diese Menschen aufgestanden sind, sind schon andere Menschen aufgestanden und noch wieder andere schlafen gegangen, der Ameisenhaufen vibriert und pulsiert, mal stärker, mal schwächer, mal lauter, mal leiser, heller, dunkler, schneller, langsamer, eigentlich ist es ein Nullsummenspiel. Geschichten werden heute anfangen, zu Ende gehen, weiterlaufen, das jedenfalls wird wie immer sein, egal, ob neu oder nicht neu, leben und sterben, leben und sterben lassen, die Moleküle der Freude und des Schmerzes, der Angst und des Übermuts, des Zorns und der Hoffnung werden wieder durcheinanderwirbeln. Ein Kind sieht zum ersten Mal einen Hund und sagt zum ersten Mal das Wort HUND. Und hat damit ein weiteres Stück Welt erobert. Eine alte Frau starrt durch die Einschußlöcher einer Ruine, hinaus auf den unsichtbaren Feind. Irgendwo fallen Würfel und besiegeln die Schicksale von Millionen, die gar nicht mitgespielt haben. Wieder schrammt ein Komet knapp an der Erde vorbei, er hebt sich den Volltreffer für ein andermal auf, er wird wiederkommen. Im Mittleren Osten werden Fahnen des Wilden Westens verbrannt oder Angehörige. Auf den Galapagos-Inseln ist genau an diesem Tag der Moment der Auslöschung von drei weiteren Tierarten gekommen. Überall wird an Lösungen gearbeitet, fieberhaft, wie es so unschön heißt. Ein tibetischer Mönch erlebt den Augenblick der Erlösung, den er mit niemandem teilen kann, das war die Bedingung. Staubsauger und Sirenen heulen, Fußballfanatiker grölen, Verbrecher sagen nichts ohne ihren Anwalt, und die Verbrecher, die keinen Anwalt brauchen, schweigen. Das sagt alles. Also wieder ein Tag. Ob es ein neuer wird, ist nicht entscheidend. Wichtiger wäre, es wäre ein guter.

19. 2. 2015

Unter meinem Bett liegt jemand. Da bewegt sich was und atmet, ich kann es hören. Aber ich bringe es nicht fertig nachzuschauen, ich traue mich nicht, ich möchte zwar wissen, wer es ist und warum er sich dort aufhält, aber eigentlich auch wiederum nicht. Ich habe so die eine oder andere Ahnung. Verschiedene Personen kommen in Frage und hätten Gründe dafür, unter meinem Bett zu liegen und mir den Schlaf zu rauben, zu durchlöchern, unmöglich zu machen, eine von ihnen wird es sein, oder sie wechseln sich ab, Rotationsprinzip, auf jeden Fall ist immer jemand da, räkelt sich, räuspert sich, schnieft, röchelt.

Meine Frau merkt nichts. Sie schläft ungestört. Ich kann nicht mit ihr darüber reden. Sie würde mich für verrückt halten. Sie würde nachsehen. Und natürlich niemand finden. Was aber nichts an der Tatsache ändert, daß da jemand ist, für mich, nur für mich, den ich nicht loswerde. Wenn ich selber nachsehen würde, wenn ich mich unter mein Bett beugen würde, würde ich natürlich auch niemand sehen, völlig klar. Aber so einfach ist es eben nicht. Diese Leute kennen alle Tricks. Unsichtbarkeit ist noch der leichteste davon. Ich muß mich damit abfinden, das Beste daraus machen. Manchmal stelle ich ein Glas Milch unters Bett oder einen Wodka mit Pflaumenzimtgeschmack. Aber am nächsten Morgen ist es immer unberührt. Sie lassen sich nicht bestechen, diese Scheißkerle.

Eines Tages, und der Tag ist nicht mehr fern, werde ich mein Bett anzünden.

23. 2. 2015

Wie konntest du! Wie konntest du! Wie konntest du nur!

Der Weg der Besserung. Wer auf ihm ist, ihn eingeschlagen hat, ja, wem er nur in Aussicht gestellt wird, der schreibt seinen Namen nie wieder falsch, der weiß, wo neben dem Teller das Messer und wo die Gabel zu liegen kommt, der hat auch hinten Augen, o ja. Der hat auch hinten Augen.

Wer auf dem Weg der Besserung ist, versteht im Handumdrehen Isländisch, wenn es sehr kalt wird. Wer den Weg der Besserung eingeschlagen hat, dem wachsen automatisch Ohrstöpsel in den Muscheln, sobald der Lockruf des Nikotins oder des Alkohols ertönt oder der Geschlachtetwerderuf des Fleisches, der dem Verführten klingt wie Musik.

Und wer sich ganz bestimmt schon bald auf dem Weg der Besserung befinden wird, der übt schon mal das Schnürsenkelzubinden, eine Sache, die er jahrelang hatte schleifen lassen, so etwas macht man eben nicht, wenn man alle Hoffnung fahren ließ, wenn man damit rechnet, daß es einen jederzeit aus den Schuhen hauen kann. Wie konntest du, wie konntest du nur, würde allerdings der Schöpfer zu einem sagen, wenn man nicht barfuß vor ihm stünde. Aber noch schlimmer, noch peinlicher als in nicht zugebundenen Schuhen wäre: in Strümpfen, in Strümpfen vor dem Schöpfer oder in Strümpfen auf dem Weg der Besserung – das wäre das Allerletzte.

Barfuß vor dem Schöpfer.

In zugebundenen Schuhen auf dem Weg der Besserung.

Und in Strümpfen in der Hölle.

So ist es recht.

2. 3. 2015

Leicht werden, an Leib, an Seele, an Besitz, froh zu sein bedarf es wenig, wenig, nicht viel, viel ist der Irrtum, der Fehler, die Krankheit, viel ist nur an der Oberfläche schön, darunter fault es, viel stinkt viel, wenig weniger. Viel ist nur beim Nachdenken gut, beim Empfinden, beim Lieben, beim Hassen ist viel ganz schlecht, das zerfrißt Kopf und Gemüt, das gibt keine Kraft, das nimmt sie.

Jetzt werden manche sagen: Aber was ist mit denen, die nichts haben? Ist es nicht zynisch, denen was vom Wenig zu predigen? Dieser Einwand ist berechtigt. Wer nichts hat, hat das verständliche Bedürfnis, viel zu haben. Allerdings möchte ich zwei Dinge gegen diesen Einwand einwenden: Erstens, manche Leute, die wenig haben, sind viel glücklicher als Leute, die viel haben. Und zweitens, manche Leute, die nichts hatten und plötzlich viel haben, lernen eine ihnen ganz neue Form von Unglück kennen. Nichts zu haben ist ein objektiver Skandal. Viel zu haben ein subjektives Elend. Da bin ich ziemlich sicher. Das hat mich das Leben gelehrt.

Also: Die, die nichts haben, sollen etwas bekommen. Und die, die viel haben, sollen etwas abgeben. Was sie dafür bekommen, ist Freiheit, Leichtigkeit und ein besseres Gewissen. Ist das zuviel verlangt? Ich denke, nein.

6. 3. 2015

Ich habe die Lösung gefunden. Jawohl. Die Lösung schlechthin. Die Lösung für alles. Schlicht und einfach DIE LÖSUNG. Klingt unglaubhaft, stimmt aber. Lange hat's gedauert. Lange habe ich gesucht, geforscht, geackert, recherchiert, ausprobiert, aber dann war es soweit. Ich könnte der reichste Mann der Welt sein. Alle Regierungen und alle Großkonzerne haben mir Angebote gemacht, damit ich sie nicht veröffentliche. Für unvorstellbare Summen wollten sie mir die Lösung abkaufen, um sie dann in ihren Tresoren verschimmeln zu lassen, damit die Lösung nicht ihre schmutzigen Machenschaften stört. Ich habe abgelehnt. Sie haben mir gedroht, mich umzubringen, das können sie, es hätte wie ein Unfall ausgesehen. Aber ich fürchte mich nicht. Denn ich konnte sie davon überzeugen, daß sie von mir nichts zu befürchten haben. Weil ich zu dem Schluß gekommen bin, daß es nicht gut ist, die Lösung zu haben. Daß man den Menschen nicht das Recht auf ihre ewigen Irrtümer nehmen darf. Nicht alle davon sind schlecht, manche sind auch produktiv und kreativ, man denke nur an Kolumbus. Ohne das Recht auf Irrtum wäre der Mensch ein blinder ferngesteuerter Affe. Das kann Gott nicht gewollt haben, oder wie immer der heißt. Und das will ich auch nicht. Ich habe die Lösung wieder vernichtet. Ich habe die Formel aufgegessen, und es existiert keine Kopie. Diese Schuld, wenn es denn eine ist, nehme ich auf mich. Man kann ja nie wissen. Allerdings weiß man ja nie, ob man nicht doch mal wissen kann. Und falls man es doch mal weiß, sollte man es ganz schnell wieder vergessen.

Damit es spannend bleibt.

10. 3. 2015

An alle, die meinen, ausgerechnet den deutschen Schlager verteidigen zu müssen, oder: Auch in Guantanamo gibt es schöne Wochenenden.

Eigentlich wollte ich heiter und besonnen mit der mir durchaus zur Verfügung stehenden Altersmilde darlegen, daß ihr mich nicht so ganz richtig verstanden habt, ihr kleinen Dummerchen, wie so oft, leider. Und ich wollte euch sanft über eure Brummscheitel streicheln und zum millionsten Mal erklären, daß nicht alles, was ich schreibe, meine Meinung ist, daß ich oft einfach Sprache und Fremdmeinungen zum Sprechen bringe, daß meine Äußerung über Schlager nur ein Beispiel dafür war, daß man Kunst um jeden Preis aushalten muß, auch wenn sie Dinge formuliert, die einem nicht passen, weil das nun einmal das Menschenrecht der Kunst ist, das man verteidigen muß ohne Wenn und Aber, wenn man ein aufgeklärter zivilisierter Zeitgenosse sein will. Und ich wollte sogar die Hosen herunterlassen und zugeben, daß auch ich schon in besoffenem Kopf nachts um eins bei Partys zu ABBA getanzt habe.

Aber dann fällt mir Gernot Hassknecht ein, eine großartige Figur, die eigentlich immer recht hat, und ich sage, und das ist mein letztes Wort: Ihr blöden intoleranten unbelehrbaren Arschlöcher, geht doch unter in diesem Geräuschsumpf, wenn ihr mögt! Bis euch der gequirlte Schwachsinn aus allen Körperöffnungen quillt! Dieser Hummtata-Terror! Dieser Schallwellenkrebs! Dieser Mega-Dreck, der schlechter ist als jede populäre Musik der mir bekannten Welt! Diese zynische Abrichtung zur Hirnerweichung, die euch gefügig machen soll, weiterzufunktionieren in dem durch und durch verkommenen und falschen Grauen, das sich Alltag nennt, damit ihr bloß nicht eure besseren Bedürfnisse, Wünsche und Träume entdeckt und die allgemeine Scheiße durchschaut und in Frage stellt!

Aber bitte, manchem ist nicht zu helfen. Macht doch, was ihr wollt! Oder besser gesagt: was ihr glaubt zu wollen, weil es euch eingetrichtert wird. Ihr Lemminge. Viel Spaß bis zur Klippe.

9. 3. 2015

Ich bereue nichts. Okay, meine Geburt vielleicht. Aber sonst? Mein Einfluß darauf, daß meine Eltern sich so sehr mochten, daß sie mich haben wollten, war jedenfalls äußerst begrenzt, gelinde gesagt. Jedenfalls bereue ich nichts, was ich selber zu verantworten habe. Fast nichts. Das war im großen und ganzen schon alles so, wie es sein mußte. Auch wenn es mir nicht immer gefallen hat. Es waren sicher Fehler dabei, Grenzüberschreitungen, Verletzungen, erlittene und zugefügte, aber die habe ich mir selber zuzuschreiben, so ist das Leben, das man ungefragt und unerbeten zu führen hat, man zeige mir mal einen, bei dem das nicht so ist, der sich nichts hat zuschulden kommen lassen, der den ersten Stein werfen darf.

Allerdings bin ich ein Experte im Fremdbereuen. Im Fremdschämen. Mein Leben ist ein einziges Kopfschütteln, auch ohne Parkinson. Ein einziges Hände-über-dem-Kopf-Zusammenschlagen, auch ohne Masochismus. Ich kann einfach nicht fassen, was die Menschen so anrichten, vermasseln, in den Sand setzen. Das tut mir so leid, daß es schmerzt. Das macht mich so wütend, daß ich koche. Ich bereue die verpaßten Chancen, Kommunismus, Urchristentum. Ich schäme mich für den Verlauf der Geschichte, ihre Irrtümer, ihre Gewalt. Und das dürfte der Grund sein, weswegen ich Musik und Texte mache. Und gerade dabei, auch wenn es mancher Kritiker anders sehen mag, bereue ich eigentlich nichts. Nicht mal, daß dieser Text eigentlich vor dem letzten hätte stehen müssen.

11.3.2015

Reißt mich aus dem Zusammenhang! Dreht mir die Worte im Munde um! Verstümmelt und verkürzt meine ganzen Sätze zu bösen Phrasen, die auch den letzten phlegmatischen Affen auf die Palme bringen! Ich liebe Mißverständnisse. Unser modernes Leben, über das ich mir viele Gedanken mache, scheint für viele so unendlich langweilig zu sein, daß es künstliche Erregungen braucht, mutwillige Verfälschungen, um in Wallung zu geraten, um in Empörung zu verfallen, in falsche

Empörung über diejenigen, die zur richtigen Empörung aufrufen. Man stellt sie absurderweise an den Pranger, dann ist der Pranger besetzt und hat keinen Platz mehr für die, die da wirklich hingehören. Oh, ich liebe Mißverständnisse. Es darf wohl nicht zu einfach sein. Man darf nicht einfach Gehör finden. Man muß erst ganze Gebirge von Ohrstöpseln wegräumen, das ermüdet, das kostet Kraft, Zeit und manchmal auch die Lust, sich zu Wort zu melden. Dann klopft ein kleines Teufelchen an und flüstert: Was soll's? Gib's auf! Lohnt sich doch nicht. Sei doch still! Finde dich ab! Ist doch auch ganz schön, diese kleine Freiheit inmitten all der Verblendeten, Verführten, Verstummten, Verdummten. Gemütlich, nestwarm und bequem, la la la, la la la. Immer wenn es so weit gekommen ist, wenn ich drauf und dran bin, die Waffen zu strecken, brauche ich ganz dringend dich. Mein Engelchen.

13. 3. 2015

Gleichheit? Okay, ich bin mir gleich. Ziemlich. Manchmal. Aber oft auch nicht. Oft gleiche ich mir nicht wie ein Ei dem andern. Was ja sowieso nicht stimmt. Oft bin ich mir so ungleich wie ein Ei dem andern, wenn man genau hinschaut, also nicht mal mir selber bin ich immer gleich, oft bin ich mir sogar gleichgültig, wie sollte ich da einem anderen gleichen oder gar allen? Schwachsinn ist das, vollkommen unmöglich. Ich bin einmalig. Jeder ist einmalig, ob er will oder nicht. Solidaritäterätätä kann es nur zwischen Ungleichen geben. Gleichheit gibt es nur in der Mathematik, nicht im Leben. Im

Leben nicht. Kopftuchmädchen, Blumenkinder, Strichjungen, V-Männer, Reinemachefrauen, Tattergreise, Chorknaben, Covergirls, Anstandsdamen, Gutsherren, Leute Leute, so viele Unterschiede. Und wißt ihr, was das ist? Schön ist das und gut so, und jeden Versuch, uns gleichzumachen, gilt es mit allen Mitteln zu unterbinden, vive la différence, Hip Hop Hurra, die Götter seien mit euch, jeder Jeck is anders, darauf und nur darauf gründet das Zwischenmenschliche, ansonsten wären wir alle nur … Zwischenmenschen. Eingeklemmt und zermahlen und zerrieben zwischen den Mühlsteinen des hundsgemeinen Allgemeinen. Pfui Teufel.

14. 3. 2015

Um des lieben Friedens willen
darf Frau Lehrer Kopftuch tragen.
Um des lieben Friedens willen
muß man ein paar Fragen wagen:

Ob ein Lehrer, gläubig jüdisch,
der fürchtet, daß man ihn verhaut,
sich genauso wie Frau Lehrer
Kipa aufzusetzen traut?

Ob wohl Lehrer, die wir höchstens
Weihnachten in Kirchen seh'n,
ab sofort unmißverständlich
kruzifixt zur Schule geh'n?

Moslems, ja, die profitieren
von Willkommenheitskultur.
Ist ja im Prinzip in Ordnung.
Was wird aus den andern nur?

Wird die Schule jetzt zum Marktplatz
konkurrenter Religionen?
Sollten nicht in allen Schulen
Toleranz und Freisinn wohnen?

Was ist mit den Kommunisten?
Kommen die mit roten Fahnen?
Oder denkt an Hakenkreuze …
Leute, das läßt Unheil ahnen.

Lehrer müssen Beispiel geben,
Scheugeklappte sind da schlecht.
Wenn schon Überzeugung, dann doch
nur für freies Menschenrecht.

Sonst: Willkommen, Mittelalter!
Aufklärung kapituliert!
Akzeptanz, verhüllt als Feigheit –
na, mal seh'n, wohin das führt.

Tragt das Kopftuch, wo ihr möchtet,
nicht im öffentlichen Raum.
Die Erziehung unsrer Kinder
endet sonst als böser Traum.

14. 3. 2015 (2)

Allein schon die Vorstellung erregt mich. Allein schon die Vorstellung. Schon die Vorstellung erregt mich. Die Vorstellung als solche. Die Vorstellung an sich, ohne konkreten Inhalt, erregt mich schon. Allein schon die Tatsache, daß ich mir etwas vorstelle, daß ich mir eine Vorstellung von etwas mache, was mit dir zu tun hat, erregt mich. Von den Zehenspitzen bis in die Haarspitzen. Von den Fingerspitzen bis in die Nasenspitze durchströmt es mich, erregt mich, ich muß etwas tun, ich muß mich bewegen, muß zappeln, tanzen, schreien, mit dem Kopf gegen Wände schlagen, weil ich so erregt bin, ich kann nichts dafür, ich war nicht dabei, ich war abwesend und nicht nur geistig, ich war ganz woanders mit meinen Gedanken und Gliedmaßen, gib mir keine Schuld, ich war beschäftigt, ich war abgelenkt, ich war anderweitig in Anspruch genommen, allein schon die Vorstellung, mir vorzustellen, was ich alles verpaßt habe an dir, von dir, mit dir beziehungsweise ohne dich, wie du dir deinen linken Strumpf ausziehst oder anderes, Höhergelegenes, und wie du dich hinlegst, allein, nackt, ohne mich, erregt mich dermaßen, daß ich es mir lieber nicht vorstellen möchte, aber es geht nicht, ich muß. Entschuldige bitte nicht. Wirf es mir vor. Dich. Jetzt. Mahlzeit.

18. 3. 2015

Ich verfluche euch! Die ihr in der Autowaschanlage und an der Supermarktkasse vor mir dran seid, die ihr grinsend und mitwippend Dudelradio hört, ohne dadurch angestiftet zu werden, mindestens eine mittlere Großstadt auszuradieren, die ihr fressen könnt wie Scheunendrescher, ohne dick zu werden, ich verfluche euch!

Die ihr alle im selben Boot sitzt, die ihr auch mal ein Auge zudrückt, die ihr ganz genau wißt, daß hier und heute alles falsch ist, und die ihr dennoch weiter mitmacht, weil ihr hofft, daß es euch als Letzte erwischt, ich verfluche euch!

Die ihr schön seid, reich, jung und bekloppter als ein Sack voller Badewannenstöpsel! Die ihr durch die Fußgängerzonen schlurft mit Handy am Ohr und irgendwelchen Kreaturen, die genau so nichtig sind wie ihr, eure absolut banalen Nichtigkeiten vorquatscht! Die ihr eine Meinung habt, die ihr eure persönliche nennt, ihr Unpersonen! Die ihr wählen geht oder auch nicht, ich verfluche euch!

Die ihr euch über die Gehälter von Fußballspielern aufregt! Die ihr Lehrer werdet und kleine Kinder mit eurer Dämlichkeit infiziert, weil ihr zu keinem anderen Studium getaugt habt! Die ihr nie über den Tod nachdenkt, weil ihr sowieso nie nachdenkt! Die ihr lügt, ohne rot zu werden! Die ihr immer nur auf euren Vorteil aus seid und, wenn ihr ihn gefunden habt, auch nicht glücklich werdet! Ohne allerdings jemals ein schlechtes Gewissen zu haben, weil das das Vorhandensein einer Seele voraussetzen würde! Ich verfluche euch!

Ihr Fehlgeburten der Evolution! Ihr Sondermüll der Erdgeschichte! Ihr Abschaum, ihr Penis-und-Vagina-Gepiercten, ihr Milchmädchen ohne Rechnung, ihr Piccoloschlürfer, ihr Mallorcatouristen, ihr zeitgemäßigten Zeitgemäßen, ihr Daseinsverbrecher, ich verfluche euch! Langweilig und öde sollt ihr verrecken! Herumtrampeln soll man auf euren Massengräbern! Vergessen sollt ihr sein, ehe es euch gibt! Am besten solltet ihr vergessen sein, ohne daß es euch je gegeben hätte!

So.

Da habt ihr's.

4. 4. 2015

Sehr geehrte Damen und Herren Weltverbrecher, Präsidenten, Kanzler, Diktatoren, Generäle, Bankdirektoren und andere Bestimmer, Entscheider, Verantwortungsträger, Massenmörder! Und sehr geehrte Untertanen, Mitmacher, Mitläufer, absichtlich Ahnungslose, Dumpfbacken, Herdentiere!

Hiermit gebe ich meinen Wunsch bekannt, ins Gehirn gefickt zu werden. Voll mittenrein, und zwar direkt durch die Stirn. Das geht. Das funktioniert. Meine Stirn ist weicher, als ihr glaubt. Sie gibt nach, wie der Klügere. Durch all das, was ihr bei mir angerichtet habt, habe ich eine Matschbirne. Mein Kopf ist eine verfaulende Frucht. Ihr habt mich zum Obst gemacht. Fickt mich, fickt mich, fickt mich ins Gehirn. Fickt mich, fickt mich mitten durch die Stirn. Hahaha, bedient euch, macht mich fertig, tut euch keinen Zwang an, na los, kommt schon, kommt, kommt in meinem Hirn, mitten durch die Stirn, ich biete es euch an, ich tu es, weil ich's kann, ich bin dazu bereit, ich mache die Hirnhälften breit, mein Geist ist durchaus willig, das ist nur recht und billig, nehmt euch, was euch gehört, ich bin den Kopfschuß wert, laßt eure Hüllen fallen, ich gebe mich euch allen, gebt euch geil und gierig zu erkennen, stoßt zu, stoßt zu, bis mir die Synapsen brennen.

Schön.

10.4.2015

Ich lasse Gläser mit scharfem Senf fallen, auf Steinfußboden. Das hat den Effekt einer ätzend riechenden gelben Splitterbombe, mein Hund schneidet sich die Pfoten auf und verdirbt sich den Magen. Warum zum Teufel habe ich bloß keine Tuben gekauft?

Ich falte Papier grundsätzlich so asymmetrisch falsch, daß es in keinen Briefumschlag paßt. Dabei bin ich auf diese vorsintflutliche Kommunikationsform angewiesen. Kaum einer hat noch ein Fax, das markierte die Grenzen meiner technischen Kompetenz. Internet kann und will ich nicht.

Heute nacht habe ich geträumt, daß sich bei meinen Lieblingsstiefeln die Sohlen lösen, während ich gerade durch riesige Regenpfützen wate. Sie sind uralt, meine Stiefel, abgeschabt und vom Leben gezeichnet, meine Frau will sie schon seit Jahren entsorgen, aber noch wehre ich mich, mit abnehmendem Erfolg. Ich bin halt ein Mann. Die sind doch noch gut!

Ich bin so ungeschickt. So unbeholfen. So unzeitgemäß. Manchmal glaube ich, extra für mich wurde die Vorsilbe »un-« erfunden. Ich Unmensch. Ich gieße meinen Teebecher immer so voll mit kochendem Wasser, daß der Teebeutel Oberkante Unterlippe schwimmt und so viel Wasser verdrängt, bis es überläuft und Überschwemmungen produziert. Als ob ich Angst hätte, nicht genug zu kriegen. Als ob ich ein Nachkriegskind wäre im dritten Jahrtausend. Dabei bin ich doch allenfalls ein Vorkriegs-Best Ager.

Wenn ich Steuern zahlen muß, überrascht mich das jedesmal so wie den deutschen Autofahrer der erste Schnee. Wenn ich in die Sauna gehe, finde ich, daß nichts so heiß gegessen werden soll, wie ich gekocht bin. Ich habe Anflüge von Mitleid mit unseren Politikern. Und manchmal bin ich ansatzweise zufrieden. Aber keine Sorge, das dauert nie lange.

Was stimmt nicht mit mir?

15. 4. 2015

Häng, kleine Spinne. Häng einfach so da. Laß dich schaukeln vom Luftzug und häng. Ich finde das gut, wie du so hängst. Und möchte dir das sagen. Weiter so.

Wenn du mich verstehen könntest, würdest du mir sicher einen Vogel zeigen mit einem deiner Beinchen, wenn dieses Bild in deiner Sprache vorkäme. Sonst würdest du mir vielleicht einen Vogel zeigen, der gerade draußen vorbeifliegt und dir nichts tun kann. Auch das finde ich gut. Flieg weiter, du schräger Vogel. Diese Spinne hier, diese meine Spinne kriegst du nicht.

In diesem Augenblick finde ich ziemlich vieles gut. Ich höre Klaviermusik. Mein eingerissener Zehennagel tut nicht mehr weh. Die Sonne scheint, der Schokoladenpudding schmeckt, das Telefon schweigt, die Spinne hängt. Und ich komme mir überhaupt nicht blöd vor, die Spinne aufzufordern, weiter das zu tun, was sie sowieso tut. Obwohl sie mich nicht verstehen kann. Nach menschlichem Ermessen. Aber wer weiß? Möglicherweise ja nur nach diesem. Also häng, kleine Spinne. Häng und hab Spaß dabei. Das wünscht dir:

Dein Heinz.

21. 4. 2015

Früher wollten junge Frauen Prinzessinnen sein. Heute? »Hexe in der Ausbildung – Fliegen klappt noch nicht ganz.« Hahaha. Irgendwas haben wir falsch gemacht. Okay, das wissen wir. Aber wir wissen immer noch nicht, was. Und die jungen Hexen sagen es uns nicht. Sie wissen es ja auch nicht. Sie üben das Reiten auf eisernen Besen, mit denen sie nicht mehr kehren wollen, höchstens ihre Kerle aus den Schlafzimmern, damit sie alleinerziehende Heldinnen werden können, wie die SPD sie tituliert.

Prinzessinnen nannte man Euer Hochwohlgeboren. Wie nennt man Hexen? Euer Wenn-überhaupt-dann-spät-Gebärende-mit-Penetrationshintergrund? Wie kann man nur als heutige junge Frau den heutigen jungen Männern so böse sein? Ihnen die gesamte männerdominierte Weltgeschichte zur Last legen? Sie können doch nichts dafür! Und eifrig unterschlagen wird, daß hinter vielen angeblich starken Männern noch stärkere, sie unterdrückende Frauen standen. Wenn ich nur an meine Eltern denke. So einfach ist das alles nicht. Die jungen Männer von heute sollen perfekte Köche sein, perfekte Liebhaber, sportliche Topverdiener und verträumte Ökos, alles gleichzeitig. Und nach der Zeugung sollen sie sich verpissen wie Grizzlybären. Unterhaltszahlungspflichtige Grizzlybären natürlich, ohne Anspruch auf Besuchsrecht. All das sollen sie ertragen. Völlig klar, daß der Liebreiz von Prinzessinnen nicht ausreicht, um die Männlein der Schöpfung derart gefügig zu machen. Da braucht es schon Hexenkräfte.

Krötensuppe, Rattenschwanz,

Damenwahl beim Paarungstanz!
Kleiner, laß dich überraschen,
dominieren und vernaschen,
du wirst meine Weihnachtsgans!
Krötensuppe, Kräuterbräu,
glaub bloß nicht, ich bin dir treu,
andre Mütter haben auch
Söhne mit nem Waschbrettbauch,
steck die Nadel in mein Heu...

Das ist das Hexeneinmaleins.
Die Zeitgeistpussy kann sonst keins.

22. 4. 2015

Der Mensch besteht aus Wasser. Wenn ich mich irgendwo anfasse, habe ich feuchte Finger. Keine Panik, das ist gut so, das ist in Ordnung. Es liegt was in der Luft. Es räkelt sich was in heiterem Himmel, und sei es auch nur der Balken im eigenen Auge, in die Wolken projiziert. Wasser hat immer einen Drang. Wasser will fließen. Also besteht der Mensch auch aus Drang. Auch der Mensch will fließen, strömen und schließlich verdunsten, das ist Auferstehung, und Wiedergeburt ist Regen. Priester und Schamane sind Regenmacher. Die Wüste ist ein Bild des Todes, der Sandsturm ist sein Atem, die Krankheit ist vergiftetes Wasser, das gereinigt werden muß. Gesundheit ist Wissensdurst. Ein besseres Wort für Gesundheit kann es gar nicht geben. Verdunsten ist wie Verdursten. Auch Sprache ist flüssig. Messmer wußte es. Puységur wußte es auch, aber anders. Jeder, der es weiß, weiß es anders. Das ist das babylonische Problem, vor die Erlösung haben die Götter den Schweiß gesetzt, den Schweiß der Sprache, den Schweiß des Spermas, das Leben ist feucht, das ist sein Unglück im Glück im Unglück. Der Mensch liegt in der Luft. Wie in einer nirgendwo befestigten Hängematte. Er ist eine brachliegende Möglichkeit in nicht selbst verschuldeter Unmündigkeit. Von seiner Mündigkeit war er zu allen Zeiten gleich weit entfernt. Wer weiß, wozu es gut ist. Swedenborg wußte es. Schelling wußte es. Schopenhauer wußte es. Sogar Nietzsche und Marx wußten es, gestanden es sich aber nicht ein. Während die Eingeständnisse von Freud durchaus etwas von märchenhafter Selbstbezichtigung an sich haben. Der Mensch besteht aus Wasser. Er eignet sich nicht zu einer festen Form. Albert Speer ahnte es. Deswegen sind all seine ewigkeitssüchtigen Bauwerke in ihrem tiefsten Innern Karikaturen, Ausdruck eines Humors, über dessen Zweifelhaftigkeit man streiten kann. Alles menschliche Streben ist ein Tauchen, und sei es das Wühlen in Bergwerken oder Frauen, Erlösung und Auflösung sind die zwei Seiten eines Mondes, der im tiefsten aller Meere schwebt, so, wie der Mensch in der Luft liegt.

28. 4. 2015

Jetzt noch besser jetzt noch schöner
jetzt noch größer und zwar sehr
kaufen Sie was Sie nicht brauchen
aber davon immer mehr

jetzt noch schärfer jetzt noch süßer
jetzt auch mit Spezialrabatt
doch vom Umtausch ausgeschlossen
nur was man verzehrt macht satt
aber ohne Kalorien
ohne Nebenwirkung klar
alles alles jetzt noch besser
viel viel besser als es war
jetzt noch teurer wenn man rechnet
doch wer kann das heute noch
alles rechnet sich am Ende
irgendwie dann wieder doch
jetzt noch schneller jetzt noch lauter
haben was der Nachbar hat
doch vom Umtausch ausgeschlossen
findet er nicht sonntags statt
jetzt noch wilder jetzt noch geiler
hemmungsloser splitternackt
wer nicht säen will soll ernten
wenn er in die Furche packt
alles alles soll gehören
dem der es sich leisten kann
und wer an der Stütze knabbert
glaubt zumindest weiter dran
nur der Spott ist bei uns billig
Undank ist der Reichen Hohn
denn das Käuferfleisch ist willig
mach nur weiter so mein Sohn
immer weiter meine Tochter
konsumieren hält euch arm

Schulden machen bis der Arzt kommt
immerzu herrscht Kaufalarm
und das geht auf eure Kosten
nie auf Kosten eurer Bank
Insolvenz und Pleitegeier
sind der Geldverleiher Dank
immer besser immer toller
wer nicht aufwärts geht der patzt
das was voll ist geht noch voller
immer voller bis es platzt
Sintflut war ein flaues Frettchen
der finale Kollaps droht
wer nicht kauft der muß ins Bettchen
und zwar ohne Abendbrot
jetzt noch feuchter jetzt noch nasser
niemals zum Verzicht bereit
denn der Teufel scheut kein Wasser
das ist längst nicht mehr geweiht

29. 4. 2015

Ein Mann kommt und sagt
geh nicht nach Haus
dein Mann ist tot

Aber er ist nicht tot
und ich habe keinen Mann
denn ich bin keine Frau

Doch es macht mich traurig
so traurig
es gibt ihn ja gar nicht

Den Mann der da kommt
und den Mann der tot ist
gibt es auch nicht

Er ist ja gar nicht tot
weil ich ihn nicht habe
nie hatte

Und die Frau die ich sein müßte
um einen Mann zu haben
der tot sein könnte

Gibt es auch nicht
denn ich bin ein Mann
der eine Frau hat

Das weiß ich
aber das macht mich alles
so traurig

So furchtbar traurig
ich friere als säße ich nackt
in eisigem Wasser

Gibt es mich
meine Frau
nein

Wir sind tot
tot
tot

Ihr seid tot
sagt der Mann
und geht

Er hat Haare
überall Haare
furchtbar

2. 5. 2015

Nichts ist so egal wie der Titel eines Jazz-Stücks. Da spielen ein paar Typen irgendwas, meistens sehr Komplexes, Raffiniertes, von dem man sich auch nach dem zehnten Hören keinerlei Melodie merken kann, allenfalls eine Stimmung, einen Charakter, und dann nennen sie das, was sie da spielen, irgendwie, um es von anderem, was sie spielen, unterscheiden zu können. Einfach weil, wie man so sagt, das Kind einen Namen braucht. Aber diese Namen sagen nichts aus über diese Kinder. So wie die Namen wirklicher Kinder auch nichts über diese aussagen. Man ist kein Dirk. Man ist keine Jutta. Man heißt nur so. Das sind nichts als Unterscheidungsmerkmale. Namen sind nichts als Klassifizierungsverschönerungen, Ornamente, Schnickschnack. Eigentlich würde es vollkommen genügen, Jazz-Stücke und Kinder durchzunumerieren. Aber das erscheint würdelos, unpoetisch, menschenverachtend, jazzstückeverachtend. Also kommt es immer wieder zu der grotesken Situation, daß einer von diesen Jazz-Typen zwischen zwei Stücken ans Mikrophon geht und sagt: »Das nächste Stück heißt ›Bettina‹.« Und dann legen sie los, und wir Hörer fragen uns, was dieses Gedudel mit einer Bettina zu tun hat. Nun ja. Vielleicht heißt die Freundin des Schlagzeugers so. Das wäre eine Erklärung. Und wenn der Jazz-Typ supercool ist, sozusagen ein Meta-Jazz-Typ, geht er vielleicht zum Mikrophon und sagt: »Das nächste Stück heißt ›Meinetwegen Bettina‹.«

Wow. Wie abgefahren wäre DAS denn.

Was denkst du, liebe Tochter? Du bist ja noch in einem beeindruckbaren Alter, liebe Meinetwegen Uschi.

9. 5. 2015

Arme Wespe. Arme Wespe. Warst hereingeflogen und fandest das offene Fenster nicht mehr, arme Wespe, flogst durch das Zimmer, stießt gegen die Scheiben, verwundert, ratlos, hilflos, zwecklos, verzweifelt. Arme Wespe. Fielst irgendwann entkräftet auf den Teppich. Und bliebst liegen, reglos, bis der Mann kam, dich sah, dich aufheben wollte und wegschmeißen in den Müll, arme Wespe. Aber da hast du doch noch, mit Gebrüll leiser als ein Schmetterling, mit allem Zipp und Zapp – zugestochen.

Gute Wespe.

So entstehen Berge, mein Lieber. Berge der Schande, Berge des Vergessens. Wenn man die Opfer nicht bringt. Wenn man die Schnitte nicht macht. Wenn man die Ventilatoren anschaltet, damit der Rauch ohne Feuer sich verzieht. Die Ventilatoren werden doch nur das Feuer ohne Rauch anfachen, sonst nichts! Und durch die Berge der Schande, durch die Berge des Vergessens lassen sich keine Tunnel bohren, ihr Gestein ist zu mürbe, es ist das Gestein des Gewissens, die Tunnel stürzen immer wieder ein, und ihr Schutt, den man aus den Bergen schabt, bildet neue Berge, die Berge der schlecht gewählten Bilder.

In den Tälern zwischen den Bergen der Schande, des Vergessens und des Schutts der schlecht gewählten Bilder wächst ein seltsamer Menschenschlag heran, mit Flügeln, die rotieren können wie Ventilatoren, aber fliegen können sie nicht, nur hilflos herumrotieren, aufgehängt an einem finsteren, von Sonne nie berührtem Himmel, ein entsetzlicher Anblick, den du verschuldet hast, mein Lieber, es ist deine Rasse, dir aus der Rippe und wie aus dem Gesicht geschnitten, und das alles nur, weil du dich nicht beherrschen konntest, weil du Unzucht getrieben hast mit deinen dunklen Bezirken. Nie warst du deinen Kolonien gegenüber eine okzidentale Großmacht. Dein England hatte nie ein Indien, dein Kastilien nie Aztekenprovinzen in bester, wenn auch blutig aufgeräumter Ordnung. Nur heilloses Durcheinander, Zweifel und Begierde, Erlösungssehnsucht und Selbstüberschätzung. Und die ewige Fixiertheit auf die Musikalität alles Bestehenden. Du bist im Irrtum, mein Lieber, im Irrtum mit Haut und

Haaren, im Irrtum von Kopf bis Fuß. Es ist alles ganz anders, als du wünschst, du ahnst es, aber du willst es nicht zugeben. Und so entstehen die Berge der Schande, mein Lieber, die Berge des Vergessens und der schlecht gewählten Bilder.

Du Dilettant.

18.5.2015

Wir stehen erst am Anfang. Der Kampf hat gerade erst begonnen.

Seit Tausenden von Jahren hat der Mann sich zu wichtig genommen. Seit 150 Jahren folgt ihm die Frau darin. Und seit Ende des Zweiten Weltkriegs arbeiten wir fieberhaft daran, unsere Kinder zu gleichberechtigten Unerziehbaren zu machen, zu elite-allergischen anders Begabten. Jeder hat ein Talent, ausnahmslos jeder. Die meisten haben das Talent, ihre Talentlosigkeit als Talent zu verkaufen, aber egal, das können nur erste Schritte sein auf dem Weg zur radikalen unterschiedslosen absoluten Toleranz.

Neulich hat ein amerikanisches Gericht den Schimpansen die Menschenrechte zugestanden. Was ja auch naheliegt, wenn man an das intellektuelle Niveau ihrer menschlichen Bevölkerung denkt. Bravo. Weiter so. Ich fordere hiermit das Menschenrecht für alles, was lebt! Vom Atomphysiker bis zur Molluske, von Heidi Klum bis zum Einzeller! Die Unterschiede sind wesentlich kleiner, als wir bisher angenommen haben. Insofern brauchen wir auch in öffentlichen Gebäuden keine fünf Klos für Heteros, Schwule, Lesben, Bi- und Trisexuelle, das ist total reaktionär. Ein Klo reicht.

Uneingeschränktes Menschenrecht für alles, in dem ein Herzchen pumpert oder auch nur der Urschleim blubbert! Allgemeines Wettkuscheln mit sämtlichen Warmblütern, Kaltblütern und sonstigem Gewimmel! Jeder Grashalm hat das Recht auf einen Anwalt, jede Pusteblume auf Hartz IV! Kein Lebewesen darf ein anderes fressen! Schluß mit der faschistoiden Nahrungskette, Schmalhans sei Küchenmeister, seien wir Nie-wieder-Käuer! Laßt uns alle von Luft und Liebe leben, wir sind eh zu fett.

Und wenn das erreicht ist, wenn wir an der Schwelle zum Paradies stehen, führen wir die Menschenrechte für unbelebte Materie ein! Wehe, es wirft noch einer einen Stein, der nicht geworfen sein will! Jedem Regentropfen einen Swimmingpool, jedem Sandkorn einen Frauenparkplatz! Dann erst werden wir erleuchtet sein. Dann erst werden wir sein wie Gott: So gut wie nichts … das ist das Ende … hoch zum Himmel die Hände … Hosianna.

22. 5. 2015

Improvisation Nummer Eins
aber ich will nicht vorgreifen

wenig sortierte Gefühle beziehungsweise beim Versuch
den Anschein einer wie auch immer gearteten
Ordnung herzustellen abgerutscht
vom Sprungbrett des Dreimeterturms
das länger noch nachzitterte
als die Metallzunge
einer Maultrommel

das Geräusch eines Kopfschmerzes
einer Hornisse im Gehirn

und fast von alleine versteht es sich
zu erwähnen daß da kein Wasser war
unter dem Dreimeterturm
und die Landung dementsprechend hart
wenngleich es gelang
sich noch für eine Weile festzuhalten an dem Brett
bis die Hände ihren Dienst versagten
also lag man dann da
auf dem Boden des Beckens
auf dem eigenen Beckenboden
eine menschliche Pfütze
ein verstauchter ein verrenkter Fleck aus Fleisch
mit gemischten Gefühlen und gründlich geheilt
von dem Bedürfnis nach Form
Struktur
geregelten Abläufen

es ist schwer einander zuzuhören
und nahezu unmöglich
sich selbst

bei dem ewigen taubstummen Diktat
aus Traum und Ahnung
Eingebung und Abschweifung
analytischem Denken
und synthetischem Empfinden
denn jede Büroklammer kann ein Gesamtkunstwerk sein

und jedes Eselsohr
eine kryptische Mahnung

hinter der es nichts zu entdecken gibt
Goethe wußte das
die Dinge sind
ihre eigene Erklärung
denn im Gegensatz zu uns
können die Dinge einander zuhören
und sich

aber ich will nicht vorgreifen

22. 5. 2015 (2)

Spinnen können sich von fast allem ernähren. Und wenn nichts anderes da ist, beinahezu von Staub. Das soll uns eine Lehre sein und will es auch. Wir aber sind verstockt. Und fressen unsere alten Väter oder setzen sie in den Wäldern aus, bei den wilden Tieren, wo wir doch nichts Ausgeklügelteres tun könnten, um mit ihnen abzurechnen, als sie zu verehren, höhnisch lautstark zu verehren, wodurch wir sie mit ihren Nasen, an die sie sich nie gefaßt haben, vor die Spiegelscheibe ihres Gewissens stoßen würden, die sie dann beatmen müßten mit ihrer heißen Schuld. Und in dem Nebel, der sich feucht auf dieser Scheibe niederschlägt, würde ihr Gesicht verschwinden beim Ausatmen und wieder auftauchen beim Luftholen, ausatmen und verschwinden, Luft holen und auftauchen, bis wir den Spiegel zerschlagen.

Aber das begreifen wir nicht. Diese Chance lassen wir uns entgehen. Manche von uns rufen Gott an, indem sie irgendeine Nummer wählen. Und wundern sich jedesmal wieder, wenn sie falsch verbunden sind.

Spinnen sollen uns angeblich ähnlicher sein, als es den Anschein hat. Das glaube ich nicht. Den seidenen Faden möchte ich sehen, der uns, denen unentwegt alle Stricke reißen, Genüge täte. Ich halte den Anschein von Unähnlichkeit für zutreffend.

Die Liebe ist der volle Aschenbecher von Nichtrauchern, die lügen. Ach, nähme sich doch bloß endlich irgendwer das Recht, ein wahrer Gerichtsvollzieher zu sein.

28. 5. 2015

Der Kaiser möchte Dichter sein,
erst dann ist er zufrieden.
Es ist ihm zwar viel Hab und Gut,
auch Kriegesruhm beschieden,

das alles aber reicht ihm nicht.
Und ist sein Geist auch … schlichter,
er wär' zu allem Überfluß
halt gerne auch noch Dichter.

Und spricht: »Herbei, mein Hofpoet,
und lehre mich das Dichten!
Wenn du das schaffst, mußt du auf nichts
im Leben mehr verzichten!«

Der Hofpoet ahnt Böses und
versucht sich rauszureden:
»Ich gebe zu bedenken, Herr,
die Muse küßt nicht jeden …«

Der Kaiser runzelt seine Stirn
und zieht erbost vom Leder:
»Gewiß, Poet. Doch eins steht fest:
Ich bin ja wohl nicht jeder!«

»O nein, mein Herr, Ihr seid fürwahr
ganz einzigartig eigen!
Nun gut, wenn Ihr's so sehnlich wünscht,
dann will ich es Euch zeigen.«

Und eifrig geht der Kaiser beim
Poeten in die Lehre.
Er stümpert holprig Reim um Reim.
Das Leichte ist das Schwere.

»Nun sag mir ehrlich, mein Poet,
ob das gelungen ist!«
»Nein, Herr, was da geschrieben steht,
ist nur gequirlter Mist …«

Der Kaiser nickt: »Du hast wohl recht.
Selbst das hat mich erschöpft.«
Dann hat er seinen Dichterknecht
mit letzter Kraft geköpft.

2. 6. 2015

Es regnet, oder die Sonne scheint oder sogar beides zugleich. In der Mineralwasserflasche mit der Aufschrift »Medium« befindet sich entsprechendes Mineralwasser. Es ist alles toll. In der Fernsehzeitung steht tatsächlich das, was es in dieser Woche im Fernsehen zu sehen gibt, außer eventuelle Sondersendungen natürlich bei plötzlich eintretenden Katastrophen, das läßt sich nicht vorhersehen, noch nicht, es ist alles toll, es sieht alles gut aus, es schmeckt alles prima. Wenn man an seinem eigenen Turnschuh schnüffelt, riecht es nach vergorener Milch. Es fallen Späne genau da, wo gehobelt wird. Die Blödmänner und die Blödfrauen haben gesiegt, beziehungsweise ihre Lobby der guten Blödmenschen. »Blödmänner« und »Blödfrauen« darf man nicht mehr sagen, die heißen jetzt »Inclueso« und »Beatrice Ekli«. Es ist alles toll. Es ist alles gut so. Es ist alles in Ordnung. Wenn der Krug zum Brunnen geht, bis er bricht, ist er dann kaputt. Und der Brunnen nicht. Die Frage, wie ein Krug denn gehen kann, lassen wir mal beiseite, die bringt uns jetzt nicht weiter, die holt uns hier nicht ab. Nicht ein einziger Fluß auf der Welt fließt flußaufwärts. Menschen, die auf Fotos nicht drauf sind, sind entweder nicht fotografiert worden oder Geister. Es ist alles toll, so, wie es ist. Das macht richtig Sinn, das geht unter die Haut. Und da bleibt es auch. Und wenn die Würfel gefallen sind, ist der Drops gelutscht. Und wenn die Messe gelesen ist, ist die Kuh vom Eis. Und wenn das Kind mit dem Bade ausgeschüttet wurde, ist die Wanne leer, aber so was von. Aber hallo. Steuersparmodelle und Analverkehr, Tiefdruckgebiete und Beuteltiere, Abstiegskandidaten und Buckelpisten, es ist alles toll, die Empfehlung, während der Dauer des Fluges angeschnallt zu bleiben, wird befolgt, die Bedrohung durch außerplanmäßige Kometen wird ernstgenommen, erste Maßnahmen sind eingeleitet, weitere werden folgen, es ist für alles gesorgt, es wird an alles gedacht, es gibt Schnittchen. Toll ist das alles. Einfach toll. Hammer. Mega. Untermenschen müssen leider draußen bleiben.

21. 6. 2015

Es gibt keine Wahrheit, nur Verabredungen angeblicher Erkenntnisse, die eine kürzere oder längere Weile gelten. Es gibt keine Liebe, nur Konglomerate aus Begehren und Gewohnheit von unterschiedlicher Haltbarkeit. Es gibt kein Glück, nur Selbsttäuschungen in allen Kleidergrößen. Für Nudisten. Es gibt keine Moral, nur notdürftige Mullbinden über den Eiterbeulen der menschlichen Bestialität. Es gibt keine Ehre, nur ein Sammelsurium von Wahnvorstellungen gekränkter oder befriedigter Eitelkeiten. Es gibt keine Schönheit außer blitzartigen Momentaufnahmen der Vorstufen von Fäulnis und Zerfall. Es hat alles keinen Sinn. Oder besser gesagt, nichts hat einen, irgendeinen. Es gibt nichts, wofür es sich zu sterben lohnt. Aber es gibt auch nichts, wofür es sich zu leben lohnt. Beides geschieht dennoch, einfach so, es scheint keinen Grund zu benötigen, zuverlässiger als alles sonst den Menschen Betreffende. Es gibt, was den Menschen betrifft, überhaupt nichts Beständiges.

Vom Tod und der bis dahin zurückgelegten Strecke einmal abgesehen.

25. 6. 2015

Klangmanifest Nr. X:

Jazz ist die Erlösung. Pop ist die Qual. Rock ist die Mumie. Folk ist die Mumu. Blues ist der Mojo.

Freiheit ist die Einsicht in die Notwendigkeit von Freiheit.

Klassik ist ein gut gepflegtes Urnengrab. Gut in Schuß, sozusagen. Reggae ist einfach nur tot. Techno hat nie gelebt. Ambient ist der Versuch des Menschen, die Musik der Dinge zu machen.

Aber der Jazz. Der Jazz ist die Erlösung. Immer noch und mehr denn je, allem Anschein zum Trotz. Einsicht ist die Mutter der Porzellankiste mit der Aufschrift »Vorsicht«. Volksmusik ist ein Geräusch-KZ. Über den Schlager ist bereits an anderen Stellen alles gesagt. Notwendigkeit muß genau geprüft werden, denn oftmals ist sie nur ein Gerücht.

Und da wir nie im Leben, jedenfalls nicht in diesem Leben, erlöst werden, weil wir das auch gar nicht verdient haben, mache ich keinen Jazz.

Die drei Unterschiede zwischen Greil Marcus und Diedrich Diederichsen:

Greil Marcus liebt Musik.

Greil Marcus versteht etwas von Musik.

Greil Marcus kann über Musik schreiben.

25. 6. 2015

Ich besitze das Bild einer nackten Frau. Es befindet sich in einem Buch, das ich sehr gerne las. Das weiß ich noch.

Eigentlich ist es nicht mal das Bild einer nackten Frau, sondern lediglich das ihres Unterleibs, und zwar ein Gemälde, sehr realistisch, fast oder genauso präzise wie ein Foto, von schimmernder Üppigkeit, von sinnlicher Opulenz, sehr stimulierend, das weiß ich noch. Aber ich habe vergessen, in welchem Buch. Denn es gibt so viele Bücher, die ich gerne las, und es ist schon eine Weile her, ich hatte sogar das Bild vergessen, aber gerade eben ist es mir wieder eingefallen und steht mir deutlich vor Augen, es beschäftigt mich, außerordentlich. Ich konzentriere mich und sehe es genau, in allen Einzelheiten, ich spüre gerade, wie ich immer besessener davon werde, ich will und muß es wiederfinden und nicht mehr nur im Geist, vor meinem inneren Auge betrachten. Aber wo soll ich suchen, wenn ich keine Ahnung habe, in welchem Buch es sich befindet?

Eine Lebensaufgabe. Eine Lebensaufgabe.

26. 6. 2015

Ein Gedicht namens Van Morrison

Van
Morrison
ist
Gott

So wie ich
Gott bin
so wie wir alle
Gott sind

Aber
Van
Morrison
ist

Ein
bißchen
mehr
Gott

26. 6. 2015 (2)

Du bist so schön wie ein Stück Beton. Schön wie eine Wasserleiche. Du bist so schön, wie du schön bist. Schön wie das Weiterleben nach dem Tod, wie ein Zehennagel, wie eine Ohrfeige, wie eine Kirsche, in der sich die Welt, die ganze Welt spiegelt. Schön wie ein Saxophonsolo von Pee Wee Ellis. Wie ein Auto mit der Aufschrift »Fahrschule«, so lange es nicht fährt. Du bist so schön wie Widerspruch und Einverständnis. Wie eine Telefonnummer. Wie ein Zigarrillo. Wie ein Zwiebelkirchturm, wie ein Pfirsich und das ihm entsprechende menschliche Körperteil.

Du bist so schön wie ein Echo. Wie ein polierter schwarzer Sarg. Wie das süße Ziehen in den Muskeln, wenn man etwas

Schweres getragen hat. Wie eine Raststätte, wie ein berechtigter Vorwurf, wie das Schamgefühl einer Leihmutter. Wie ein Tiger aus Papier, wie ein Einkaufszettel, wie ein Patentrezept. Du bist so schön, daß ich wegschauen muß. Eine Doktorarbeit schreiben. Ein Eis essen. In Polen einmarschieren. Du bist so schön, daß die Götter vor Empörung furzen, bis sich die Schwebebalken biegen. Du bist das letzte Ereignis einer sich selbst überdrüssig gewordenen Erde, wenn nicht gar das Schwarze Loch, in das sie fällt. Du gibst Anlaß, unseren schlimmsten Feinden zu verzeihen und sie aufzuessen. Du bist so schön, daß man an deinen Augen lutschen möchte.

Und sich nackt vor dir ausziehen, in der bitteren, süchtigen Erwartung, daß du lachst. Du Pusteblume. Du Windrad. Du Seidenraupe. Du … metallverarbeitende Industrie! So schön bist du und kein bißchen weniger. Dies ist meine Liebeserklärung. Unzureichend, wie jede.

29. 6. 2015

Das Geständnis des Friseurs: Herr, ich habe gesündigt. Ich habe die blaue Gitarre mit den Wirbelsäulensaiten befleckt. Und die Schwüle dieses Sommers für vereinbar mit den Interessen der arbeitenden Bevölkerung gehalten. Ich habe ein Fieberthermometer geraucht und würfelförmige Fische gelutscht.

Außerdem, Herr, habe ich mir Gedanken gemacht. Was sich bekanntlich nicht gehört. Unter mir ist ein Lattenrost zerbrochen, als ich einfach nur regungslos dalag. Ich glaube, das Ende der Welt ist nah. Und fühle mich davon gestört.

Meine alte Sehnsucht, mich irgendwo anzuschließen, irgendwo dazuzugehören ist wieder erwacht, ich weiß, Herr, das ist unentschuldbar. Ich hatte sie so gründlich vergraben in einem Kuchenstück, das einer aß, der mich unangemeldet und unwillkommen besuchen kam, und schon sprach sie aus ihm und wollte zurück zu mir und war nicht davon abzubringen, nicht einmal von Neil Young, der plötzlich hüftlange schlohweiße Haare hat, mir gegenüber sitzt und knirscht wie eine Schallplatte aus Sandpapier unter der Nadel. And the damage done.

Ich habe doppelzüngig und scheinheilig meine Frau gelobt, als sie begann, alle unsere Räume mit Zeitungen zu bekleben, weil ich renoviert werden soll, ausgerechnet ich, man stelle sich das vor. Herr, hilf mir, irgendetwas gegen mich zu unternehmen, aber tu mir nicht weh dabei. Ich juble den Holzfällern zu, die überall in meiner Umgebung nach morschen, einsturzgefährdeten Bäumen suchen und keine finden, weil sich das Wetter in unserer Gegend zusammenreißt und sich keine Stürme gönnt, auch wenn es noch so schwül ist. Aber was nicht ist, kann ja noch kommen. Im Grießbrei meiner Kindheit waren Drohungen versteckt und Hilferufe ausbruchswilliger Gefangener aus den Neonröhrenlagern der Langeweile. Herr, ich weiß nichts mit mir anzufangen. Alle meine Werke waren eitel. Ich hätte Friseur werden sollen, Gebete waschen, Patiencen legen und Flüche föhnen. Ich weiß.

DER Mann ist männlich. DIE Frau ist weiblich. DAS Kind ist sächlich. Also noch unentschieden. Nach Bezuschussung durch die Hormone wird es irgendwann DER Kind, also männlich, oder DIE Kind. Also weiblich. Dachte man früher.

Als das Wünschen noch geholfen hat.

Aber so einfach ist das heute nicht mehr. Heute kann es auch DAS Kind bleiben. Also irgendwie weder männlich noch weiblich oder unmännlich weiblich oder unweiblich männlich oder irgendwie ganz anders, so daß es die dritte öffentliche Toilette braucht oder was weiß ich. Abgesehen davon, daß die meisten Männer und die meisten Frauen im Tiefsten ihrer Herzen immer DAS Kind bleiben, das sie einmal gewesen sind, ist die Sache ziemlich kompliziert geworden, genderpolitisch korrekt betrachtet. Einfachheit wurde als Diskriminierung enttarnt. Kompliziertheit ist gerecht. Einfachheit war einfach ungerecht, so kompliziert ist das. Früher war alles EINFACH besser. Heute ist alles KOMPLIZIERT besser. Heißt das jetzt, daß eigentlich nie etwas besser ist, weil es überhaupt keinen Fortschritt zum Besseren gibt?

Oder daß heute alles KOMPLIZIERT schlechter ist und früher EINFACH ALLES BESSER war? Ich weiß es nicht. Und wenn ich es wüßte, würde ich es in der heutigen Zeit ganz bestimmt nicht laut sagen.

15. 7. 2016

Wenn ich jetzt ein Taxi für den Weg zu unserem Treffpunkt bestelle, habe ich auf jeden Fall etwas Richtiges getan, ob du nun mit dem Fahrrad kommst, weil das Wetter gut ist, oder mit dem Auto, bei schlechtem oder schwer vorhersehbarem. Mit dem eigenen Auto will ich nicht fahren, denn ich möchte etwas trinken, also nehme ich ein Taxi.

Wenn du mit dem Fahrrad kommst, damit du auch etwas trinken kannst, wenngleich nicht allzu viel, da ja mittlerweile der Fahrradfahrer für seinen Lenker genauso verantwortlich ist wie der Autofahrer für sein Lenkrad, kann ich ja sowieso nicht mit dir gemeinsam auf dem Fahrrad HINTERHER ZU MIR fahren, und um neben dir her zu laufen, ist es ein wenig zu weit, und du müßtest langsamer fahren, als es einem Fahrrad angemessen ist, und ich müßte schneller laufen, als man gemeinhin zu Fuß geht. Also müßte ich wiederum ein Taxi ordern, was ja nicht so schlimm wäre.

Wenn du aber mit dem Auto kommst und ganz oder nahezu nüchtern bleibst, kannst du mich mitnehmen HINTERHER ZU MIR, und ich müßte kein zweites Taxi für den Rückweg bestellen. Also ist meine Fahrt mit dem ersten Taxi zu unserem Treffpunkt auf jeden Fall richtig, egal, was passiert. Das ist ein gutes, ein sehr gutes Gefühl. Da mache ich nichts falsch. Da habe ich gewonnen, komme was da wolle.

Das freut mich wie jemanden, der mit seinem Lachen allein sein will. Aber ich lade dich ein, mitzulachen. Spätestens HINTERHER BEI MIR.

16. 7. 2015

Lange ging es gut. Lange war nichts zu bemerken, jahrelang, jahrzehntelang. Keinerlei Anzeichen von Nachlassen, gar vom Schwinden der Kräfte. Nicht die geringsten Hinweise auf ein schrittweises Abnehmen der Fähigkeiten, auf Erosion der Stärke, auf Bröckeln, auf Erschlaffung. Beinahe war man versucht zu sagen: Im Gegenteil. Alle Meßwerte stimmten, alle Ausschläge der Zeiger blieben sich gleich, die Empfindungen unverändert, die Verfassung stabil, nichts deutete eine Veränderung an, jahrelang, jahrzehntelang.

Doch der Prozeß fand statt. Lief ab. Nicht wahrnehmbar. Schleichend, aber stetig. Unaufhaltsam, unumkehrbar. So sicher wie das Amen in der Kirche, wie der Wechsel von Tag und Nacht, wie das Vergehen von Zeit, der Puls der Ewigkeit.

Bis zu dem Augenblick, wo es sich nicht mehr verbergen, nicht mehr leugnen ließ, daß etwas, das schon lange, schon immer, von Anbeginn an IM GANGE WAR, ZU TAGE TRAT. Bis zu diesem unbestimmbaren, nicht beschreibbaren Augenblick, der sich so wenig festhalten läßt wie der Übergang vom Wachzustand in den Schlaf, der Augenblick, in dem dir ein für allemal deutlich wird:

Man stirbt.

Vielleicht nicht jetzt. Vielleicht nicht gleich. Aber irgendwann ganz unumstößlich gewiß. Auf jeden Fall. So wird es sein. Und nicht anders.

Also, ich kann euch nichts beweisen. Und mir auch nicht. Ich singe ein bißchen wie ein Barracuda. Ich rede ein bißchen wie Pablo Neruda. He, du da! Hör mir bitte zu! Sonst … laß ich dich in Ruh. Ich will ja hier kein Lehrer sein. Ich trage dich nicht ins Klassenbuch ein. So lang du mich nicht störst, wenn du nicht auf mich hörst.

TARGET IDENTIFIED.
TARGET DOES NOT MOVE.
TARGET SITTING STILL UND VOLLER SCHAM.
REDET WAS ES WILL UND WIRREN KRAM.
TARGET SITTING REGUNGSLOS.
PULS IST RASEND. ANGST IST GROSS.
TARGET SITTING ON A STAGE
IN A FURY, IN A RAGE.

Die moderne Kinderpsychologie sagt: Ausgeprägte Kreativität beruht wesentlich auf zwei Faktoren – häufige Ortswechsel in den ersten zehn Lebensjahren und Probleme mit der Mutter. Beides war bei mir der Fall. Vieles andere nicht. Also habe ich versucht, aus diesen beiden Faktoren das Beste zu machen. Mein Gott, hab ich's versucht. Das muß ich euch nicht mehr beweisen und mir auch nicht. Die Liste meiner Vorstrafen ist lang, und ich bin gekommen, um sie noch mal herunterzubeten, unvollständig, aber ausführlich, reumütig und zerknirscht. Aber ich will ein rechtschaffener Mensch werden. Ein rechtschaffender, zumindest heute abend. Ich verspreche es. Und ich hoffe auf Milde. Und ich hoffe auf Gnade. Und ich hoffe auf Freude. Denn ich habe das alles ja nur für euch getan. Ich wollte immer nur euer Bestes, ehrlich. Und oft hab ich es auch gekriegt.

Aber man kann nie genug davon bekommen.

Nie.

21. 7. 2016

Tu es.

Tu es, auch wenn du weißt, daß es falsch ist. Auch wenn du weißt, mit jeder Faser deines Körpers weißt, daß es böse ist, absolut böse, durch nichts zu rechtfertigen, unentschuldbar für alle Ewigkeit. Kein Sieg heiligt es als Mittel, es ist nichts als sein eigener, abgrundtief schlechter Zweck, der Selbstzweck eines Abgrunds, der tiefer ist als alles, was es gibt, der so tief ist wie das Nichts, tu es. Tu es.

Welche Stimme ist das? Wer spricht da?

Tu es. Mach dich frei von allen Bedenken, löse dich von allen Fesseln der Moral und des Glaubens, lächle darüber, lächle wie ein Engel, der in den tiefsten aller Abgründe fällt, fällt und fällt und fällt, für immer und immer, ohne Aufprall, zu ewigem Fallen verdammt, und der das Urteil lächelnd annimmt, weil er an kein Urteil glaubt, weil er keines anerkennt, im Bann des Bösen, im Blutrausch des Vernichtens, im Wahnsinn des Aufbegehrens gegen das Alles und gegen das Nichts, tu es einfach. Tu es.

Ich weiß nicht, welche Stimme das ist. Ich weiß nicht, wer da spricht. Ich weiß nur, daß es Menschen gibt, die sie hören. Und die ihr folgen.

Und ich bin mir nicht sicher, ob ich die Kraft habe, für sie zu beten.

21. 7. 2015 (2)

Ich hatte eine Mitteilung geschrieben, per SMS. Und eine Antwort erwartet, zumindest erhofft. Auch wenn meine Mitteilung keine direkten Fragen enthielt, war sie doch durchdrungen, geradezu durchtränkt von einer Mischung aus Neugier und Sorge, die eine Antwort vielleicht nicht zwingend notwendig machte, aber doch nahelegte, um meine Unruhe zu besänftigen, wenn nicht gar zu entkräften und gegenstandslos zu machen.

Kurze Zeit später erhielt ich tatsächlich eine Antwort. Aber nicht die, auf die ich eingestellt war, sondern eine völlig andere, von einem ganz anderen Menschen, auf eine Mitteilung von mir, die ich vor so langer Zeit abgeschickt haben mußte, daß ich mich an ihren Inhalt gar nicht mehr recht erinnern konnte. Ich las diese Antwort und war vollkommen verwirrt von dieser Angelegenheit, die sich wie eine Wolke vor die Sonne schob.

Das warf mich dermaßen aus der Bahn, das brachte mich dermaßen aus der Fassung, daß ich mich fühlte wie ein Pilot in einem Flugzeug, das plötzlich nicht mehr fliegen soll, sondern tauchen, tauchen in einen schwarzen Ozean, der nach den Tränen aller jemals mißhandelten Kreaturen schmeckte, die Sicht war gleich Null, und mein Fallschirm zum Aussteigen nutzte mir hier auch nichts mehr, und während ich ertrank und langsam schwerelos wurde, verfluchte ich mit meinem letzten Atemzug die moderne Technik, die Technik des Fliegens, die Technik des Tauchens und vor allem die Technik der modernen Nachrichtenübermittlung, hätten wir doch nur von Angesicht zu Angesicht miteinander gesprochen, dafür hätte kein Weg zu weit sein dürfen, nie und nimmer.

22.7.2015

Man kann nicht sagen, wie es ist. Es geht nicht. Es ist unmöglich, zu sagen, wie es ist. Denn es ist, wie es ist, und man sagt, was man sagt, und selbst daß man sagt »Es ist, wie es ist« trifft die Sache nicht, denn das, was ist, IST einfach und läßt sich nicht sagen. Indem man etwas sagt, produziert man Zeichen. Zeichen, die das, was ist und wie es ist, bezeichnen sollen. Das funktioniert auch einigermaßen, wir kommen damit zurecht, mehr oder weniger, unsere Sprache ist eine Verabredung über das angebliche Sein der Welt, und man tut gut daran, sich an sie zu halten, sonst redet man irr, sonst wird man wahnsinnig, nicht wahr, Derrida, oder, Barthes? Aber Zeichen sind niemals das, was sie bezeichnen. Zeichen sagt und schreibt man. Das Bezeichnete IST. Zeichen SIND auch, aber niemals das Bezeichnete, dazwischen ist ein Riß, der nie zu schließen ist. Auch dieser Riß IST. Dieses Nichts existiert. Und das ist für den denkenden Menschen der größte Horror überhaupt, der Horror vacui, dieser Riß, dieses Nichts zwischen unseren Zeichen und dem Bezeichneten ist die Anwesenheit des Todes, jederzeit und überall. Franz Kafka zum Beispiel wußte davon, und er hat dieses Wissen teuer bezahlt, mit seinem Schreiben und seinem Leben. Jeder sollte sich gut überlegen, ob es sich lohnt zu denken. Aber wenn man erst mal damit angefangen hat, ist es rettungslos zu spät für ungetrübte Gesundheit.

22. 7. 2015 (2)

Der Gast legte Wert darauf, in seinem Stammlokal immer vom selben Kellner bedient zu werden. Er hatte einen Narren an ihm gefressen. Nur wenn dieser Kellner ihn bediente, schmeckte ihm das Essen, das übrigens selten den berechtigten Ansprüchen eines immerhin dafür bezahlenden Kunden gerecht wurde. Der Gast erkundigte sich bei dem Besitzer des Lokals nach den Dienstzeiten des Kellners, und wenn der frei hatte, erschien der Gast nicht. Mit dem Kellner selbst wechselte der Gast in all den Jahren, die er dort speiste, kein einziges Wort.

Der Kellner war grau und unbeholfen. Er hatte ein grundsätzlich mürrisches Gesicht, verschüttete Suppen, vergaß das Besteck und strömte einen unangenehmen Geruch aus. All das konnte den Gast nicht davon abhalten, ihn in sein Herz zu schließen. Stumm zeigte der Gast in die Speisekarte auf das gewünschte Gericht. Er hatte einen wenig abwechslungsreichen Geschmack. Eigentlich bestellte er immer das gleiche, so daß sich nach einiger Zeit der Fingerzeig auf die Karte erübrigte. Stumm nickte der Kellner und brachte das Bestellte.

Zwanzig Jahre lang – der Kellner mußte inzwischen uralt und unter normalen Umständen längst in Rente sein – gab der Gast dem Kellner Trinkgelder, die als »reichhaltig« zu bezeichnen noch eine drastische Untertreibung wäre. Eher wären sie »fürstlich« zu nennen gewesen. Eines Tages trat der Besitzer des Lokals hohnlachend an den Tisch des Gastes und eröffnete ihm, daß der Kellner die Trinkgelder – mit denen er sich mittlerweile ein Haus hätte kaufen können – niemals hatte behalten dürfen. Der Besitzer hatte sie ihm bis auf den letzten Pfennig abgenommen.

Daraufhin erschien der Gast nie wieder. Man fand ihn Wochen später in seiner Wohnung, verhungert, wie von einem Narren gefressen.

28. 7. 2015

Mich hat eine Schuldenbremse gestochen, hoch oben auf dem Flüchtlingsgipfel. Oder war es eine Flüchtlingsbremse auf dem Schuldengipfel? Schwer zu sagen. Schwer zu unterscheiden. Jedenfalls habe ich mir meine Pegida-Frisur gerauft (was nicht ganz einfach ist bei einer Glatze) und mir Gedanken gemacht, ob sogar ich jetzt auf offener Straße einen Bikini tragen muß, um ein Zeichen zu setzen gegen die verschleierten Unzuchtmeister und Tittenwächter. Aber ich im Bikini – das wäre ein Anblick, den ich der Öffentlichkeit um fast jeden Preis ersparen möchte.

Ich bin ein friedlicher Mensch. Ich lasse die Kirche im Dorf. Ohne Mohammed zu beleidigen oder den Davidsstern oder Hindus oder Buddhisten. Ich habe keine alleinseligmachende Überzeugung. Die hat ja nicht mal die Band Selig. Ich lese nach wie vor Karl Marx, was viele, die von ihm überzeugt waren, wohl nicht gründlich genug getan haben. Denn der Kampf geht weiter. Er muß weitergehen. Nur nicht der des Herren aus Braunau, der das Wort für sich alleine pachten wollte.

Ich bin ein Mensch des Ausgleichs. Ich habe überhaupt nichts gegen eine Osterweiterung, wenn es auf der anderen

Seite eine Westeinschränkung gäbe. Ich muß zum Lachen nicht in den Bombenkeller gehen. Ich bin ein gern gesehener Gast auf allen Ü-50-Partys am Fuße der Alterspyramide. Und ich bin für umfassenden Datenschutz. Es gibt viel zu viele Daten, vor denen wir geschützt werden müssen, vor allem Kriegsausbruchsdaten. Aber da bin ich wohl ein bißchen altmodisch. Heutzutage herrscht einfach Krieg, auch ohne daß er uns oder irgendwem erklärt wird. Und deswegen rufe ich immer wieder mit letzter Windkraft: Her mit der Friedenserklärung, die jeder versteht! Frieden von Pol zu Pol. Frieden jetzt. Jawohl.

1. 8. 2015

Man vertut sich so leicht.

Ich erblicke einen alten Mann und halte ihn für einen Karpfen. Ich bin kein Karpfen, sagt der alte Mann. Ich bin ein alter Mann.

Oder ich HALTE einen alten Mann und ERBLICKE einen Karpfen. Das da ist ein Karpfen, sage ich zu dem alten Mann auf meinem Arm. Toll, sagt der alte Mann. Aber würdest du mich bitte wieder runterlassen, ich kann selber stehen und gehen, sagt der alte Mann, ich bin doch kein Säugling. Dafür habe ich dich auch nicht gehalten, antworte ich, nur für einen Karpfen. Man vertut sich so leicht.

Was ist so schlimm daran, für einen Karpfen gehalten zu werden? Ich persönlich hätte nichts dagegen, von anderen Menschen für einen Karpfen gehalten zu werden und in einer schönen Badewanne voll mit kaltem Wasser zu landen. Natürlich nur, wenn sie Veganer sind und ihre Lust an mir sich darauf beschränkt, mich zu betrachten, mit mir zu sprechen und mir ein Gummi-Entchen beizugesellen.

Ich hasse Badewannen, sagt der alte Mann, ich bin ein Dusch-Typ. Und ich mag keine Veganer, außer gut durchgebraten, sonst schmecken sie genauso ekelhaft wie an der langen Schnur dieser Regenwurm, in den ich vorhin gebissen habe und der mich jetzt so würgt. HA!, sage ich, jetzt hab ich dich! Bin ich also doch nicht umsonst in aller Herrgottsfrühe aufgestanden und ans Wasser gegangen! Mit dir, mein lieber alter Karpfen, hab ich einen guten Fang gemacht! Du bist nämlich doch kein alter Mann! Du bist das, wofür ich dich gehalten habe! Du bist ein Karpfen!

Oooops, Entschuldigung, sagt der alte Mann.

Man vertut sich so leicht.

1. 8. 2015 (2)

Ich fuhr eine lange einsame Straße entlang, in der Mittagszeit. Es war Sommer. Die Sonne beulte den Himmel ein wie ein Bauchnabel, aus dem Lava sickerte. Da sah ich einen Anhalter. Ich erkannte ihn daran, daß sein gehobener Daumen schon von weitem wie ein Daumen aussah, der so was schon öfter gemacht hat. Regelrecht professionell wirkte dieser Daumen und dem Mann, der an ihm dranhing, weit überlegen. Ich hielt an. Der Anhalter stieg wortlos ein, und ich fuhr weiter. Ich betrachtete ihn aus dem Augenwinkel und stellte fest, daß sein Gesicht aussah, als hätte er unter einer Dampfwalze geschlafen. Ich stellte ihm eine entsprechende Frage und er erzählte stockend und mürrisch, hier seien in den letzten Stunden nur sehr wenige Autos vorbeigekommen, aber jedes habe angehalten und aus jedem sei der Fahrer ausgestiegen, auf ihn zugegangen und habe ihn verprügelt, einfach so, ohne ein Wort zu sagen und ohne daß er etwas anderes getan hätte, als seinen äußerst kompetenten Daumen in die Luft zu halten. Jeder Fahrer habe einen fuchsroten Kopf gehabt, mancher sogar Schaum vor dem Mund. Und alle hätten mit größter Erbitterung auf ihn eingedroschen. Ob er sich denn nicht gewehrt habe, wollte ich wissen. Nein, knurrte er. Das ist unter meiner Würde.

Danach sagten wir beide lange Zeit nichts, starrten durch die Windschutzscheibe und fuhren. Nach einigen Stunden, wir waren immer noch weit von jeder menschlichen Ansiedlung entfernt, fragte ich den Anhalter: Wie heißt du eigentlich? Und er antwortete:

Galaxis.

Ich hielt an, stieg aus, ging zur Beifahrertür, öffnete sie, haute ihm eins in die Fresse, zerrte ihn aus dem Wagen und fuhr weiter.

5. 8. 2015

Ich betrachte die Dinge von innen. Ich schaue aus den Dingen heraus auf mich. So begreife ich die Dinge, indem ich von ihnen begriffen werde. Die Gegenstände und die Lebewesen machen mich zu dem, was ich bin, indem ich in ihnen bin und mich betrachte.

Leeres Ruderboot
auf dem stillen See

Rauch der sich kräuselt
über dem Feld
Geräusche einer Maus
unter dem Sofa
goldenes Funkeln der Trompete
von Freddie Hubbard
Gegenstände
Lebewesen
Anlässe
Hinweise
Relationen
Brüche
Übergänge

Das Lebendigste, was es gibt, sind die Gedanken. Ohne Gedanken steht alles auf einem toten Gleis. Gedanken sind der Haussegen der Existenz. Es gibt kein Begreifen über dieses Begreifen hinaus. Begreifen ist Betrachten ist Denken. Die Tatsache, daß das Denken existiert, ist der Beweis des Beweises. Der Beweis von sich selbst und in sich selbst. Mehr gibt es nicht. Aber mehr muß und kann es auch nicht geben. Das ist alles. Absolut alles.

Aufgeschlagenes Buch
auf dem Steintisch
Wind kommt durchs offene Fenster
und blättert in den Seiten
das hat keinen Plan
und das braucht auch keinen
das
ist

9. 8. 2015

Eine Hummel ist im Zimmer. Die Terrassentür steht offen, doch die Hummel merkt es nicht. Wieder und wieder stößt sie an die geschlossenen Fensterscheiben, ärgerlich brummend wie ein Sportflugzeug. Irgendwann hat sie genug, setzt sich an die Wand und denkt nach.

Und denkt nach.

Und denkt nach und denkt … nach.

Eine halbe Stunde lang denkt sie nach. Dann fliegt sie los, findet sofort die offene Tür und ist weg. Wenn ich es schaffen könnte, so stark nachzudenken wie die Hummel, könnte ich womöglich von meinem Sofa aufstehen und meinen eigenen Rücken sehen.

Ohne Zuhilfenahme von Spiegeln.

15. 8. 2015

Der große Komponist Karlheinz Stockhausen hat gesagt: »Die Opern von Richard Wagner sind toll. Bis zu dem Moment, wo der erste den Mund aufmacht.« Ich gehe einen Schritt weiter, denn für mich gilt das für alle Opern. Ich mag einfach keinen Operngesang. Ich respektiere die Leistung, aber es gefällt mir einfach nicht. Ich respektiere auch, daß es anderen gefällt. Ich bin kein Maßstab. Ich will meinen Geschmack niemandem aufzwingen. Ich möchte sogar, daß es Opern gibt, jetzt und auch in Zukunft. Sie sind zweifellos etwas Schönes und Wertvolles, für andere als mich. Ich fände es ganz furchtbar, wenn es eines Tages keine Opern mehr gäbe, weil es zu wenigen Leuten gefiele. Da würde etwas ganz Besonderes verschwinden, und ich finde es immer schlimm, wenn etwas ganz Besonderes verschwindet, ausstirbt, aufhört. Es gibt so viel Uninteressantes, Banales, Ordinäres, was gerne verschwinden dürfte, Engstirnigkeit, Feigheit, Dummheit, Überheblichkeit, Sexismus Rassismus Kapitalismus, aber das Besondere soll bleiben, soll leben, sogar hochleben, William Shakespeare, die Bibel, der Koran, der Talmud, das I Ging, die Raumschiffe Enterprise und Orion, Donald Duck und meinetwegen eben auch die Oper.

Der berühmte Opernsänger Peter Schreier (der hieß wirklich so) brauchte vor Auftritten keine lange Aufwärmphase. Er stellte sich einfach hin und machte: »Mi mi mi … okay, sitzt.« Von seiner Methode habe ich viel gelernt.

Wenn nicht alles.

25. 8. 2015

Ich bin Schauspieler. Ich habe mir vorgenommen, Ihr Leben so genau zu spielen, daß Sie am Ende denken, ich wäre Sie. Und sich zurücklehnen können, tief durchatmen und von sich erlöst sind. Daß Sie sich betrachten können und dabei empfinden: Sieh mal einer an. Das und so bin also ich. Mal so, mal so, aber unterm Strich gar nicht so verdammungswürdig, ein Mensch halt, mit Vorzügen und Nachzüglern an verpassten Gelegenheiten, vertanen Chancen und genutzten Schwächen, mit bisher mir selbst unbekannten Stärken und einigen allzu bekannten Schwächen, die bei näherem Hinschauen hier und da durchaus entschuldbar sind, und wenn nicht das, dann zumindest verstehbar, wenn nicht gar verständlich.

Ich bin Schauspieler. Das, was ich spiele, soll man anschauen können. Es soll ansehnlich sein. Ich will, daß die Menschen Sie begreifen, indem sie mich begreifen, Sie durch mich hindurch, ich bin gar nicht da, nur als Ihre Gestalt, Ihre Stimme, Ihre Körperlichkeit. Am liebsten wäre es mir, ich würde auch noch riechen wie Sie und die Leute würden das mitbekommen, nun ja, das wird wahrscheinlich auch noch erfunden. Jedenfalls ist es mein Ehrgeiz, daß Sie, vermittelt durch meine Wenigkeit, für die Menschen zu einem vollständigen Erlebnis werden, daß die Menschen Sie erkennen, im biblischen Sinne des Wortes, ausgenommen den sexuellen (zugegeben, das wäre sogar mein allergeheimster Wunsch, aber der wird wohl unerfüllbar bleiben).

Am Ende dann sterben tatsächlich Sie und nicht ich. Das ist ein besonders subtiler Trick der Regie. Ich sterbe natürlich auch irgendwann. Ohne Sie.

Aber das ist eine andere Geschichte.

6. 9. 2015

Niemals damit anfangen zu glauben, man wäre was Besonderes. Niemals sich verführen lassen zu denken, man könnte irgendwas außerordentlich gut. Niemals der Versuchung erliegen, mit breiter Brust und selbstbewußt aufzutreten, sonst bricht alles in sich zusammen, augenblicklich. Sonst klappt gar nichts mehr, von einer Sekunde auf die andere.

Die Kaffeetasse fällt dir aus der Hand.

Beim Kopfkratzen brechen die Fingernägel ab.

Der ausgesprochene Satz endet in einem Hustenkrampf.

Die Brille wird abgesetzt, um etwas aus der Nähe zu betrachten, und nie wiedergefunden.

Das Bedürfnis, sich zu entleeren, scheitert an unüberwindlicher Verstopfung.

Alle Uhren, die du betrachtest, gehen schneller als alle Uhren, die du nicht betrachtest.

Auf deinem weißen T-Shirt sind Tomatensoßenflecken, obwohl du nichts als Milchreis gegessen hast.

Deine Frau schlägt dir kreischend mitten ins Gesicht, weil du »Ich liebe dich« zu ihr sagst.

Im Fernsehen findet ein Radrennen von Fröschen mit unglaublich langen Beinen statt.

Deine schwangere Tochter erbricht täglich mehrere Schraubenzieher.

Die Brücke über der Bergschlucht, die du überquerst, gibt es gar nicht. Beziehungsweise es wird sie erst geben, wenn der Abgrund, in den du gestürzt bist, längst aufgehört hat zu gähnen.

Jedes Wort, das aus deinem Mund kommt, ist danach für alle Menschen und auf immer und ewig ausgelöscht, als hätte es nie existiert.

In Deutschland leben außer einer Handvoll Fremder nur noch eine Milliarde Maden.

Abgesehen von dem Zebra in deinem Badezimmerspiegel. Es sieht dich, wenn du hineinschaust. Aber es glaubt dich nicht.

Die weniger erfreulichen Teile Europas versinken in einer Lava aus Kotze.

Das bisher unsichtbare große Räderwerk von Tod, Vernichtung, Freizeit, Verstümmelung, Folter, Fortpflanzung, Zerfetzung, Sozialstaat, Vergiftung, Vergasung, Gleichberechtigung, Frühverrentung, Toleranz, Rassismus, Nächstenliebe, sexueller Abartigkeit, Religion, Menstruation, Kuschelpädagogik, Geld, Sperma, Krankheit, Leichenbergen, Schlagersängern, vollem Lohnausgleich wird plötzlich für alle und jeden sichtbar, aber es nützt nichts mehr.

Also, Bürschchen, bloß nicht übermütig werden. Immer schön den Ball flach halten. Demütig sei der Wurm und voller einsichtiger Vorfreude auf den frühen Vogel, dem er formvollendet einen guten Appetit wünscht.

6. 9. 2015 (2)

Ich habe mit nichts und niemandem etwas gemein. Für mich ist nicht der Vogel im Käfig, sondern der Käfig im Vogel, und nicht nur der eine Käfig, in dem nach dem Dafürhalten der anderen Menschen der Vogel sitzt, sondern jeder Käfig, den es gibt.

Denn der Vogel ist groß.

Riesengroß.

So groß wie das All.

Er hat einen gigantischen Magen, in den alle Käfige der Erdgeschichte passen. Aber für die breite unwissende Masse, also für alle außer mir, läßt er sich herab, in der Gestalt eines kleinen, für die Ahnungslosen anschaulichen Vögelchens zu erscheinen, putziputzi, dutzidutzi, das angeblich in einem Käfig sitzt, um ein beherrschbares Bild der Welt zu vermitteln,

Ängsten vorzubeugen, Panik zu vermeiden und die Erkenntnis zu verhindern, daß Gott ein gewaltiger gefiederter Freund ist. Und keinem Briefträger gleicht. Keinem Gebrauchtwagenhändler. Keiner Schlampe in den Mittdreißigern, die geldgeil einen achtzigjährigen sabbernden Toupet-Trottel heiratet. Eine Erkenntnis, die das vulgäre Gewimmel nicht ertragen würde. Niemand kann sie ertragen, nur ich, der ich mit nichts und niemandem etwas gemein habe, auch nicht mit Würmern. Alle anderen haben auch etwas mit Würmern gemein, und deshalb werden sie auch alle früher oder später von dem großen Vogel gefressen. Ich könnte das verhindern. Ich könnte sie alle retten. Wenn ich den anschaulichen Vogel in dem anschaulichen Käfig fressen würde. Aber das geht leider nicht. Weil ich ja weiß, als einziger weiß, daß der Schein trügt. Daß der Käfig im Vogel ist. Schade. Sehr schade. Tut mir leid.

7.9.2015

Die Frage, ob wir den Totalen Krieg wollen (denn wir alle sind gemeint, nicht nur irgendwelche längst von ihm verschlungenen Leute), war nur ein Vorgeschmack auf die Fragen, die dahinter lauern. Und schon diesen Vorgeschmack hat sich kaum einer so richtig auf der Zunge zergehen lassen. Nur die Wenigsten waren ihm gewachsen. Und die wurden als Erste dahingerafft.

Die wahren, die folgenden Fragen werden noch schwerer mit Ja zu beantworten sein. Viele, die ein Ja über ihre Lippen bringen, werden heucheln, angeben, lügen, aus Angst und

Konformitätsdruck. Der Totale Krieg, den wir ja alle gewollt haben, ist Realität. Aber das, was danach kommt, wäre die Eigenliquidierung. Der wechselseitigen Zerstörung des Anderen würde sich die autistische Auslöschung des Selbst anschließen. Der Kampf gegen das eigene Fleisch, das eigene Blut, den eigenen Geist, die eigene Seele, die eigenen Muskeln, Sehnen, Knochen, Weichteile, Adern, Drüsen, Sekrete, o diese verfluchten Top-Sekrete, dieser verdammte Kadaver, dieses zum Krepieren geborene Miststück Ich!

Denn was bleibt übrig, wenn man alle Feinde vernichtet hat, als denjenigen ungeschehen zu machen, der das Wort »Feind« gedacht hat, sich selbst, höchstpersönlich, und sein lächerliches Aquarium, »Wirklichkeit« genannt. Goebbels zu Ende zu denken heißt zu lernen, nicht zu sein. Goebbels, welch ein Erlöser.

17. 9. 2015

Einfach mal auf den anderen Knopf drücken. Nicht immer nur auf den einen. Da sind schließlich zwei, ein schwarzer und ein roter. Ich habe immer auf den schwarzen Knopf gedrückt, so lange ich denken kann. Niemals auf den roten. So habe ich es gelernt. Niemals auf den roten Knopf drücken, hat man mir beigebracht. Immer auf den schwarzen. Man hat mir das auch begründet. Man hat mir erklärt: Wenn man auf den schwarzen Knopf drückt, dann bleibt alles, wie es ist – oder es ändert sich. Darauf kann man sich verlassen. Das ist eine Art von Gewißheit, wenn auch keine sehr genaue. Das haben die Menschen immer so gemacht, und es blieb, wie es war. Oder es kam anders. Und beides hat ihnen eingeleuchtet, und sie gaben sich damit zufrieden, mehr oder weniger. Niemand, wirklich niemand hat je auf den roten Knopf gedrückt. Niemand weiß, was passiert, wenn man auf den roten Knopf drückt. Es gibt keine Überlieferungen, und niemand hat es erlebt. Die Folgen eines Drückens auf den roten Knopf sind so unbekannt wie das, was nach dem Tod geschieht. Oder nicht geschieht.

Man stelle sich nur einmal vor, man drückt auf den roten Knopf und löst damit eine dritte Möglichkeit aus, eine, die unsere Sprache gar nicht beschreiben kann, eine, die unseren Verstand sprengt. Weder bleibt alles, wie es ist, noch ändert sich etwas. Das ist unvorstellbar. Okay, vielleicht nur für uns Schwarzknopfdrücker. Aber so sind wir nun mal. Ich wäre ja zu gerne der Erste, der auf den roten Knopf drückt. Aber die gesamte Weltgeschichte auf meinen Schultern sagt mir: Laß es. Das Risiko ist einfach zu groß.

Oder wie Franz Beckenbauer es formulieren würde: Die Schweden sind eben nicht die Holländer.

18. 9. 2015

Ich höre gerne Musik, bei der ich die Vorstellung habe, ich stünde unter einem scharfen Duschstrahl aus Reißzwecken und Rasierklingen, die angenehm prickeln auf meiner gestählten Heldenhaut. Als akustische Abhärtung gegen den populären allgegenwärtigen Klangschleim, diesen Ausfluß, der aus allen Kaufhäusern trieft, allen Hotelfahrstühlen, allen Taxiradios, allen Volksempfängern. Ja, ich höre gern Musik, die die meisten Leute als häßlich bezeichnen würden, wenn sie sie überhaupt je gehört hätten. Musik, die praktisch nie in den Medien vorkommt. Wilde Musik, schrille, atonale, schräge Musik. Musik, die alle sogenannten schönen Klänge bewußt vermeidet, weil sie die schönen Klänge heutzutage eklig findet, heruntergekommen wie alte zerlumpte Prostituierte, zuschanden gebumst von Bumsmusikproduzenten, Klangschleimscheißern, Ohrenkrebszüchtern.

Das Wort Pop, ich erwähnte es bereits an anderer Stelle, leitet sich ab von den Worten Popel und Pöbel. Mehr ist dazu eigentlich nicht zu sagen. Die Klänge, die früher einmal in aller Unschuld schön waren, sind mißbraucht worden, vergewaltigt, totgeritten. Sie machen ihre Terzen breit in Werbung, in Computerspielen, in Filmen, Fernsehen, Schlager und dieser Mumie namens Mainstream Rock. Die häßlichen Klänge, zu denen sich weder Sportwagen noch Slip-Einlagen verkaufen lassen, sind das letzte kleine gallische Dorf, in dem ein aufgeklärter rebellischer Troubadix die Kettensäge spielt. Denn Häßlich ist das neue Schön.

Oder wie man neudeutsch sagt: So geht Schön heute. Bach, Mozart, Beethoven und Co, wenn sie heute leben würden, wären aus lauter Abscheu und Entsetzen über die musikalische Gegenwart Lärmterroristen, Geräuschattentäter, gezielte Amokläufer mit Sprengstoffgürteln, auf der Suche nach jedem sogenannten Superstar.

Oder sie wären still für immer.

21. 9. 2015

Der deutsche Umgang mit Problemen:
Erst wird es ignoriert.
Dann, wenn es nicht mehr anders geht,
entrüstet dementiert.
Und wenn's schon auf der Schwelle steht,
knirschend akzeptiert.
Dann schalten sich die Medien ein:
Es wird diskutiert.
An den jungdeutschen Prolls geht das natürlich vorbei,
die sind ja sogar auf dem Hirn tätowiert.
Wer nicht dafür ist, ist ein Schwein
und wird diffamiert.
Wir Deutschen wollen edel sein,
vergangenheitstraumatisiert und wutimmunisiert,
politkorrekt drapiert,
vom Ausland mit gehob'nem Daumen wohlwollend kommentiert.
Jetzt wird das Problem willkommen geheißen,
ihm wird applaudiert.
Dadurch wird es banalisiert,
aber nicht analysiert.
Bei dem Problem auf Granit zu beißen,
wird wegphilosophiert.
Wer sagt, man müsse Grenzen setzen,
die Wirklichkeit im Blick behalten,
wird angeschwärzt, uns zu verhetzen,
der produziert Empörungsfalten,
wird exkommuniziert.

Der Deutsche regt sich gerne auf.
Er schäumt gern gut. Da steht er drauf.
Und steckst du mit den Tatsachen
unter einer Decke,
dann willst du doch nur miesmachen
aus deiner braunen Ecke.
Denn so geht Deutsch heute:
Global utopisch philanthropisch,
fast schon mystisch optimistisch,
exorzistisch pazifistisch,
exemplarisch solidarisch –
zuerst wird das Problem stumpf wegradiert,
dann unsere Haltung dumpf glorifiziert,
und wenn der große Katzenjammer kommt:
Zurück auf Null. Zum Anfang. Und zwar prompt.
Im Moment heißt das:
Deutschland sucht den Superflüchtling.
Wehe dem, der gewinnt!
Dem fällt die unangenehme Aufgabe zu,
in seiner Dankesrede vor dem Brandenburger Tor
dem deutschen Volk zu sagen,
daß es mal wieder
spinnt.

29. 9. 2015

Ich lecke an meinem rechten Mittelfinger, meine Zunge fährt ihn auf und ab, ich schnuppere daran, das ist mein Geruch. Ich reibe meine großen Zehen an meinen zweiten Zehen, die eigentlich noch größer sind als meine großen ersten.

Ein Kondensstreifen zieht einen Schlußstrich unter den blauen Himmel, dann treibt er nach rechts oben ab aus dem Fensterbild. Meine Zeigefinger kreisen langsam auf meinen Brustwarzen, sie werden hart und senden Vibrationen aus. Auch die Russen erwägen jetzt Bombardierungen der Islamisten. Mein Handy empfängt eine SMS. Ich lese sie nicht.

Ich lese sie doch und ärgere mich. Jemand will was von mir. Ich will nichts von irgendjemand. Außer von dir. Aber du bist nicht da. Ich beobachte milde mit Hilfe von Spiegeln meinen Haarausfall und fühle mich wie Hercule Poirot. Wozu das alles? Es ist doch ganz egal, was man tut. Die Dinge ändern sich ununterbrochen. Ich kann es nicht beeinflussen. Irgendwelche Leute können es, ich weiß nicht, wer sie sind, ich weiß nicht, wie sie es machen, sie müssen wahnsinnig sein. Ich kitzele meine linke Fußsohle, sie ist unempfindlich. Ich halte mir die Nasenlöcher zu, bis der Mund aufgeht. Der Wille zum Leben ist unverwüstlich. Bis zu dem Moment, wo nur noch die Wüste lebt.

7. 10. 2015

Ich habe nun mal hier und da Einwände. Viele Leute mögen das nicht. Sie hören ungern Sätze, die mit »Ja, aber« beginnen. Sie lieben nur Sätze ohne Wenn und Aber. Bedingungslose Sätze. Zweifelsfreie. Sätze, die alles wissen. Die ausschließen, daß es etwas geben könnte, was ungewiß ist, unklar, weiterer Klärung bedarf. Und wenn ich dann einen Einwand erhebe, höre ich merkwürdig oft Ausflüchte. Der Einwand verunsichert diese Leute zutiefst. Sie wischen ihn unwirsch vom Tisch. Sie machen ihn lächerlich. Sie erklären ihn für schwachsinnig. Sie schlagen mit der Faust – wenn man Glück hat, nur auf den frei gewischten Tisch, den sie dann einen reinen Tisch nennen, den sie gemacht haben. Dabei haben sie nichts als Ausflüchte gemacht. Von wahren Wahrheiten geredet wie von weißen Schimmeln. Ausflüchte sind das Gegenteil von Einwänden. Der Einwand will eine Wahrheit von innen betrachten und ihren unwahren Rest, der oft mit dem wirklichen Leben identisch ist, nach außen wenden, ans Tageslicht bringen. Die Ausflucht will vor dem unwahren Rest davonlaufen, ihn zuschütten mit voreiligen ungeprüften Gewißheiten. Die Ausflucht will ihre Ruhe haben, die Friedhofsruhe der Unwahrheit. Will verdunkeln. Der Einwand will der ganzen Wahrheit ans Licht verhelfen, will lebendige Unruhe stiften, will erhellen. Die Ausflucht ist eine Schlafmütze. Der Einwand ist eine Kerze.

Es kann durchaus sein, daß ein Einwand sich als nicht berechtigt herausstellt. Aber daß sich eine Ausflucht als berechtigt herausstellt, scheint mir ausgeschlossen. So sehe ich das. Und wer dagegen Einwände hat, soll sich melden. Oder für immer schweigen.

10. 10. 2015

Dieser Text wird von sich reden machen
das ist eine Wunschvorstellung

Hiermit
stelle ich diesen Wunsch vor

Also das ist er
der Wunsch

Er macht nicht viel her
rein äußerlich betrachtet

Aber er
hat es in sich

So klein wie er ist
so oho ist er aber auch

Wo ein Wunsch ist da ist auch ein Wille
Wunsch und Wille sind untrennbar

»Wunsch« ist die höfliche Bezeichnung
»Wille« die ehrliche

Ich will daß dieser Text
von sich reden macht

Aber ich möchte nicht unhöflich sein
also wünsche ich es mir

So zwinge ich den im Wunsch verborgenen Willen
der Außenwelt artig die Hand zu geben

Guten Tag zu sagen und so zu tun
als ließe er mit sich reden

Der Wille soll die Zähne zusammenbeißen und den Anschein erwecken
als sei er nur ein handzahmer Wunsch

Von wegen!
Dieser Text soll von sich reden machen

Verflucht noch mal!

(Pssssst!)

11. 10. 2015

Ein Gespenst geht um in Europa
das Gespenst mit Namen WIE
das Gespenst wird immer größer
bald ist es so groß wie noch nie

So mancher macht es sich einfach
und wenn das Gespenst ihn fragt
dann antwortet er: ÜBERHAUPT NICHT
und glaubt es sei alles gesagt

Dann schließt er verbiestert die Augen
damit das Gespenst ihn nicht sieht
das Gespenst rückt auch ihm auf die Pelle
womit ihm ganz recht geschieht

Das Gespenst namens WIE macht Probleme
und die Antwort darauf ist nicht leicht
auch ich weiß sie nicht aber klar ist ja wohl
daß das Augenschließen nicht reicht

Wie kommen wir damit zurande
wie kriegen wir das in den Griff
wir sind in der Pflicht und ganz sicherlich nicht
durch Schüsse auf irgendein Schiff

Durch Errichten von riesigen Mauern
und sind sie auch bestens bewacht
das Gespenst hat Millionen von Füßen
bei Tag und auch bei Nacht

»Sie werden kommen und schweigen und töten«
schrieb Erich Kästner vor langer Zeit schon
Politik hat für Dichter nichts übrig
nur Ignoranz und Hohn

Ich sage ja nicht es ist einfach
bin nicht als Messias begabt
ich sage nur eins: Das Problem ist auch meins
das Gespenst es kratzt und schabt

Wenn Europa nicht endlich mal aufwacht
und handelnd zusammensteht
dann stehen ihm grausige Zeiten bevor
kann sein daß es untergeht

Ein Gespenst geht um in Europa
das Gespenst mit Namen WIE
ohne Antwort ist Schluß hier mit Freiheit
und Frieden und Demokratie

14. 10. 2015

Was tut mein Land für mich
was tu ich für mein Land
und stehen wir nicht beide
mit dem Rücken an der Wand
und zeigt die Wand nicht Risse
und stürzt in Kürze ein
sind solche Art von Fragen
nicht längst schon viel zu klein
und gehen an der Sache
sehr gut gemeint vorbei
und war zuerst das Huhn da
oder doch das Ei

Ich möchte gerne helfen
ich möchte gern was tun
ich frag mich wie so viele:
Was machen wir denn nun
wie kriegt man das gebacken
wie kriegt man das geschafft
und reicht der gute Wille
und haben wir die Kraft
wie halten wir den Wahnsinn auf

die neue Barbarei
und welche kluge Henne
legt das Kolumbus-Ei

Die halbe Welt in Trümmern
im Elend und vermint
Millionen Menschen schutzlos
sie haben Schutz verdient
man hat es kommen sehen
sobald man ehrlich war
doch jetzt erst sehen wir schockiert
die Größe der Gefahr
wir grübeln und wir kreisen
rund um den heißen Brei
und wenn der anbrennt wird er braun
und schmeckt nach Kuckucksei
Das Land wird sich verändern
das kann von Nutzen sein
doch Regeln müssen gelten
und sieht das wer nicht ein
hat er hier nichts zu suchen
ist hier für ihn kein Platz
dann spielt er mit dem Feuer
und schürt die Fremdenhatz
die Freiheit ist empfindlich
so wie ein rohes Ei
wenn man sie in die Pfanne haut
dann geht das Ei entzwei

3. 11. 2015

Wer bist du. Was bist du. Was denkst du, was fühlst du. Ich will es wissen. Zumindest ahnen. Ich will näher heran, so nahe wie möglich, so nahe wie unmöglich. Bis unter die Haut. Bis hinein in die Knochen und tiefer. Ich beobachte dich. Belausche, bewache, bespitzele dich. Ich bin ein Observatorium. Ich achte auf deine Geräusche im Schlaf, durchstöbere jedes Buch, das du liest. Was hast du angestrichen, was sagt mir das, über dich. Ich will die Fremdheit überwinden, den Riß schließen, dieses letzte bißchen Fremdheit, diesen allerfeinsten Riß zwischen uns. Wir beide sollen gemeinsam die Lichtgeschwindigkeit sein, das Absolute, das Unteilbare. Ich lege Musik auf. Bei welcher verschließt sich dein Gesicht, bei welcher öffnet es sich. Das ist wichtig. Das sagt alles, in gewisser Weise. Ich will, daß wir den zweiten Satz der Thermodynamik widerlegen, daß wir der Zustand ewiger Ordnung sind, der nicht wie alle sonstigen Zustände immer wieder dem Zustand heilloser Unordnung zustrebt. Wir beide sollen sein wie in Stein gemeißelt, aber wie ein Stein, der denken und fühlen kann, der ein Bewußtsein von sich selbst hat. Du wirst sagen, daß das unmöglich ist. Im schlimmsten Fall wirst du mich auslachen, im besten bedauern. Aber das stört mich nicht. Das Mögliche wollen kann jeder, das ist banal. Die wahre Größe des Menschen besteht darin, das Unmögliche zu wollen. Nur so kann er erfahren, wie groß er wirklich ist. Ist er wirklich nur ein winziges Sandkorn im Universum, ein lächerliches, zufälliges Partikel? Oder ist er nicht eigentlich genauso groß wie das All? Denn auch das All will etwas Unmögliches: die Dauer. Das Universum und das Ich als die zwei Seiten eines Spiegels, von der wir nur die Vorderseite sehen können. »Die Rückseite des Spiegels« ist vielleicht der richtige Ausdruck für die Wahrheit schlechthin. Deswegen halte ich dir, wenn du schläfst, immer wieder einen kleinen Spiegel vor die Nase und stelle mir vor, wie dein ruhiger Atem durch den Spiegel hindurchgeht und auf seiner Rückseite zu einer Schrift wird, die ich leider nicht lesen kann. Aber ich werde immer versuchen, sie zu entziffern, ich werde niemals aufgeben, denn sobald mir ein Licht aufgeht, wird es das Licht unserer gemeinsamen absoluten Geschwindigkeit sein, dann sind wir synchron, genauer als alle Atomuhren, genauer als alles Meßbare, dann sind wir eins, unschlagbar, unteilbar, dann wird sich der Neid der Götter an uns die Zähne ausbeißen.

Ich studiere die Form deiner Zehennägel. Ich fahre mit den Fingerspitzen über die Ränder des Abdrucks, den dein Kopf auf dem Kissen hinterläßt. Ich ahme den Klang deines Lachens nach, wenn ich allein bin und keiner mich hört. Ich übe dich ein. Ich spiele dich nach. Ich anverwandle mich dir. Denn du bist der Schlüssel zu mir und zu allem. Würde ich dich ganz begreifen, hätte ich alles begriffen, sogar mich. Worte sind dabei eine Gehhilfe, aber Töne sind Flügel. Mancher Ton, den ich höre, erzählt mir alles über dich. Das Problem ist nur, daß er sich nicht in Worte übersetzen läßt, genau wie dein Atemhauch auf der Rückseite des Spiegels. Es ist ein Rätsel. Das Rätsel der Liebe. Genau wie das Rätsel der Zeit: Ich weiß, was die Zeit ist, wenn mich keiner danach fragt. Aber wenn mich einer fragt, weiß ich es nicht.

Frag mich.

Bitte, frag mich.

6. 11. 2015

Mein schönster Traum, mein schlimmster Traum, auf jeden Fall mein häufigster: Ich fliege in der Zeitmaschine. Und lande im August 1942 in der Wolfsschanze, mitten in Hitlers Arbeitszimmer, an all seinen Wachen vorbei, während er gerade einen in Ungnade gefallenen Leibstandartisten an seine Blondie verfüttert.

Hitler ist verblüfft über mein urplötzliches Erscheinen, sagt aber ganz artig Heil und Hallo, weil er denkt, wenn ich schon mal da bin, muß das wohl seine Richtigkeit haben und er hat nur diesen Termin mit mir vergessen. Und die merkwürdige Kiste, der ich da entsteige, wird bestimmt die versprochene Wunderwaffe aus Peenemünde sein.

Auf seinem Schreibtisch sehe ich eine Karte des Südabschnitts der Ostfront liegen. Und bei Stalingrad hat Hitler ein Ausrufezeichen gemalt. Ich fasse mir ein Herz und sage: Mit Verlaub, Herr Führer, lassen Sie das. Das geht schief. Diese Stadt wird Ihr Waterloo, und danach verlieren Sie den Krieg. Ich weiß das, ich komme aus der Zukunft.

Hitler hört mir aufmerksam zu und nickt hin und wieder bedächtig.

Der Traum endet jedesmal in zwei identischen Varianten. Entweder läßt Hitler mich erschießen, weil er mir glaubt, und zwar mehr als all seinen Generälen, das aber nicht zugeben will (dann wäre ich womöglich schuld daran gewesen, daß Deutschland den Krieg gewonnen hätte). Oder er läßt mich erschießen, weil er mir nicht glaubt, daß ich seinen und Deutschlands Untergang, in den er sich schon längst verliebt hat, verhindern kann – oder überhaupt soll. Tot wäre ich so oder so.

Von so was träume ich. Regelmäßig.
Und ich nehme nicht mal Drogen.

10. 11. 2015

Wir wissen es, aber wir glauben es nicht. Wir sehen es, aber wir betrachten es nicht. Wir begreifen es, aber wir verstehen es nicht einmal ansatzweise. Der Tod des Kommunismus war der Tod der Hoffnung. Und selbst diese Hoffnung war so klein, so klein. Wie der Korken in der Flasche. Jetzt ist sie entkorkt, und die Ungeister des finstersten Mittelalters sind entwichen.

Wir fühlen es, aber wir formulieren es nicht. Wir reden darüber, aber wir bringen es nicht zur Sprache. Wir hoffen nicht mehr. Wir hoffen nichts mehr. Außer daß wir mit zwei blauen Augen davonkommen. Die Zukunft ist zu einer Angelegenheit von Laboren und Datenbanken geworden. Sie ist nicht mehr unsere Sache. Sie gehört hoffnungslosen Experten, die die Träume zu Tode geröntgt und das Gewissen wider besseres Wissen als altmodischen Irrtum hinter sich gelassen haben, in gewisser Weise so bestialisch modern wie Hitler.

Wir können keine Gedichte mehr auswendig, weil wir Angst davor haben, sie könnten uns inwendig derart zum Klingen bringen, daß unser Hohlraum platzt. Wir lesen unseren Kindern nichts mehr vor, erstens weil wir fürchten, sie könnten dabei etwas über uns erfahren, und zweitens, weil wir keine Kinder mehr haben. Die paar Nachkommen, die es noch gibt, sind lebenslänglich Pubertierende.

Wir ahnen es, aber wir geben es nicht zu. Wir sind eine Endgesellschaft. Eine Ungesellschaft von bindungsunfähigen Atomen. Jedes für sich so leer wie eine Kirche, die voll heimlicher Sehnsucht auf die nächste Moschee starrt.

11. 11. 2015

Man findet ja heute kein Ende mehr. Unsere Gegenwart ist ein ewiger Wimpernschlag. Insofern sieht man auch nichts, weder die unseren Bedürfnissen entsprechend zurechtgelogene Vergangenheit noch die zwei, drei Bonus-Tracks Zukunft, diesen Kaufanreiz für das unendliche Jetzt.

Es leben munter weiter gerade jene Toten, die wir am wenigsten gebrauchen können. Sie sitzen frech am Kopfende des Dauerfrühlingsmittagstisches und schneiden sich alle Spargelspitzen ab. Wir begnügen uns höflich eingeschüchtert mit dem holzigen Rest.

Was wird eigentlich gefeiert? Ach ja, der Sieg über Karl Marx. Von dem jetzt Mohammed den Bart übernimmt. Es lebe der Fortschritt! Dicke, schwere Schals sind wieder groß in Mode, jeder trägt einen, weil es eiskalt durch alle Ritzen zieht. Und damit ihm keiner oder wenigstens nicht so leicht die Kehle durchbeißen kann, wenn seine Amazon-Bestellungen der CIA verraten, welche Jazzplatten er kauft … avantgardistische rotgardistische Whistleblower wie Ornette Coleman …

Die 68er sind heute älter als 68. Ob die 78er älter als 78 werden, ist so fraglich wie alle einstweiligen Gewißheiten. Aber in Zeiten, wo der Kader des FC Bayern München hauptsächlich aus wohlgelittenen Negern besteht, ist sicher alles möglich. Das ist ja das Grauenerregende, daß alles möglich ist, alles wahrscheinlich, alles so gewiß wie das Amen in der Kirche lange schon nicht mehr.

So gewiß wie die Wachstumsstörung des Rettenden angesichts der wuchernden Gefahr. Nein und Amen.

16. 11. 2015

Vor einem Jahr gab meine Leselampe ihren Geist auf. Ich schaltete sie an, und sie leuchtete nicht mehr.

Nun hätte ich die Glühbirne wechseln können. Das hätte sogar ich mit meinen zwei linken Händen geschafft. Ich tat es aber nicht. Ich las ohne Lampenlicht, bis die Dämmerung es mir unmöglich machte. Ich weiß nicht genau, was mich daran hinderte, diesen kleinen einfachen Handgriff vorzunehmen. Ich haderte mit meiner Leselampe. Irgendwie sah ich ein Zeichen darin, daß sie nicht mehr funktionierte. Ein Jahr lang habe ich sie immer wieder vergeblich angeknipst. Das verfestigte sich zu einem mir langsam lieb werdenden Ritual. Ich ärgerte mich über sie, ich diskutierte innerlich mit ihr. Und begann mich allen Ernstes zu fragen, was sie mir damit sagen wollte. Wollte sie mir mein allzu schnelles Lesen erschweren? Wollte sie mich gar an der Textaufnahme hindern? Wofür wollte sie mich bestrafen?

Es blieb nicht aus, daß das irgendwann andere Leute mitkriegten und sich wunderten. Und sich erboten, mir das Glühbirnenauswechseln abzunehmen. Ich lehnte ab. Sie schüttelten leicht besorgt die Köpfe. Einige zeigten mir sogar einen Vogel. Aha, dachte ich. So hilft mir eine defekte Leselampe, zwischen wahren und falschen Freunden zu unterscheiden. Jawohl, ich war im Begriff, ein wenig seltsam zu werden.

Gestern knipste ich sie wieder an, zum Ich-weiß-nicht-wievielten-Mal. Und sie geht wieder, als wäre nichts gewesen. Ich mußte lachen und genehmigte mir einen doppelstöckigen Whisky mit Eis. Prost Leselampe, du alte Schlampe. Jetzt halten wir beide durch. Bis zum letzten Buch der Welt.

17. 11. 2015

Sagt der reiche Scheich zu dem fünfzehnjährigen Jungen mit dem Sprengstoffgürtel, der unbedingt in den Himmel will, noch ehe er die Erde kennengelernt hat: Also, Kleiner. Auch wenn es dich auseinanderreißt – reiß dich zusammen. Tu es für mich. Ich bleib noch ne Weile hier unten und halte die Stellung. Und reite die Jungfrauen zu. Was willst du da oben schon mit Jungfrauen. Ich bumse, und du läßt es krachen, alles klar, Partner? Das Abendland glaubt, es hätte die Zukunft gepachtet. Sie schauen immer nur nach vorn. Aber ihre Zukunft ist vorbei, da kommt nichts mehr. Los, Junge, zeig's ihnen, sag dem Abendland Gute Nacht und Tschüß! Wir sind das Morgenland, uns gehört die Zukunft. Denn wir haben begriffen: Die Zukunft sieht man nur, wenn man sich umdreht. Die wahre Zukunft ist die Rache der Vergangenheit! Die Christen bedauern jeden, der getötet wird. Und zwingen sich, jedem der tötet zu vergeben. Weil sie nämlich nicht mehr wirklich an ihren Himmel glauben. Ungläubige halt. Wir sind da anders. Wir haben noch einen kernigen, knackigen Himmel, wo Männer noch Männer sind. So mancher Ungläubige träumt heimlich davon, wenn er an seine emanzipierte Alte zuhause denkt, glaube ich. Tja. Augen auf bei der Konfessionswahl! Früher haben sie immerhin noch Hexen verbrannt. Da waren sie auf einem guten Weg. Aber dann wurde ihnen die Sache zu heiß. Wer früher Großinquisitor war, ist heute Gleichstellungsbeauftragter. Was für Memmen!

Aber nicht mit uns, mein Sohn. Also, Kleiner, mach's gut, ich wünsch dir intakte Zünder. Hier unten ist es nur erträglich, wenn man viel, viel Geld hat. Aber das hast du ja leider nicht, und wirst du auch nie haben. Geh mutig voran, ich komm dann nach. Irgendwann. Wir sehen uns.

18. 11. 2015

Eines Tages werde ich vielleicht feststellen, oder es wird sich, falls ich schon gestorben bin, herausstellen, daß einige Dinge, die ich in meinen privaten Aufzeichnungen als äußerst selten vorkommend beschrieb, sich bei mir immer noch viel häufiger ereigneten als bei anderen Leuten. Das würde mich sehr freuen. Das würde ich gern noch miterleben. Aber wenn nicht, auch gut. Hauptsache, es käme ans Licht.

Meine Scham darüber, daß ich diese Dinge als äußerst selten, viel zu selten vorkommend empfand, wäre damit ausgelöscht, und das wäre mir wichtig. War es doch kein Geringerer als Kafka, der geschrieben hat: Es war ihm, als sollte die Scham ihn überleben. Ich werde nicht sagen, um welche Dinge es sich handelt. Das auszusprechen verbietet mir, so lange ich lebe, mein Schamgefühl.

26. 11. 2016

Also ein Mann ist ein Mann. Und ein Wort ist ein Wort. Und wenn gilt: Ein Mann, ein Wort, dann gilt auch: Ein Wort, ein Mann. Und dieses Wort ist Franz, und dieser Mann ist Franz. Am Anfang war das Wort. Und das Wort ist Fleisch geworden in Gestalt des Mannes Franz. Und deshalb gilt: Der Franz ist der Franz. Er ist ein Mann und ein Wort und ein Franz. Mehr braucht er nicht zu sein für seine Lichtgestalter, für seine Schein-Werfer, seine Geldscheinvernebler, seine journalistischen Kirschwasserträger und platinblonden Reinewaschefrauen. Das Franz-Sein an sich heiligt alle Zwecke, mit allen Mitteln. Geldmitteln. Aber das macht nichts, seine speichellechzende Gefolgschaft will es ja so. Denn der Franz ist halt der Franz. Ein besonderer Franz. Eben nicht jeder Hans und … Kunz. Der Franz kann alles, was er können kann. Also darf der Franz auch alles, was er dürfen muß. Recht ist, was dem Volke nützt, hat Roland Freisler mal gesagt. Roland Freisler war nicht etwa mal DFB-Präsident, sondern Präsident von Hitlers Volksgerichtshof, aber solch ein Satz hätte ihn auch für höhere Aufgaben qualifiziert, also den DFB zum Beispiel. Und der Franz sagt: Dem Volk ist alles recht, was mir nützt. Weil ich eben der Franz bin und dem Volk gefalle. Niemand ist kriminell, so lange er dem Volk gefällt. Nicht mal Hitler war es, zumindest bis zum Winter 1941, also der Franz schon gar nicht. Denn der Franz ist ein Mann. Und der Franz ist ein Wort. Und der Franz als der Franz, der er ist, ist alles andere als ein Mann des Wortes. Bestimmt weiß er nicht einmal, wie man ein Wort wie »Bestechung« schreibt oder »Steuerhinterziehung« oder »Eigentor«. Gell, Franz?

26. 11. 2015 (2)

Meine Frau hat erfahren, daß sie ein Kind bekommt.

Von wem?

Von ihrem Arzt.

Nicht von dir?

Nein. Wieso?

Weil du ihr Mann bist.

Ja, schon. Aber nicht ihr Arzt.

In welchem Verhältnis steht deine Frau zu ihrem Arzt?

In einem sehr guten.

Vielleicht in einem … zu guten?

Worauf willst du hinaus?

Nun ja … bist du ihr Mann oder nicht?

Ja klar. Was willst du damit sagen?

Bist du sicher, daß du der einzige Mann in ihrem Leben bist?

Na, da wären noch ihr Vater, ihre drei Brüder …

Und daß du alles über deine Frau erfährst?

Alles.

Auch das von ihrem Arzt?

Auch das. Er ist nämlich auch mein Arzt. Und wir sind befreundet, wir drei.

O weh. Jetzt wird es kompliziert.

Warum?

Weil auch ich ein Kind bekomme.

Von wem?

Von dir.

Wie hast du es erfahren?

Von eurem Arzt. Er ist auch meiner.

Dem hau ich eins in die Fresse.

Weswegen?

Erst gestern hat er mir geschworen, er liebt nur mich.

Das tut mir leid für dich.

Mir für dich auch. Und für meine Frau.

Was machen wir jetzt?

Ist doch klar: Patientenstreik.

Genau. Vertrauensarztwechsel wegen Vertrauensbruch.

Und wie nennen wir die beiden Kinder?

Nach ihm: Thorsten.

Auch wenn es Mädchen werden?

Gerade dann.

4. 12. 2015

Ich freue mich, von dir zu hören, und zwar Stille. Die Stille, die du mir sendest, ist eine ganz besondere, von anderen deutlich zu unterscheidende. Sie ist nicht etwa leer, sondern voller Möglichkeiten, die mir die Freiheit lassen, sie nicht zu ergreifen, zu verfolgen, in Taten umzusetzen, lauter Päckchen, die ich nicht auspacke, sondern nur aus der Ferne betrachte. Deine Stille läßt mir die Möglichkeit, nicht zu handeln, nicht zu reagieren. Ich deute das als eine Geste großen Respekts, großer Zuneigung. Deine Stille macht mir das Geschenk, ganz für mich und bei mir bleiben zu können, das ist kostbar, das ist selten. So kann man wieder in aller Ruhe zu den Kräften kommen, die man braucht, um sich auf andere einzulassen, wenn der richtige Zeitpunkt gekommen ist. Ich vergleiche deine Stille mit Sphärenmusik. Man lauscht ihr ohne den Zwang, ihre Klänge irgendwelchen Instrumenten zuordnen zu müssen, man lauscht ihr so, wie man sich das Lachen von Tiefseefischen vorstellt, die sich amüsieren über den ungeheuren Druck, den sie aushalten – ohne sich selbst in einem hoffnungslos schiefen Bild mit diesen Tieren zu identifizieren.

Deine Stille fühlt sich an wie das absichtslose Gefallen, das man an dem gelungenen Liebesleben eines anderen hat, ohne Neid. Und ja, deine Stille ist ein mächtiger Sprengstoff, der Zangengriff der Zwecke, der Würgegriff der Wünsche, alles explodiert wie Konfetti, man muß vorsichtig umgehen mit deiner Stille, wohldosiert, denn sie birgt Suchtgefahr. Wenn man ihr allzu sehr nachgibt, könnte man in ihr verlorengehen. Man muß schon wissen, wieviel Stille man vertragen kann, ohne sein eigener Schatten zu werden. Es ist mehr, als man denkt, aber es gibt Grenzen. Also, laß bitte weiter von dir hören.

Und irgendwann auch wieder Dinge, auf die man antwortet.

11. 12. 2015

Alle englischen Männer sind schwul, weil die englischen Frauen so häßlich sind.

Knoblauch ißt man nicht, Knoblauch essen nur die Juden.

Solche Sätze hörte ich als Kind. Schüttelfrostsätze. Fleischerhakensätze, Sätze wie ein Strick ums Genick.

Neununddreißig sind wir losmarschiert, wir wollten halt unser Land vergrößern.

Und die Neger lernen es nie, die liegen nur faul in der Sonne.

Solche Sätze hörte ich als Kind. Und immer wieder bis zum Erbrechen den Satz:

Über so was sprechen wir hier nicht.

(Anderswo übrigens auch nicht, dachte ich mir.)

Kinder, die was wollen, kriegen was auf die Bollen.

Ich weiß bis heute nicht, was Bollen sind. Und die Leute, die das wußten, sagten auch sehr gerne, wenn sie lustig waren:

Herr Doktor, mich juckt es zwischen den Zehen! Zwischen den beiden großen! Hahahahaha!

Und dann schlugen sie sich auf die Schenkel. Wenigstens schlugen sie nicht mich. Mein Opa Erich sagte zu meinem Vater:

Was willst du mit dem Jungen anfangen, Rudi? Der taugt nichts. Der hat keine Schwielen an den Händen.

Schüttelfrostsätze. Fleischerhakensätze.

Am Falschesten von allen aber ist der Satz:

Früher war alles besser.

11. 12. 2015 (2)

Lieben Sie Brahms?

Ich bin Rechtshänder.

Wie können Sie das wissen?

Weil ich unter anderem auch Tausendfüßler bin.

Das erklärt einiges.

Wenn nicht alles.

Nehmen Sie Drogen?

Ich gebe Auskunft.

Weil Geben seliger ist als Nehmen?

Nein.

Warum dann?

Ich weiß es nicht.

Was wären Sie am liebsten?

Der neunte Kegel.

Der immer stehenbleibt?

Der zumindest als Letzter getroffen wird.

Sie sind also eitel?

Das ist eine unzulässige Schlußfolgerung.

Sie machen es mir wirklich nicht einfach.

Dann binden Sie mich doch los.

Das darf ich nicht.

Das respektiere ich.

Danke.

Bitte.

Waren Sie schon mal auf dem Mond?

Selbstverständlich. Sie nicht?

Die Fragen stelle ich hier.

Macht Ihnen das Spaß?

Kommt ganz darauf an.

Worauf?

Ob Sie genügend Angst haben.

Ich habe keine.

Das merke ich.

Ich verspüre allenfalls Unlust.

Ich könnte physische Gewalt anwenden.

Dann tun Sie es doch.

Das würde Ihnen wohl so passen.

Es wäre zumindest eine Abwechslung.

Mögen Sie mich?

Nicht besonders.

Schade. Aber finden Sie mich schön?

In gewisser Weise schon.

Wo liegt das Problem?

Schönheit ist leer. Man kann sie nicht aussagen.

Wie meinen Sie das?

Über Schönheit kann man nur in Vergleichen sprechen.

Dann sagen Sie doch, ich sei so schön wie die Venus.

Okay. Aber wie schön ist dann die Venus?

Na, so schön wie ich halt.

Das ist doch nur tautologischer Quatsch.

Stimmt. Ich gebe mich geschlagen. Das Verhör ist beendet.

Ich liebe Sie.

Aber losbinden werde ich Sie nicht.

Großartig.

13. 12. 2015

Summm summ summ
dieses Land ist dumm
wenn man glaubt es kommt nicht schlimmer
wird es immer nur noch dümmer
summ summ summ
dieses Land ist dumm

Tröt tröt tröt
dieses Land ist blöd

kennt kein Gestern kennt kein Morgen
dafür werden wir schon sorgen
tröt tröt tröt
bis es nicht mehr geht

Töten wir den Geschichtsunterricht
schaffen wir ab
brauchen wir nicht
wehe es wird nachgedacht
dann verlieren wir die Macht

Wir schaffen das sagt die Kanzlerin
das gefährdet den Gewinn
wir schaffen das sagen die Konzerne
Erde Sonne Mond und Sterne
sollen doof sein wie die Kälber
klug und weise sind wir selber
das war immer so
ihr braucht kein Niveau

Schlaf schlaf schlaf
dieses Land ist brav
soll nichts lernen soll nichts wissen
wer was weiß fühlt sich beschissen
oder er kapiert
wer ihn am Halsband führt

Schlapp schlapp schlapp
dieses Land kackt ab
kann nicht lesen kann nicht schreiben

läßt sich leicht zur Schlachtbank treiben
Gott sei Dank
dieses Land ist krank

Piep piep piep
das Gehirn ein Sieb
der Verstand ein Wasserschaden
auch verschimmelt läuft der Laden
piep piep piep
haltet nie den Dieb
dann haben wir euch lieb

17. 12. 2015

Wir brauchen Zeit die wir nicht haben
und Konsequenz die wir nicht wollen
wir müßten viele Dinge ändern
die gar nicht so sind wie sie sollen

Wir hätten ziemlich viel zu lernen
was auch die Lehrer nicht recht wissen
wir stolpern weiter alte Wege
sind unsre Schuhe auch zerschlissen

Und während Bomben explodieren
hört man die große Bombe ticken
den Knall will keiner miterleben
zumindest nicht aus freien Stücken

Der Krieg kommt näher immer näher
im Grunde ist er angekommen
er zeigt uns keine klaren Fronten
die Hauptkampflinie ist verschwommen

Und während unheilbar Verrückte
auf Nebenkriegsschauplätzen schwafeln
marschieren finstere Barbaren
zerbrechen die Gesetzestafeln

Sie wollen jeden Wert zerstören
der uns von ihnen unterscheidet
tatsächlich haben sie schon vielen
den Wert der Menschlichkeit verleidet

Und mancher will noch diskutieren
und nicht in seinen Schädel kriegen
sie sind gekommen um zu töten
wir müssen kämpfen müssen siegen

Den Hunderttausenden die flüchten
mit nichts als ihrem nackten Leben
muß unbedingt geholfen werden
sonst können wir uns gleich ergeben

Sonst können wir kapitulieren
und unsre weiße Fahne hissen
und die Verbrecher triumphieren
schon bald wird uns kein Schwein vermissen

Wir brauchen Zeit die wir nicht haben
und Konsequenz die wir nicht wollen
wenn wir nicht schnell und mutig lernen
verschwinden wir im Donnergrollen

15. 1. 2016

Tischrede:
Die Welt ist aus den Angeln,
die Welt ist aus den Fugen.
Wir wurden so belogen,
daß sich die Balken bugen.
Wir wurden so betrogen,
daß nur noch Hühner lachen
und Hähne mit geschwoll'nem Kamm
sich schwarze Listen machen.
Wir schaffen das, wir schaffen das,
wir, das Gelobte Land –
das Ausland klatscht uns Beifall,
doch nur mit einer Hand.
Die andre senkt den Daumen,
uns gar nicht zugeneigt,
sofern sie nicht die Stirn antippt
und uns den Vogel zeigt.
Europa ist am Ende,
Finito, Exitus,
mit Griechenland fing es einst an
und jetzt dann auch der Schluß.
Die Sache ist gelaufen,

das spürt doch jedes Kind,
bis wir zu schlechter Letzt nur noch
Westküste Chinas sind.
Wenn Frau zur Polizei geht,
dann ist sie ein Rassist,
weil nicht sein kann, was nicht sein darf,
auch wenn's nun mal so ist.
Die Wahrheit unter'm Teppich
läßt bald den Teppich fliegen,
dann fliegen hier die Fetzen
und die Verkehrten siegen.
Es gibt tatsächlich viele,
die brauchen unsern Schutz,
die hauen ab vor Krieg und Tod
und hier nicht auf den Putz,
und es gibt schwarze Schafe,
wo gibt es solche nicht,
die müssen raus! Erklär mir einer,
was dagegen spricht.
Die Lage ist bedrohlich,
sie hat sich zugespitzt.
Erst wenn bei uns im Kanzleramt
Helene Fischer sitzt,
wird alles wieder besser,
das Mädchen ist famos –
jedoch vor Überforderung
schon völlig atemlos.
Frau Merkel stürzt kopfüber
in ihre eigne Raute,
sie hinterläßt ein schwarzes Loch

und Kandidatenflaute,
denn keiner will es machen
(und ehrlich: Keiner kann's),
entweder kommt die Sintflut,
wenn nicht, der blanke Hans.
Wissen Sie, warum Veganer kein Huhn essen?
Da ist Ei drin.
Wissen Sie, warum Kannibalen keine Veganer essen?
Weil sie Geschmack haben.

26. 1. 2016

Suppen lehne ich ab. Suppen widern mich an. Suppen machen mir Angst. Suppen geben mir das Gefühl, den Boden unter den Füßen zu verlieren. Also wenn ich mit nackten Füßen in Suppe stehen würde, könnte ich den Boden nicht sehen, außer bei den wenigen KLAREN BRÜHEN (eigentlich ein Widerspruch in sich), den grauenhaften Ausnahmen, die die schreckliche Regel bestätigen. Ganz zu schweigen davon, daß Suppen heiß, kalt oder lau sind, und alle drei Zustände sind mir unangenehm.

Das Schlimmste aber an Suppen ist: Sie sind feucht. Geradezu naß. Scheußlich. Ist Ihnen schon mal aufgefallen, daß Suppen eine frappierende Ähnlichkeit mit menschlichen Ausscheidungen haben, bräunlich, gelblich, grünlich? Und selbst in KLAREN SUPPEN schwimmt meistens etwas, »Einlage« genannt, Fußgeruch kommt auf, das mich an Bröckelhusten erinnert. Nein, Suppen sind meine Sache nicht. Je flüssiger, desto ekelhafter. Zumal ich von Suppen niemals richtig satt werde. Sie sind so abstoßend flüssig, daß ich nie den Eindruck bekomme, etwas zu essen. Da könnte ich ja auch gleich was trinken. Ich habe versucht, sie mir mit Brotkrümeln gewissermaßen gangbarer zu machen, kleine schwimmende Teig-Inseln, auf die ich sozusagen treten könnte, wenn ich mit nackten Füßen in der Suppe stände. Aber es hilft nichts, es löst das Problem nicht, es bringt mir Suppen nicht näher. Je breiiger, je konsistenter Suppen sind, desto geringer ist mein Abscheu. Am liebsten wären mir Suppen, die man mit Messer und Gabel essen kann, also feste Nahrung. Aber dann sind es ja auch keine Suppen mehr. Dann ist alles in Ordnung.

Eine Erbsensuppe, die von so fester Beschaffenheit wäre, daß man daraus eine Skulptur kneten könnte, darüber ließe sich reden. Aber die fiele natürlich bei jeder Koch-Show durch, ist klar, ich bin halt ein geschmackloser Prolet, ein Barbar, und ich stehe dazu.

Der suppeverweigernde Suppenkasper war das erste Rebellenidol meiner Kindheit. NEIN MEINE SUPPE ESS ICH NICHT, was für ein lodernder Kampfruf. So begegne ich allem, was mir nicht paßt. Alles, was mir nicht paßt, ist für mich Luft. Beziehungsweise Suppe. Manchmal empfinde ich die ganze Welt als eine einzige Terrine.

Igittigitt.

7. 3. 2016

Allmählich haben auch die Berge nur noch Krisengipfel. Eine Sondersendung jagt die andere, ARD spezial, ZDF spezial, sendet eigentlich irgendjemand noch NORMAL? Die Reporter an den Harnröhrenbrennpunkten haben Sprechblasenschwäche, sie wissen nicht weiter, aber dafür wissen sie auch nicht näher. Bescheid. Sie finden es immer noch besser, sich vor verschlossenen Türen die Beine in den Bauch zu stehen, als offene Türen einzurennen, nur um festzustellen, daß dahinter keiner mehr ist, der noch feilscht und posiert und palavert, denn die Europäische Lösung ist ja längst gefunden. Sie lautet: Europa löst sich auf! Alle stecken, jeder für sich, die Köpfe in den Wüstensand, dann werden sich die Flüchtlinge schon in heiße Luft auflösen, kein Europa, kein Problem. Königin Marie Antoinette sagte einmal: Wenn die Armen kein Brot haben, sollen sie doch Kuchen essen. So einfach kann das sein. Die Armen haben darüber sehr herzlich gelacht und sie dann einfach einen Kopf kürzer gemacht, so einfach war das. Eine saubere Lösung eines überschaubaren Problems. Aber so einfach wird es nie wieder. Denn damals gab es noch keine Sondersendungen, in denen das Für und Wider bis zum Erbrechen und darüber hinaus unsauber und unüberschaubar diskutiert wird, veganische Geschlechtsradikale gegen unsolidarische Hottentotten, liberale Egoisten gegen nationale Intelligenzallergiker, bis das Volk am Ende einem aufs Maul schaut, der allen aufs Maul haut. Und für Friedhofsruhe im Karton sorgt.

Und seine Machtergreifung wird dann die letzte Sondersendung sein.

11. 3. 2016

Ich bin ein mutmaßliches Mitglied einer terroristischen Vereinigung namens Menschheit. Ich bin ein aufgeschlossener Unentschlossener, und ich bin neu wie immer. Nagelneu, hammerneu, flächenbrandneu. Ich habe ein Wörtchen mitzureden! Mehr aber auch nicht. Ich liebe deutsche Schlagersänger, die aussehen und klingen wie Sparkassenfilialleiter, die beim Karaoke gewonnen haben. Und pseudolinke Kabarettisten, die ihr Fähnchen immer nach dem Wind hängen, der gerade aus ihrem Arsch mit Ohren kommt.

Angesichts der uns allen eingebrockten Suppe muß man sich entscheiden: Will man Haar sein oder Löffel? Keine leichte Wahl. Wirf eine Münze und sag hinterher, du warst für das, was oben liegt. Ich bin ein volksverhetzter Karpfenteich voller tollwütiger Hechte. Wie spät ist es eigentlich? Ist noch Schonzeit oder schon Nochzeit? Hauptsache, ich bin neu wie immer, neu wie eh und je, neu wie die Vergangenheit uns sein wird, wenn sie wieder über uns hereinbricht. Ich bin Ehrenflüchtling von Sachsen-Anhalt. Einzige Bedingung für diese Auszeichnung: Daß ich nicht komme.

Ich bin leidenschaftlicher Nichtraucher, seit heute. Und schamlippenbekennender Veganer, jedenfalls immer wenn ich gerade nichts esse. Ich möchte die NSAfD gerne für abwählbar halten, wenn sie mal die Macht errungen hat, aber die Erfahrung mit meinem deutschen Völkchen belehrt mich vermutlich eines Schlechteren. Und ich bin neu wie immer, also alt wie nie. Ich bestehe auf meiner schlechten Laune und poche nörgelnd auf mein Sorgerecht. Ich bin kein Krüppel, also Mensch mit Behinderung, aber ich bin anders behindert, das ist so ähnlich wie anders begabt, also blöd. Wie genau anders, weiß ich auch nicht. Aber ich finde es raus, ganz bestimmt. Vor allem aber bin ich neu wie immer. Ich habe keine Ahnung, was diese Formulierung bedeutet, aber sie gefällt mir.

Vielleicht bedeutet sie überhaupt nichts.

Überhaupt nichts gefällt mir am besten.

11. 3. 2016 (2)

Bayern München hat so gut wie keine Bayern. Direktfruchtsaft hat so gut wie keine Früchte. Sparkonten haben so gut wie keine Zinsen. Mutti hat keine Kinder. So gut wie keine Kinder. Rein statistisch gesehen. Griechenland hat so gut wie keine Chance. Die Vergangenheit hat so gut wie keine Vergangenheit. Dafür aber umso mehr Zukunft. Und Mutti hat keine Kinder. So gut wie keine. Rein politisch gesehen.

Es geht den Deutschen so gut wie nie. Dieser Satz ist falsch, weil unvollständig. Richtig und komplett muß er lauten: Es geht den Deutschen so gut wie nie gut. Da kann auch Mutti nichts machen. Denn es gibt bei den Deutschen einfach keine Wohlfühlkultur. Genausowenig wie eine Willkommenskultur. Alles Quatsch. Es gibt hier so gut wie überhaupt keine Kultur mehr. Fack ju Göte. Außer der Nörgelkultur.

Wir alle leben vom Sägewerk. Wir danken dem Sägewerkbesitzer jeden Abend vor dem Einschlafen. Für seinen Hobel. Für seine Späne. Einfach für alles, was wir haben. Wir haben zwar keine Finger mehr, aber mein Gott, man kann nicht alles haben.

Deutsche Schüler haben so gut wie keine Bildung. Immer

mehr deutsche Wähler bilden sich ein, sie hätten so gut wie keine Wahl. Dabei haben sie eine. Ihr wißt, was ich meine. Denn im Zweifel und angesichts der AfDNU, der Anregung für Deutschlands nächsten Untergang, ist Mutti immer noch besser. Ist Mutti immer noch so gut wie keine. Damit das mal klar ist, Kinder.

30. 3. 2016

Du solltest rauchen, sagte der Nichtraucher zum Raucher, wenn es das ist, was du willst, dann rauch. Wie meinst du das, fragte der Raucher den Nichtraucher, wie soll ich das verstehen oder wie verstehe ich das richtig? Du bist mißtrauisch, sagte der Nichtraucher, und du hast recht, ich wäre es an deiner Stelle auch. Zwischen Leuten, die das eine sind, und Leuten, die das andere sind, ist so viel Doppelzüngigkeit in der Welt, Verlogenheit, Gemeinheit, Heuchelei, pervertierte Ironie – da ist es tatsächlich angebracht, nachzufragen. Aber du kannst beruhigt sein, ich meine es ehrlich, so wie ich es sage. Rauch einfach, wenn dir danach ist. Ich will dir damit nicht zu verstehen geben »Du wirst schon sehen, was du davon hast« oder »Na, zeig schon, wie rücksichtslos du bist«, ich will dich einfach dazu einladen, das zu tun, was du möchtest. Ohne Hintergedanken.

So was ist selten, sagte der Raucher. Ja, leider, sagte der Nichtraucher. Wenn diese Einstellung häufiger wäre, wäre es viel netter auf der Welt, entspannter. Aber Rauchen ist doch ungesund, sagte der Raucher. Ja, ja, sagte der Nichtraucher. Ich gebe dir den guten Rat: Verdirb uns jetzt die Laune nicht. Wie lange hat man angeblich supergesunden Spinat in angeekelte Kinderhälse gestopft? Wie wenig haben neuerdings Eier mit Cholesterin zu tun? Und wie gut und wie schlecht gleichzeitig soll Rotwein für's Herz sein? Klar, Rauchen ist ungesund, wir Nichtraucher wissen das, und ihr Raucher wißt das. Aber weißt du was? Sonst weiß es keiner. Und das ist der Punkt. Wie sagt man eigentlich Prost zu einem, der raucht?

Inhalali, sagte der Raucher.

Na dann los, sagte der Nichtraucher. Ich hab sogar Feuer.

5. 4. 2016

Ich habe einen Betrug eingefädelt. Es ist keine große Sache, aber ich habe alles bis ins Kleinste vorbereitet. Mein Alibi wird wasserdicht sein. Nichts kann schiefgehen, keinerlei Spuren werden hinterlassen. Außerdem schadet es auch keinem. Vielleicht stellt sich später sogar heraus, daß der Betrug nichts als Vorteile hatte, daß er zu unserem Besten war, daß es eigentlich genau betrachtet gar kein Betrug ist, sondern das einzig Richtige.

Aber je näher der Zeitpunkt rückt, an dem der Betrug ausgeführt werden muß, je näher der Moment kommt, in dem es kein Zurück mehr gibt, in dem die Entscheidung fallen wird unwiderruflich, desto mehr verläßt mich die Kraft. Mein Überzeugtsein, meine Entschlossenheit fließen aus mir heraus, als ob ich ein Eimer wäre, der ein Loch hat. Und die Scham wächst und wächst, so unaufhaltsam wie die grüne Natur im Frühling.

Ich kann es nicht.

Ich bringe es nicht fertig. Und jetzt rufst du auch noch an, ahnungslos wie du bist. Ohne jeden Argwohn gehst du davon aus, daß morgen alles mit rechten Dingen zugehen wird, so wie vereinbart, so wie abgesprochen, wie zugesichert. Du hast keinen Schimmer von dem sich anbahnenden Betrug, von meiner Heimlichtuerei, du bist nicht eingeweiht, so gut wie niemand ist es.

Ich kann es nicht. Ich bringe es nicht fertig. Ich kann dich nicht ins Leere laufen lassen, in einen April schicken, der überhaupt nicht lustig wäre, das hast du nicht verdient, ich könnte ihn sonst nie wieder aushalten, diesen Ruf »April, April!«, ich müßte mir sonst die Ohren absägen, der Betrug fällt aus, das perfekte Verbrechen, mein Pflichtgefühl siegt, und wenn es mich das Leben kostet, dann recht so. Besser recht so als unrecht anders.

27. 4. 2016

Verbietet die Wahrheit, erstickt sie mit Kissen. Ich will sie nicht hören, ich will sie nicht wissen. Ertränkt sie wie Katzen, erschlagt sie wie Hunde, verbietet die Wahrheit, die schreckliche Kunde. Verbietet die Wahrheit. Denn wollen wir wetten: Sie ist völlig anders, als wir sie gern hätten? Ist bitter und böse! Ist traurig und hart! Vernichtet die Wahrheit! Und dann wird sie verscharrt.

Die Wahrheit ist trocken und nicht optimistisch. Ist antiutopisch, vielleicht gar rassistisch. So werden uns sämtliche Flausen genommen. Die Wahrheit soll sterben, keinen Grabstein bekommen.

Wir brauchen mehr Priester und noch mehr Imame. Mehr Müll in den Köpfen, mehr Blinde und Lahme. Mehr geistige Krüppel und keine Begreifer. Verbietet die Wahrheit, mit heiligem Eifer. Wir brauchen mehr Blöde – und keine Erkenner. Einen scheiternden Haufen, Märtyrer als Brenner. Zerschmettert die Klugheit in Bild und in Schrift. Verbietet die Wahrheit. Die Wahrheit ist Gift.

Vertilgt jede Wahrheit vom Antlitz der Erde. Der Mensch braucht die Lüge. Eine gläubige Herde hirntoter Idioten, die zum Abgrund marschiert, gewärmt und geborgen, von sich selber kuriert.

5. 5. 2016

Wir wissen nicht, was wir wollen. Und wenn wir wüßten, was wir wollen, wüßten wir noch lange nicht, ob wir das, was wir wollen, auch können. Und wenn wir wüßten, daß wir es können, wüßten wir noch lange nicht, ob wir das, was wir können, auch dürfen, wenn wir das, was wir wollen, auch können, sobald wir überhaupt wüßten, was wir wollen.

Vielleicht dürfen wir nicht nur, vielleicht sollen wir sogar. Oder müssen. Und wissen es nicht. Kennen nicht unsere Pflicht. Wir sind pflichtvergessen. Von uns selbst besessen.

Platon sagt: Das höchste aller Wesen ist der Mann. Verkörpert alles, was ein Mensch nur kann. Gewisse Männer allerdings entarten – und darauf muß man gar nicht lange warten. Aus Bösewicht und Feigling wird das Weib. Das Zentrum seines Seins: der Unterleib. Aus dumpfgeback'nem Trottel und Idiot wird niederes Getier in Sumpf und Kot. Der Leichtfuß mit nur Schabernack im Sinn entwickelt sich zu einem Vogel hin. Gefiedert steigt er zu den Wolken auf, pfeift auf Vernunft, legt kein Gewicht darauf. Und hast du null Interesse am Verstand, ziehst du als Ochse einen Pflug durchs Land. Und ist dein Oberstübchen gar nicht frisch, verkommst du auf das Blödeste zum Fisch. Sagt Platon.

Wir wissen nicht, was wir wollen. Und ob wir es können. Und ob wir es dürfen. Wahrscheinlich dürfen wir nicht nur, wahrscheinlich sollen wir sogar, wir müssen, wir müssen, wir müssen und wissen es nicht, wir kennen nicht unsere Pflicht, wir sind pflichtvergessen, von uns selbst besessen.

Sagt Platon.

9. 5. 2016

Wir werden regiert von Verrückten
sie sind eitel und böse und dumm
sie spielen verliebt mit dem Feuer
außen lautstark und innerlich stumm

Wir werden belogen von Affen
hinters Licht und zum Abgrund geführt
sie sind die politische Klasse
und wer warnt wird exkommuniziert

Wir lassen uns alles gefallen
denn wir glauben nicht mehr daß es lohnt
sich für's Leben empört zu ereifern
es wird einfach zu Ende bewohnt

So geht es nicht weiter
auch wenn ihr das glaubt nicht
so geht es nicht weiter
vielleicht überhaupt nicht
so geht es nicht weiter
so wie wir es kennen
Europa wird enden
Europa wird brennen

Und wer etwas denkt wird verteufelt
wenn es anders als angepaßt ist
wenn er glühend am Irrsinn verzweifelt
wenn er nicht seine Herkunft vergißt

Die Geschichte das Wahre und Gute
ganz zu schweigen vom Schönen der Narr
er wird von den Mächten zerrieben
die verblendet sind wertlos und starr

Wir werden regiert von Verrückten
eine weltweite Drecksallianz
es reicht nicht ein Stückchen zu ändern
vonnöten ist alles und ganz

16. 5. 2016

Der Mann hat recht.

Der Mann hat ja recht.

Aber ich glaube ihm nicht.

Ich glaube ihm nicht, obwohl der Mann recht hat.

Aber das reicht mir noch nicht.

Ich glaube ihm sogar deswegen nicht, WEIL der Mann recht hat.

Der Schritt vom Obwohl zum Weil: nur ein kleiner Schritt für mich, aber ein großer für die Menschheit. In Richtung Abgrund.

Was der Mann sagt, ist wahr.

Was der Mann schreibt, ist richtig.

Das ist unbestreitbar. Das ist ja das Problem.

Er schreibt nüchtern, sachlich, klar.

Er spricht schüchtern, leise, wie durch einen Knebel.

Kein Wunder. Wer hat nicht alles versucht, ihn mundtot zu machen, ihn totzuschweigen so laut, daß es sich anhörte wie Totschlagen.

Aber der Mann hat recht. Und ich glaube ihm dennoch nicht. Deswegen.

Ich glaube nicht an das Richtige.

Ich glaube nicht an die Wahrheit.

Das Richtige und die Wahrheit gefallen mir nicht, ganz und gar nicht, sie widern mich an.

Wenn ich dem Mann glauben würde, würde ich es besser wissen.

Aber ich will es lieber schlechter wissen. Und besser glauben, als es ist.

Wer es besser weiß, wie es ist, weiß, wie schlecht es ist.

Wer es besser glaubt, als es ist, ahnt zwar, wie schlecht es ist, aber das läßt sich betäuben.

Wer es besser weiß, hat keine Ausreden mehr. Und ist in der Pflicht, etwas zu tun, damit es besser wird.

Wer es besser glaubt, als es ist, kann relativ gemütlich auf den Wasserfall zutreiben. Solange die Dröhnung reicht. Tango in der Reichskanzlei statt Fußmarsch durch die Ebene der Mühen! Ich habe mich entschieden. Der Mann hat recht und ich glaube ihm nicht.

Mach doch mal das Fenster zu.

Es riecht so verbrannt da draußen. Nach Scheiterhaufen.

21. 5. 2016

Die Großen hießen alle John. John McCartney. John Jagger. John Hendrix. Ich hieß übrigens auch John. Bis mein Vater aus dem Krieg zurückkam. Auf der falschen Seite zurückkam. Und meine englische Karriere im Keim erstickte, durch eine deutsche Zeugung. Da war es aus mit meinem geplanten John-Sein. Und als Heinz konnte man es zwar zu einem Ketchup bringen, mehr aber auch nicht. Ich glaube, ich wäre ein prima John geworden. Vielleicht sogar ein Elton John, bei meiner Zuneigung zum Klavier.

Aber so.

Die Großen heißen eben alle John. John Bowie, John Presley, John Sinatra. Wenn man John heißt, dann läuft man auf der sonnigen Seite der Straße. Dann schmelzen die Weiber dahin, wenn sie dich nach deinem Vornamen fragen und du dich herabläßt, ihnen zu antworten. John, Johnny, Johnny-Baby. Meine Mutter hatte auch immer ganz feuchte Augen, wenn sie mich Heinzi nannte. Aber das ging mir am Arsch vorbei. Ich finde, Ödipus ist die unglaubwürdigste Figur, die Loriot je erfunden hat.

Alle hießen sie John, wenn sie groß waren. John Bond. John the Ripper. John Shakespeare. So heißt man eben als Mann in einem Land, das noch nie einen Krieg verloren hat. Und in dem man sich die Wände streichen kann mit einer Farbe, die »Toter Lachs« heißt. Und sehr elegant aussieht. Also vergeßt nie, liebe Freunde, meine Freunde nennen mich John. Und bitte lacht nicht, wenn ihr mir applaudiert und ich Thank you sage.

ENDE DER SCHWEBEBALKEN

Nordkoreanisches Heimweh oder: Nachworte

Vielleicht sind die englischen Torhüter so schlecht,
weil auf der Insel Linksverkehr herrscht.

Wer nicht zum Tod verurteilt worden ist, ist kein Mensch.
(Peter Handke)

Alles ist doch gesagt? Nichts ist gesagt. Nichts ist zu sagen. Und wenn auch alles gesagt wäre – umso besser: Sag's auf deine Weise. Deine Weise – so du eine hast – wird gebraucht.
(Peter Handke)

Einen neuen Nachbarn begrüßen: Mit Brot und Satz.

Altwerden tut fast jeder. Alt werden kann nicht jeder. Oder ist das eher ein Müssen? Denn: Alt sein will keiner. Da könnte ich mal der Erste sein. Oder werden.

Ich habe die ganze Welt in mein Geheimnis eingeweiht. Und dennoch bleibt es eins.

Meins.

Arne Willander

Der bürgerliche Zertrümmerer

Man kann sagen, dass Heinz Rudolf Kunze die 70er-Jahre verabschiedete, als sie noch das prägten, was die bundesrepublikanische Kultur zu nennen wäre. An der Umständlichkeit der Formulierung ist erkennbar, dass es so auch wieder nicht stimmt. Aber »Reine Nervensache«, Kunzes erstes Album, war 1981 die Kreissäge, die Hippietum und Rockismus, Liedermacherei und Schlagerseligkeit, Disco, Punk und New Wave gleichermaßen attackierte, indem sie gar nicht beachtet wurden. Als »Reine Nervensache« erschien, war Kunze 25 Jahre alt, er hatte Germanistik und Philosophie studiert, er wäre Lehrer geworden, aber dann gewann er einen Nachwuchswettbewerb mit »Bestandsaufnahme«, einem Song, mit dem er in Deutschland jeden Wettbewerb der Welt gewonnen hätte. Er bekam sofort einen Plattenvertrag bei WEA, was für Warner steht, und dann nahm er »Reine Nervensache« auf. Er prüfte den Bestand, den Stand der Dinge. Es begann etwas Neues mit ihm und seinen Songs. Ein Junge konnte jetzt etwas anderes machen, als in einer Rock'n'Roll-Band zu spielen. Er konnte eine Brille tragen, Klavier spielen und eine Band anführen. Er musste auch nicht arm sein. Die Revolte ging vom Bürgertum aus.

Heinz Rudolf Kunze sang: »Erzählt dir einer/Er sei verliebt/Dass sie ihm Glückglück/Er dito gibt –/Besser wär's, du glaubst ihm nur den Preis des Fleischgerichts.« Und im selben Lied, »Für nichts und wieder nichts« nämlich: »Ich kenne einen/Der meint es gut/Lebt mit Phimose/Und spendet Blut.« Die Musik, die Kunze mit dem Gitarristen Mick Franke komponierte, adaptierte listig den Formenkanon: Folk, Reggae, moderate Rock-Songs, bisschen Saxofon, Balladen – ja, manchmal ist es die freundliche Songschreibermusik von Reinhard Mey, etwa das »Balkonfrühstück« am Pfingstmontag im Gewerbegebiet Nürnberg-Süd, ein leicht gezupftes negatives Idyll, in dem das Idyll noch zu erkennen ist: Die Autos rauschen zum Kaffee fast wie das Meer. Am Ende freilich ist am Güterbahnhof »ein Transport mit Panzern« zu sehen. Kleines idyllisches Gitarrensolo! »Romanze« ist ein Stück über die größte Liebe von allen, als noch nicht jeder ein Lied über die größte Liebe von allen schrieb: die Liebe zu sich selbst. »Ich stelle fest, dass ich die gleichen Filme mag wie ich/Ich lese mir zwei Gedichte von F. C. Delius vor/Dann streichle ich mich sanft.«

»Reine Nervensache« ist die erste Platte des ältesten, auch altklügsten und klugscheißerischsten jungen Songschreibers überhaupt – und deshalb hat sie Bestand. »Bestandsaufnahme« ist Kunzes erster richtiger Song und eines jener Wunderwerke, die jemand mit 22 oder 23 Jahren schreibt und die ihn ein Leben lang tragen und ebenso verfolgen. »Bestandsaufnahme« ist der Song, der mit dem Vers »Es gab mal Zeiten, wo die Brüste unser Mädchen/Noch kein Geheimnis waren, kein Privatbesitz« beginnt, einer merkwürdig onkelhaften und schwiemeligen Formulierung. Der Song ist eine Elegie zu Piano und Gitarre, ein Abgesang von ungeheurem

Furor und bitterer Wut. »Es spielen immer öfter Gruppen, die wir mögen, in unsrer vollgefressnen, geisteskranken Stadt/ Doch wir verzichten auf den Anblick unsrer Helden, weil uns Enttäuschung unverhofft verbittert hat/Sind sie denn wirklich schon so abgrundtief gesunken, daß sie es nötig haben, hier zu konzertier'n?/Wir hören zimmerlaut die unschlagbaren Platten/Wir trinken schweigsam unser zimmerlaues Bier/Wir sind jetzt mündig/Und wir haben nichts zu sagen/ Wir haben keinen Grund, uns zu beklagen/Der Sozialismus täte uns ein bisschen weh/Zehn halbe Bier, und unsere Fahne hängt im Winde/Zwei dazu, und wir verpissen uns zur Nacht.«

Das Motto der Platte stammt von E. M. Cioran, dem Denker der Gipfel der Verzweiflung, der einsam in einer Dachklause in Paris lebte: »Man kann jede Wahrheit ertragen, sei sie noch so zerstörerisch, sofern sie für alles steht und so viel Vitalität in sich trägt wie die Hoffnung, die sie ersetzt hat.« Das steht auf der Plattenhülle, heute auf der Hülle der CD, unterhalb der Danksagungen. Vielleicht versteht man es nicht gleich, wahrscheinlich versteht man es erst, wenn man darüber nachgedacht hat oder älter ist. Aber Heinz Rudolf Kunze war ja 25 Jahre alt.

Es wurde dann geschrieben – respektvoll, zuweilen argwöhnisch oder in Abwehr –, Kunze sei ein Zyniker, ein »Niedermacher«, ein »Scharfdichter«. Aber wie das Werk von Randy Newman, über den Kunze den luzidesten und auch 30 Jahre später gültigen Aufsatz geschrieben hat, von der Versehrtheit und Vergeblichkeit des Menschen handelt, so erzählt auch Kunze von den Bedingungen, unter denen der Mensch sich zu behaupten versucht. Seine großen Alben der 80er-Jahre, mindestens bis »Wunderkinder«, sind spöttisch-melancholische Seelendramen und Sittenbilder, die anstelle der »Sozialkritik« das höhnisch-lakonische Aufrufen der Wirklichkeit setzen: den Aphorismus, die gelungene Sentenz.

Der Live-Mitschnitt »Die Städte sehen aus wie schlafende Hunde« (1984) dokumentiert auch Kunzes Texte ohne Musik, darunter »Ich bin gegen den Frieden« und »Variationen über einen Satz des Bundesinnenministers aus dem Monat Juli des Jahres 1983«. Beide Texte sind Sprachkritik: Was sich überhaupt sagen lässt, lässt sich klar sagen, behauptet Ludwig Wittgenstein – aber Kunze vermutet dringlich, dass auch das Gegenteil wahr sein könnte. Noch einmal bezweifelt er den schönsten aller Sätze: »Ich liebe dich«. Und später, in »Alles gelogen«, bezweifelt er ihn ein weiteres Mal. Man kann sagen, dass Heinz Rudolf Kunze ein Skeptiker ist, und an der Sprache entzündet sich sein Zweifel. Die oft gerügten Wortspiele (»Wasser bis zum Hals steht mir«) sind Kunzes Erkundung, wie sich die sogenannte Realität zu ihrem Abbild in der Sprache verhält. Und darunter liegt das dunkle, unergründliche Land der Seele.

Auf dem Album »Ausnahmezustand« von 1984 ist neben dem immer wieder zitierten Stück »Glaubt keinem Sänger« auch das Lied »Einfach nur vorhanden sein«. Es ist Kunzes Traum vom Quietismus, vom Vegetieren im ureigentlichen Verständnis, es ist sein »Stop Making Sense«. Auf derselben Platte ist Kunzes Version des Kinks-Songs »Lola«, die damals oft im Radio gespielt wurde und Kunze bekannt machte. Heinz Rudolf Kunze hat, wir ahnten es, eine große Plattensammlung, er liebt The Who und Wire, die Kinks und Elvis Costello, Neil Young und King Crimson – und er kann es auch begründen! Kunze, der Musikologe, begeisterte sich für

Caspar Brötzmann und für Blumfeld, und einige Lieder schrieb er mit dem Hamburger Musiker Niels Frevert.

Die Trennung von Mick Franke und Hinwendung zu Heiner Lürig nach vier Platten markiert zugleich Kunzes erfolgreichste Phase: mit dem Song und dem Album »Dein ist mein ganzes Herz« (1985). Innerhalb war von vier Jahren war es Kunze gelungen, mit seinem unwahrscheinlichen Aussehen (er sprach selbst unerbittlich von »zerknautschter Visage«) ein deutscher Rockmusiker zu sein, also einer wie Grönemeyer, Westernhagen, Lage, Maahn. Auf »Dein ist mein ganzes Herz« versöhnt er die vitriolische Lyrik seiner frühen Platten mit eingängigen, manchmal allzu forciert umarmenden Songs. »Vertriebener« ist die stupende autobiografische Skizze über seinen Herkunftskomplex, den spät aus der Kriegsgefangenschaft heimgekehrten Vater Rudi, das Flüchtlingslager Espelkamp in Westfalen (in dem der Vater als Lehrer arbeitete) und den »festen Wohnsitz Osnabrück«.

Es ist die Ironie seiner Geschichte, dass der studierte Flammenwerfer Kunze nicht gegen die Eltern rebellierte, weil sein Vater sein Freund war. Einmal erzählte Kunze, dass sein Vater ihn sogar zu einem Konzert von The Who begleitete, allerdings die Gitarren zu laut fand. Heinz Rudolf konnten die Gitarren kaum laut genug sein: Die Platte »Draufgänger« (1992) ist sein lärmender, sagen wir: nicht missglückter Versuch in Rock'n'Roll. Und als Lou Reed die Songs von »Magic And Loss« im Konzert spielte, saß Kunze im Publikum.

Man sah in den 90er-Jahren an den Frisuren, Kopfbedeckungen und Kleidungsentscheidungen, dass Kunze ein Mann auf der Suche war. Er schrieb, das gehört zur Musiker- und Lyrikerbiografie, Stücke für Herman Van Veen, übersetzte Musical-Libretti, brachte verschiedene literarische Programme und Bücher mit Geschichten und Apercus heraus. Weil immer wieder Verehrer von der Platte »Der schwere Mut«, seiner dritten schwärmten, lobte er gern »Alter Ego«, ein Album von 1997, das auch nicht übel sei und ihm sogar besser gefalle.

Kunze war vom Radar der Kritik gefallen, wenn nicht in Ungnade. Musikkritiker schreckten auch vor Gesinnungs- und Sippenhaft nicht zurück: Sie rechneten ihm vor, dass er in der »Hitparade« aufgetreten war, Dieter Thomas Heck nicht unsympathisch fand und sich zuweilen mit der Sängerin Nicole unterhielt. Später trat er in der Show von Carmen Nebel auf, sie nannte ihn »Doktor«. Und das ist ja wirklich der Segen der späteren Jahre. Einer, der ihm das vorhielt, bin ich. Es war ein spießiger Vorwurf. Denn natürlich macht Kunze das Unspießigste und Uneitelste überhaupt, indem er mit ALLEN spricht und stets HÖFLICH ist.

Er macht sich nicht gemein, aber er ist kein Gimpel, kein Wichtigtuer, kein Schulmeister. Keine Schmähbezeichnung ist so dumm und unzutreffend wie »Oberlehrer«: Zwar spricht Kunze druckreif und entspricht phänotypisch (wieder mehr) dem Klischee eines Magisters – von seiner Kunst geht aber keine Belehrung aus. In Kunzes Roman »Manteuffels Murmeln« (2014) ist die Bildungshuberei das Spielmaterial, siehe auch Randy Newmans »Faust«. »Manteuffels Murmeln« ist neben den Büchern von Sven Regener wohl die einzige literarische Arbeit eines deutschen Songschreibers, die in den Feuilletons gelobt wurde, obwohl Kunze jeden Malus hat, der sich denken lässt: Er ist lange da. Er war immer da. Er geht nicht weg. Er veröffentlicht zu viel.

Und das ist so, weil er morgens unter die Dusche geht und wieder herauskommt, und dann hat er einen neuen Text, wenn nicht einen neuen Song. Und er schreibt es auf. Einen Text haben und ihn aufschreiben sind schon zwei Sachen, die nicht immer zusammengeführt werden können. Bei einem Song ist es noch schwieriger, denn da sind es drei Sachen. Und zwischen die Idee und die Realität fällt der Schatten, schreibt T. S. Eliot. Heinz Rudolf Kunze ist der seltene Fall eines Künstlers, dem das Allermeiste leicht fällt. Er veröffentlicht Platten mit der Band Räuberzivil, die rustikal und folkloristisch, ja countryesk spielt, und so werden die Songs eingerichtet. Die Räuberzivil-Platten sind Kunzes zweiter, ich denke: sein entscheidender Ausdruck geworden. Die alten Songs in diesen Arrangements zu hören, vor allem aber neue Stücke: Das ist auch für den Bewunderer noch einmal eine wahre Freude.

Einmal unterstützte Heinz Rudolf Kunze die sogenannte Deutsch-Quote fürs Radio, obwohl er selbst lauter amerikanische und englische Musik spielen würde – die aber sowieso immer gespielt wird. Und heute wird ja auch immerzu Musik mit deutschen Texten gespielt, aber es sind selten Songs von Heinz Rudolf Kunze. Er wird dem »Deutsch-Rock« zugeschlagen, den es natürlich niemals gab und dem er, obwohl es ihn niemals gab, ungefähr vier Jahre lang angehörte. Aber ein Angehöriger war Kunze nie.

Würde er sagen: ein Ungehöriger?
Man kann es nicht ausschließen.

Arne Willander, 1970 in Hamburg geboren, ist stellvertretender Chefredakteur der deutschen Ausgabe des »Rolling Stone« und lebt in Berlin. Die erste Platte von Heinz Rudolf Kunze, die er hörte, war »Ausnahmezustand«, 1984.

HEINZ RUDOLF
KUNZE
SEIN NEUES KONZEPTALBUM
MEISTERWERKE:VERBEUGUNGEN
INKL. ALLES AUS LIEBE · GANZ IN WEISS · BLUMEN AUS EIS
DER MUSSOLINI · FÜR MICH SOLL'S ROTE ROSEN REGNEN
HAUS DER LÜGE · ICH STEH AUF BERLIN · U.V.M.
AB 30. SEPTEMBER
ALS CD & DOWNLOAD!
www.heinzrudolfkunze.de
SONY MUSIC
SevenOne MUSIC
RCA